KB184131

성
聖者
자
무
無双
쌍

11

Eccentric priest and the Training to the death
샐러리맨이 이세계에서 살아남기 위해 걷는 길

brocco111ion
sime 일러스트
브로콜리 라이온 지음

12장 제국으로 가는 여정과 어둠의 정령의 바람

CONTENTS

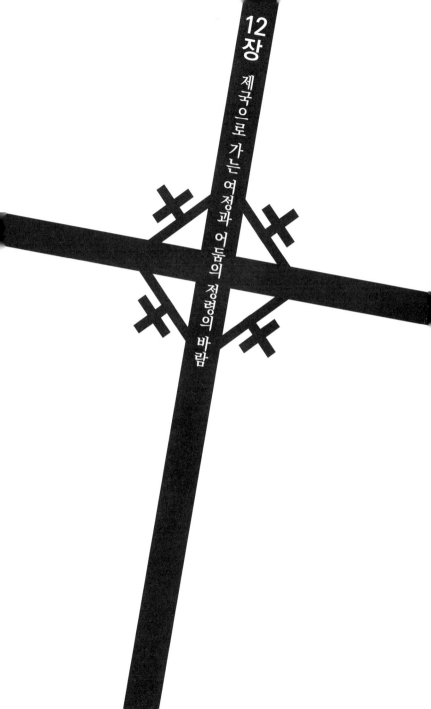

12장

제국으로 가는 여정과 어둠의 정령의 바람

01 푸념

누구나 이상과 현실 사이에 끼여 괴로울 때가 있다.

그 선택으로 후회하게 될지라도, 소중한 것을 지킬 수 있다면 목숨을 걸 각오가 있다.

돈가하하에게 그 대상은 성 슈를 교회와 교황님이었다.

그의 선택에서 고통을 감수하더라도 교회에 해악이 되는 자들을 제거하겠다는 강한 의지가 느껴졌다.

그 해악에는 'S급 치유사의 자격을 상실한 루시엘'도 포함되어 있었다.

나는 사신(邪神)과의 전투로 언데드가 된 스승님과 라이오넬에게 성속성 마법인 【리바이브】를 사용하여 부활시켰고, 금술을 사용한 대가로 성속성 마법을 잃어버렸다.

지푸라기라도 붙잡는 심정으로 공중도시국가 네르달에 간 나는, 그곳에서 현자에 도달하여 성속성 마법을 되찾았다.

하지만 그 무렵의 돈가하하는 나와 연락이 되지 않아, 내가 성속성 마법을 잃었다는 소문의 진위를 확인할 수가 없었다.

결국 그는 블랑주 공국의 계략이라는 걸 알고도, 1% 가능성을 불식할 수가 없어서 나를 제거할 계획을 세웠다. 만일 소문이 사실로 확인되면, 교회에 해악이 되는 자들과 함께 처리할 생각이었을 것이다. 자신의 목숨을 대가로 말이다.

그가 극단적인 결단을 내리게 된 원인에는 나도 다소 책임이 있다. 돈가하하와 더 견고한 관계를 다져놨다면 이렇게 되지는 않았을 테니까. 나의 목숨을 노린 점에서는 분노가 솟지만.

　결국 돈가하하는 이 소문의 출처가 블랑주 공국인 걸 밝힌 뒤, 교황님과 교회를 내게 맡기고 피를 토하며 쓰러졌다.

　곧바로 회복 마법으로 치료했기에 일단 목숨은 건졌지만, 돈가하하가 통곡하듯 토로했던 그 말은 가히 충격적이었다.

　그의 이야기를 들은 자들은 모두 복잡한 표정이었다.

　교황님은 울먹이며 돈가하하를 바라보다가 이윽고 나에게 당찬 시선을 보내더니 손을 들어 올려 시선을 끌었다.

　"진정하거라. 현자 루시엘이 있는 한 돈가하하는 죽지 않는다."

　그러고는 모두에게 향후 대응 방침을 전하셨다.

　"우선은 마족화된 자들한테 벌을 내리겠노라. 직업의 힘을 박탈한다. 또한 마족이나 타국에 관한 정보를 조사한 뒤, 기억 소거를 실행할 것을 선언하노라."

　교황님이 선언하자 이번 소동에서 돈가하하와 연루됐던 기사들이 제자리에 털썩 주저앉았다. 그러나 도망치거나 반발하는 자는 없었다. 저마다 교황님과 돈가하하의 대화를 듣고 반성하며 처벌을 달게 받기로 각오한 모양이었다.

　교황님이 한 기사의 이마에 손을 대고서 뭐라고 중얼거리자, 그 기사가 영혼이 빠져나간 것처럼 망연자실했다.

　그래도 끝내 달아나는 기사는 한 명도 없었다.

교황님은 기사들에게서 직업을 박탈할 때마다 눈물을 참았다. 결국은 참지 못하고 눈물이 흘러내렸지만, 그래도 마지막까지 단죄했다. 모두가 그녀의 모습을 뇌리에 새겼다.

기사들이 처벌에서 도망치지 않은 이유는 그들도 후회하기 때문일 거다.

직업을 잃으면 스테이터스가 하락하고 스킬이 초기화된다. 당연히 직업에 의한 보정 효과도 없어진다.

스승님과 라이오넬은 레벨과 스킬이 초기화되었어도, 직업 보정 덕분에 재활을 순조롭게 진행했다. 만약 직업 보정이 없었다면 몸이 원하는 대로 따라오지 못했을 것이다. 그런 생활이 오래되면 몸에 익었던 움직임마저 잊을지도 모른다.

즉 이 처벌을 받으면, 성인이 된 이후로 지금껏 쌓아왔던 노력을 전부 잃게 된다.

가혹하기에 처벌이라고 하는 거겠지만.

"이로써 그대들 성기사와 기사의 직업은 소실됐다. 기억을 봉할 때까지 얼마 안 되는 시간 동안에 교회를 혼란에 빠뜨린 것을 참회하여라. 그대들이 이런 행동을 하도록 원인을 제공한 본녀도 참회하겠노라."

교황님은 직업이 박탈된 기사들의 얼굴을 보고서 고개를 깊이 숙였다. 기사들 대부분이 눈물로 뺨을 적시고 있었다.

교황님은 고개를 서서히 들고는 각오를 굳힌 듯, 향후 방침을 전했다.

"앞서 말했듯, 이번 사건의 책임은 본녀한테 있느니라. 이를 생각하면 본녀가 교황의 자리를 후계자에게 넘기는 것이 타당하겠지. 실제로 본녀도 그렇게 생각했느니라."

교황님이 선언하자 모두가 돌처럼 굳어버렸다.

나도 적잖이 동요했다.

"하나, 미궁이 교회본부에 나타난 이래, 혼란에 빠져있는 교회를 누군가한테 떠넘기는 것은 너무나도 무책임하다고 생각했느니라. 이를 그 누구하고도 논의하지 못했던 것이, 본녀가 저지른 죄이니라. 그래서 본녀는 교회의 모든 이와 한 명 한 명 대화를 하고자 생각했느니라."

교회본부에는 약 7백 명이 머물고 있다. 그 모든 사람과 일일이 면담하겠다니, 커다란 결단이다.

"그대들이 품은 생각들을 본녀한테 들려주길 바란다. 하고 싶은 것, 교회가 해주길 바라는 것, 뭐든지 상관없느니라. 물론 모든 의견을 반영할 수는 없겠지. 그러나 우선은 모두의 의견을 듣고서 모두가 교회를 사랑하게 만드는 것부터 본녀는 시작하자고 판단했느니라. 부디 모두의 지혜와 힘을 본녀한테 빌려주길 바란다."

교황님의 진지한 요청에 기사들은 한쪽 무릎을 꿇고는 가슴에 손을 대고서 고개를 숙였다. 다른 자들은 손을 맞대고서 기도하는 자세를 취했다.

이로써 교황님의 처분이 끝났다.

"루시엘 님, 잠깐 괜찮겠습니까?"

슬슬 자리를 파하려고 분위기를 보고 있으니, 케핀이 양피지 무더기를 안고서 다가왔다.

집행부를 수색하던 가르바 씨가 돌아와서 카트린느 씨를 데려 갔으니, 동행했던 케핀도 돌아올 때가 됐다.

"음, 그 서류들은 뭐야?"

"집행부를 조사하다가 나온 자료들입니다. 뭐, 대부분은 이번 사건의 진위를 증명하기 위한 자료라서 필요가 없어졌지만요……."

교황님과 돈가하하가 이야기했던 내용이 진실이었음을 증명하는 자료들인 듯했다. 저 모든 게 돈가하하의 충격적인 발언들이 사실임을 증명하는 것 같아 찝찝했다.

"뭔가 마음에 걸리는 점이 있었어?"

케핀이 무언가를 고민하는 눈치라서 물어봤더니 뜻밖의 대답이 돌아왔다.

"돈가하하는 애초부터 죽을 작정이었던 것 같습니다. 이게 그의 유서입니다."

"유서라고……?"

무심코 작게 소리를 내버린 탓에 주변에 있던 자들이 반응했지만, 소란으로 번질 것 같지는 않았다.

미리 준비한 유서라면 돈가하하가 일으켰던 소동의 경위가 적혀있을지도 모른다. 교황님은 애써 씩씩하게 처신하고 있지만, 정신적으로 상당히 지치셨다. 조금 진정됐을 때 유서를 보여드리는 편이 좋을 것 같아, 나는 보고를 미루기로 했다.

"유서임을 아는 걸 보니 이미 읽어봤구나?"

"예. 가르바 님과 함께 확인했습니다. 유서가 있던 자리에 마족화에 관한 자료와 고찰, 소환에 따르는 위험성을 상세히 적은 자료, 그리고 치유원과 치유사, 기사가 저지른 부정에 관한 자료가 함께 보관되어 있었습니다."

돈가하하는 소문이 진실일 때를 대비하여 교회와 교황님을 보호하기 위한 수단을 모색했던 듯했다.

그러나 꼭 이런 극단적인 방법을 써야만 했나? 교회와 교황님을 보호할 다른 방법은 없었나? 이것도 돈가하하의 일면을 알고 있는 나의 편견일 뿐일까.

"고생했어. 다만, 교황님은 막 처분을 끝내신 참이니, 상세히 조사한 뒤에 다시 보고하는 편이 좋을 것 같아. 교황님이 들어가신 후에 집행부로 안내를 부탁해도 될까?"

"예, 물론입니다. 아, 그리고 조사 자료가 있던 곳에 미묘하게 발광하는 목걸이가 하나 있었습니다만…… 어째서인지 저희는 만질 수조차 없었습니다."

목걸이? 왠지 성가신 일이 될 것 같지만, 아무도 만질 수 없다면 직접 조사할 수밖에 없다.

아직 돈가하하에게 물어야 할 게 많군. 반드시 살려내서 속죄하게 해주마.

"그 목걸이도 직접 확인해 봐야겠네. 사건이 일단락되긴 했지만, 혹시 모르니 주변 경계를 부탁해."

"예."

케핀은 나에게 자료를 넘긴 뒤 손짓하는 케티 곁으로 향했다.

돈가하하의 유서와 자료를 읽어보면 진상이 보일지도 모르지만, 조사는 나중이다. 우선은 이 자리를 정리해야 한다.

나는 청중 앞에 나와서 입을 열었다.

"이번 사건은 교회를 둘러싼 이념들이 뒤얽혀서 발생한 비극입니다. 저는 S급 치유사가 되고 나서 교회본부에서 지낸 시간이 짧습니다. 여러분 중에도 저와 접점이 없는 분이 있겠지요. 그래서 교회에 제 의혹이 돌았을 때, 객관적으로 판단할 기준이 없었습니다. 몹시 안타까운 일이지요."

지금껏 접점이 없었던 교회 관계자들에게 자신을 객관적으로 보여줄 좋은 기회다. 나는 이 자리를 마무리하기 전에 개인적인 이야기를 조금 늘어놓았다.

"그래서 이 자리를 빌려 제 이야기를 조금 들려드리고자 합니다. 저는 교회본부 밖에서 항상 교회를 위해 활동했습니다. 솔직히 그리 좋은 여건은 아니었습니다. 본부의 상황을 생각할 여유조차 없을 정도였지요. 치유사의 몸으로 늘 죽음과 이웃하는 생활을 보냈습니다."

이야기를 시작하니 당시의 기억들이 되살아났다.

"교회본부에 출현했던 미궁을 기억하실 겁니다. 돌파에 만 2년이 걸렸지요. 마지막 반년은 미궁에 깔린 함정 때문에 탈출조차할 수 없었습니다. 교황님께서 하사하신 마법 주머니가 없었다면,

전 거기서 목숨을 잃었겠죠."

모두의 시선이 나에게로 쏠렸지만, 담담히 이야기했다.

"이에니스에 치유사 길드를 신설하러 갔을 때는 습격을 당했습니다. 빈사의 몸으로 본의 아니게 미궁 속을 전진하여 적룡을 쓰러뜨리기도 했고, 현지의 이권 다툼으로 공격당하기도 했지요."

케핀의 눈빛은 아련해졌고, 케티는 웃었다. 기사들은 약간 질색하는 듯했지만, 이야기를 계속했다.

"그 이후에도 적룡과의 전투는 시작일 뿐이라는 듯 마물, 마족과 사투를 거듭했습니다. 그리고 이번에는 성속성 마법을 쓰지 못하게 됐다는 소문이 퍼지면서, 타국의 모략에 당할뻔했지요."

청중은 내게 질색하거나 또는 영웅처럼 바라보았다. 나를 향한 인식이 양극단으로 나뉘고 있다.

"하나같이, 평범하고 평온하게 사는 게 얼마나 사치스러운 건지 깨닫기에 부족함이 없는 일들이었습니다."

내가 생긋 웃자, 모두 나의 시선을 피하듯 고개를 숙였다.

"그럼에도 저는 기어코 실이 돌아와, 교회를 위해 이 자리에 섰습니다. 여러분도 저와 다르지 않습니다. 노력하기에 따라 어쩌면 저보다 더 굉장해질지도 모르는 일이죠. 중요한 건 그걸 실천할 열정입니다. 여러분이 품은 그 열정이, 앞으로 교회에 보탬이 되리라 믿습니다. 그러면 이로써 이 자리를 폐하겠습니다. 각 부서 책임자는 남아주시고, 나머지 분들은 임무에 복귀하시기를 바랍니다."

"루시엘, 조사가 끝나는 대로 본녀의 방에 오거라. 본녀는 먼저 가서 기다리겠노라."

"예. 돈가하하도 맡겨주십시오."

"부탁하마."

"예."

그리하여 교황님은 로자 씨, 에스티아와 함께 돌아갔다.

나는 처벌을 받은 기사들을 교회 감옥에 넣기 위해 루미나 씨에게 말을 걸었다.

"루미나 씨, 죄송합니다만 발키리 기사단에서 저들의 연행을 맡아주셨으면 합니다."

"그래……. 그런데 루시엘 군, 이따가 조금을 조금 내줄 수 없겠나?"

루미나 씨에게서 평소보다 조금 긴장된 분위기가 풍겼다.

"돈가하하의 개인실에 아직 조사할 안건이 남아있습니다. 그 후라도 상관없으시다면."

"그러면 저들을 연행한 후에 이 대훈련장에서 기다리고 있을게. 용무가 끝나는 대로 와줘."

"알겠습니다. 그럼 부탁드립니다."

"그래. 맡겨줘."

루미나 씨는 발키리 성기사대에 지시를 내려, 돈가하하를 제외한 나머지 가담자들을 지하 감옥으로 연행했다.

나는 그 자리에 아직도 쓰러져 있는 돈가하하에게 다시금 엑스트라 힐, 리커버, 디스펠을 건 후에 은자의 관에 넣었다.

후우, 이로써 일단락됐나······.

"스승님, 라이오넬, 휘말리게 해서 죄송합니다."

"나는 상관없다. 그보다 마침 좋은 기회인 거 같다만."

스승님의 시선이 해산하라는 명을 받았는데도 제자리에 서 있는 기사들에게 향했다.

나는 스승님의 생각을 짐작하고서 기사들에게 말했다.

"기사단 여러분, 이분은 제 무술 스승님입니다. 또한 이쪽 수석 수행원이 누군지 아는 분도 있겠죠. 이 두 사람이 여러분들의 실력을 높이기 위해 전투 지도와 대련을 해주신다고 하니, 강해지고 싶다면 도전해 보세요. 제가 매일 어떤 환경에서 훈련했는지, 저를 알 기회입니다. 스승님, 라이오넬, 부탁합니다. 저는 조사가 남아서 잠시 자리를 비우겠습니다."

"오냐. 이쪽은 맡겨둬라."

"천천히 하고 돌아오셔도 괜찮습니다."

"알겠습니다. 케티는 스승님과 라이오넬을 도와줘."

"알겠다냥."

나는 이렇게 두 전투광······ 아니, 두 전귀(戰鬼)를 기사단에게 떠밀고서 케핀의 안내를 받아 집행부 건물로 향했다.

"이 건물은 미로처럼 구불구불한데, 한 번 다녀온 걸로 길을 외웠다니. 대단하네."

"하핫. 어릴 때부터 몸에 밴 버릇입니다. 한 번 걸었던 길은 대부분 기억할 수 있죠."

"그거 든든하네. 길을 외우는 비결이 따로 있어?"

시련의 미궁은 나도 메모하면서 여러 번 걸었기에 아직도 길을 외우고 있다. 그러나 다른 미궁은 이미 기억이 흐릿하다.

"비결이라 하셔도……. 으~음, 간단한 방법을 꼽으라면 표식을 기억하는 겁니다. 그리고 모퉁이를 돌 때 한 번 뒤를 돌아보는 것도 도움이 되죠. 풍경이 달리 보이니 그 지점에서 길을 어떻게 걸어왔는지 돌이켜보면 길을 헤맬 일은 거의 없습니다. 익숙해지면 지도를 보듯 자신의 위치를 부감할 수도 있습니다."

"쉽게 할 수 있는 게 아니라는 것만은 알겠네. 그렇기에 대단한 기술인 거겠지만……."

"그렇죠. 무언가를 할 줄 알게 되면 다음 벽이 또 나오니, 하루하루가 수업의 연속입니다."

"맞아, 하루하루가 수업…… 나는 성인이 된 이후로 수업만 하는 것 같은데, 내 착각인가?"

"오히려 그래서 루시엘 님이 현자에 도달한 게 아닐까요. 저도 지금은 척후라고 자부하고 있으니, 이 역할만은 누구한테도 지고 싶지 않습니다."

"오오. 말을 잘하네, 케핀."

"하핫."

케핀과의 대화로 전생에 있었던 일이 문득 떠올랐다.

언젠가 스님의 설법을 들을 기회가 있었다.

스님은 사람은 부처님께 영혼을 빌렸으니, 언젠가 반환하는 날까지 반짝반짝 닦아야 한다고 했다.

단지 살아가기만 해도 영혼이 닦이긴 하지만, 노력하면 노력할수록 영혼은 더욱 빛난다. 현생도 행복하게 보낼 수 있고, 부처님도 빌려주길 잘했다고 다시 영혼을 빌려줄 때 서비스를 해줄지도 모른다는 이야기였다.

전생하는 바람에 내게는 조금 미묘한 이야기가 됐지만, 나의 영혼을 무사히 잘 닦이고 있을까? 설령 닦았다고 해도, 그 몫을 호운 선생이 곧바로 계산하는 것 같단 말이지…….

그간 평온한 생활을 그토록 바랐건만 여태껏 수많은 사건에 얽혀왔다. 전생의 업보가 어지간히도 깊었던 게 아닐까?

아무리 생각해도 꾸준히 단련하지 않으면, 평온한 생활과는 영영 이별하게 될 것 같다. 다시 정진해야겠다.

이후에 미로 같은 집행부 건물 안을 5분쯤 걸었을 무렵, 돌연 케핀이 발을 멈췄다.

"여기야?"

"예. 여기가 돈가하하의 개인실입니다."

나는 왔던 길을 돌아보았다. 근처에 다른 방은 없었다.

"유독 이 방만 다른 방과 상당히 떨어져 있군."

"안을 보시면 왜 그런지 알게 되실 겁니다. 들어가시죠."

케핀이 문을 열었다. 내 방…… 아니, 넓다고 생각했던 루미나 씨의 개인실이 소소하게 느껴질 만큼 넓은 방이었다.

"내 방의 열 배는 되겠네. 집행부에 돈이 많나?"

하얀색을 기조로 한 벽과 천장, 한눈에 고급임을 알 수 있는데도 차분한 느낌이 드는 인테리어. 돈가하하의 센스가 좋군.

"그런 것 같습니다. 자료는 여기가 아니라 서고로 쓰는 옆방에 있었습니다. 책장 옆에 놓인 자그마한 책상 위에 정리되어 있더군요."

방이 이렇게나 넓으면 공간이 주체가 안 될 것 같은데?

돈가하하를 생각하면서 서고에 들어갔더니 의외로 아담하고 어둑한 공간이 나왔다.

차분한 인상을 느낀 이유는 광원이 부드러운 주황색이기 때문인지도 모르겠다.

케핀이 말했던 책상은 내 방에 있는 것처럼 간소했다.

책상 서랍을 열자, 빛을 희미하게 발하는, 야구공만 한 구체가 박혀 있는 목걸이가 들어 있었다.

이건 목걸이라기보다 사슬로 구체를 봉해둔 것 같은 느낌인데?

"이 물건에 관해 적어둔 자료는 없었어?"

"어디에나 있을 법한 평범한 목걸이라서 그런지, 달리 없었습니다. 가르바 님이 일기를 훑어봤지만, 역시 목걸이에 관한 내용은 없었습니다."

그래, 첩보에 능한 가르바 씨와 케핀이 그런 걸 놓쳤을 리 없지. 그런데 평범한 목걸이라고? 이 묵직해 보이는 게? 나는 의아해하면서 목걸이 근처에 손을 뻗었다.

"미약한 마력이 느껴지는군."

"마도구인 걸까요? 가르바 님과 저는 공교롭게도 마력 감지에 약해서, 목걸이에서 아무 마력도 느끼지 못했습니다."

"그건 어쩔 수 없지. 으~음, 역시 사슬이 구체를 봉인하는 느낌 같은데. 안에서 성질이 다른 마력이 둘 흐르는데, 사슬이 힘을 억누르는 듯한⋯⋯."

"구체요? 제 눈에는 여러 끈을 땋아서 만든 목걸이로밖에 보이지 않습니다만⋯⋯."

아무래도 케핀의 눈에는 구체가 보이지 않는 모양이다.

"아니, 분명히 있어. 아무래도 본래 모습이 보이는 조건이 있는 모양이야. 하아, 이 봉인을 풀면 또 무슨 일이 휘말릴 것 같은데."

"그러면 마법 주머니에 넣어두는 건 어떻습니까? 뭐, 루시엘 님이 목걸이를 만질 수 있을 때의 이야기이지만요."

"흐음, 그것도 방법이군. 이건 내가 조사할 테니, 케핀은 달리 무언가가 없는지 다시금 방을 수색해 줄래?"

"알겠습니다."

케핀이 고개를 끄덕이고서 서고에서 나갔다.

"자, 어디."

나는 딱히 아무 생각도 없이 목걸이에 손을 뻗자⋯⋯ 자연스럽게 손에 닿았다.

만지는 건 문제 없군. 하지만 정체도 모르는 물건을 다짜고짜 마법 주머니에 넣는 건 꺼려지는데.

나는 의자에 앉아서 우선 돈가하하의 유서를 읽어보았다. 살려

났으니 이제 필요 없잖아?

【누가 읽을지 모를 유서를 쓰는 게 망설여지긴 하지만, 이걸 교황님과 교회를 진심으로 위하는 자가 읽어주길 바란다.】

유서는 교황님과 교회를 위하는 자에게 보내는 내용이었다.

유서에는 돈가하하의 내력부터 미궁이 생긴 뒤로 그가 봐왔던 교회 내부 사정이 자세히 적혀있었다.

유서를 계속 읽어나가니 2년쯤 전에 일마시아 제국에서 마족이 목격됐다는 이야기와 루브르크 왕국에서 행방불명자가 속출하고 있는 사건이 연관이 있는 것 같아서 조사를 벌였다는 내용이 나왔다.

그리고 반년 전에 내가 멜라토니로 가는 도중에 쓰러뜨렸던 마족 사체가 집행부에 옮겨졌고, 전 인족이나 전 수인족이 마족으로 변했다는 사실이 판명됐다. 그래서 블랑주 공국과 일마시아 제국에 첩자를 보내기 시작했다.

그러나 조사를 시작하고 얼마 지나지 않아 돈가하하는 지병이 악화되어 피를 토하며 쓰러졌다.

여생이 얼마 남지 않았음을 느낀 돈가하하는 마지막 임무로서 마족화의 진상을 캐내기로 했다. 그는 느긋하게 조사할 여유가 없어서 외교 수장인 자신의 직책을 이용했다. 지금껏 내응해달라는 촉구가 있었으니, 양국과의 접선은 어렵지 않았을 거다. 동시에 돈가하하는 자신이 성 슈를 공화국을 배신했다는 믿음을 그들에게 줘야 했다. 아, 그래서 두 나라가 파견해달라고 강하게 요청했던 나와 성기사대를 미끼로 이용한 건가?

돈가하하가 느닷없이 내응하겠다는 뜻을 비치자 일마시아 제국은 연락을 끊었고, 블랑주 공국은 곧바로 답변이 왔다.

블랑주 공국에서 온 사자는 나와 루미나 씨가 이끄는 발키리 성기사대에 흥미를 보였다. 돈가하하는 이걸 미끼로 정보를 알아내고자 했다. 이 과정에서 그는 수명을 연장하는 사법(邪法)의 존재를 알게 됐다.

사자는 수명을 늘리는 사법을 알려주는 대신에 나와 루미나 씨에 관한 정보뿐만이 아니라 마족화 실험 피험자로서 싸울 수 있는 자를 바치라는 조건을 걸었다.

돈가하하가 고민에 빠졌을 무렵, 내가 성속성 마법을 상실했다는 소문이 그의 귀에 들어갔다. 그는 이 사건으로 일어날 최악의 사태를 상정하고, 교회가 위기에 빠지기 전에 손을 쓰자는 결심에 이르렀다.

다만 그에게는 교회를 재건할 시간이 남아있지 않았다. 결국 고민 끝에 그는 마지막에 모든 업보를 자신이 짊어지고 파멸하는 계획을 세우고, 사법을 받아들였다. 그리고 그 대가로 교회의 해악이 된 인족지상주의자들과 교회를 좀먹던 자들을 마족화 실험자로 팔았다.

돈가하하는 자신이 판 자들에게 설령 악한 방법이라도 힘을 원하냐고 물었다.

　그들은 고민하는 시늉조차 보이지 않고 집행부야말로 교회의 법이라면서 힘을 바랐다고 한다. 마족의 힘이라고 말해도 그들은 마음을 바꾸지 않았다.

　그리하여 돈가하하는 각오를 굳혔다. 기사들은 3개월에 걸쳐서 실험에 의해 서서히 마족으로 변해갔겠지.

　"이게 사실이라면 발키리 성기사대의 마족화 계획은 돈가하하의 지시가 아닌 게 되는데."

　블랑주 공국은 마족화된 기사들을 신용했는지, 교회에서 발각되면 쓰라면서 위험한 악마를 불러내는 소환술이 담긴 책을 제공했다. 만약에 발각된다면 일마시아 제국을 배후로 지목하라는 당부까지 받았다.

　그 사실을 안 돈가하하는 마족화된 기사들을 자기 손으로 끝장내려고 했다.

　그러나 그때 내가 네르달에서 귀환했고, 마법을 잃기는커녕 현자가 되어서 그는 다시 고민에 빠졌다.

　【나는 그를 얕잡아봤던 것인가? 아니면 교회를 속인 벌이 떨어진 것인가……. 교황님과 성 슈를 교회를 구할 수 있다면 목숨 따윈 아깝지 않다. 바라건대 그가 레인스타 경에 필적하는 영웅이길 바란다.】

나는 유서에서 시선을 떼고 천장을 올려다봤다.

"기대가 무거워……."

돈가하하는 내게서 뭘 보고서 희망을 품었을까? 가능성을 느꼈다면 처음부터 날 만나러 왔으면 됐을 것을.

그런 미련을 떨쳐낼 수가 없었다.

한숨을 내쉬고 글을 계속 읽어나갔다. 이후는 소환술 책에 관해 적혀있었다.

블랑주 공국의 사자가 준 소환술의 책은 돈가하하가 다 읽자마자 불에 타버렸고, 어쩔 수 없이 기억하는 내용만 적어뒀다고 한다.

아까 케핀에게서 받았던 자료가 이걸까. 마족화 현상과 마족 소환에 관한 정보라고 했으니.

그리고 그가 이 유서를 쓴 이유는 마지막 문장에 담겨 있었다.

【만약에 내가 죽고서 이걸 읽는 자가 있다면 교황님이나 현자께 이것을 유서라 밝히고서 전해드리길 바란다. 교회가 숭고하고 신성하며, 인간의 구원이 되기를 절실히 바란다.】

"하아~."

죄는 죄, 벌은 벌, 하고 선악을 간단히 판가름할 수 있으면 좋으련만, 사람에게는 이처럼 눈에 보이지 않는 이면이 있다.

나는 안타까움에 가슴이 먹먹해져서 무심코 한숨을 내뱉었다.

여기까지 왔으니 내키지는 않지만, 우선은 마족화에 관한 기록을 읽어둬야 한다.

돈가하하는 마족화 현상을 관찰하여 일기처럼 적어뒀다.

종반부에 내 시선을 끄는 대목이 있었다.

【블랑주 공국은 과거에 용사 소환을 시도하다가 용사가 아닌, 세계를 통제하는 힘을 얻었다고 한다. 그 힘은 평야를 계곡으로 바꿀 정도로 막대하지만, 현재는 봉인된 상태이며, 근래에 되찾을 예정이라고 한다. 이 말이 사실이라면 큰일이다.】

블랑주 공국이? 어쩌면 일마시아 제국보다 훨씬 더 위험한 상대가 될지도 모르겠군.

【그들은 일마시아 제국의 마족화 연구를 폭로하여, 자국의 마족화 연구를 위장할 작정인 듯하다. 블랑주 공국의 사자는 이미 계책이 마련되어 있다고 했다. 이 말이 사실이라면 교회의 결계를 꼼꼼히 점검할 필요가 있다.】

블랑주 공국의 마족화 연구를 숨기기 위해, 비슷한 연구를 벌이고 있는 일마시아 제국을 미끼로 삼아서 시간을 벌려는 속셈일까? 그것이 사실이라면 제국과 공국 사이에 끼어있는 성 슈를 공화국이 위험해질 가능성이 높다.

그런데 돈가하하가 아까 왜 블랑주 공국이 아니라 일마시아 제국을 거론했지? 역시 그에게서 정보를 더 캐내야 할 거 같다.

어찌 됐든, 이 상황을 보아 병력이 부족한 공화국이 위기인 건 틀림없다. 신속하게 대책을 마련해야 한다.

"교황님을 포함해 모두와 상의해야 할 안건이군."

지금 손 놓고 있으면 머지않아 후회할 거다. 가능하다면 나는 전생 때 죽었던 나이가 되기 전까지라도 평온한 인생을 살고 싶다.

복잡한 기분으로 서고에서 나갔더니 케핀이 다가왔다. 아무래도 보고할 요소가 생긴 모양이다.

"뭔가 눈에 띄는 게 있었어?"

"이 깔개 밑에 마법진이 있었습니다. 그런데 뭘 해도 반응하지 않습니다. 그리고, 집행부는 돈가하하가 인족지상주의를 내세웠다고 주장했습니다만, 그 주장을 뒷받침하는 자료는 나오지 않았습니다."

교황님이 하프 하이 엘프인걸 알고도 모시는 사람이 인족지상주의일 리가 없지. 아마 집행부를 장악하기 위한 구실이었을 거다. 진실은 당사자만이 알겠지만.

나는 케핀이 보고한 마법진을 살펴봤다.

반응이 없으면 이것도 당사자에게 물어야 하는데, 디스펠 한방에 마법진이 사라졌다. 그리고 이내 바닥이 꺼지더니 계단이 나타났다.

"숨겨둔 공간이라……."

"루시엘 님, 사람을 더 부를까요?"

계단 아래를 들여다보니 불빛이 보였다. 그 덕분에 계단 아래가 그리 넓지 않다는 사실을 알았다.

"아니, 그리 넓지 않은 것 같아."

"그렇다면 제가 먼저 가겠습니다."

케핀이 그렇게 말한 뒤 경계하면서 내려갔다. 나도 그의 뒤를 따라 계단을 내려갔다.

계단 아래에는 감옥이 있었는데, 그곳에 그란하르트 씨가 무릎을 단정히 꿇은 상태로 갇혀 있었다.

"어?! 그란하르트 씨?!"

무릎을 꿇고 있던 그란하르트 씨가 내 목소리에 반응하여 눈을 뜨더니 조용히 고개를 끄덕였다.

"……결국 이렇게 됐군요. 그나마 돈가하하 님은 희망을 품고서 떠나셨겠습니다."

"어찌 된 일인지, 알고 계십니까?"

"예, 저는 기사들을 마족으로 만드는 계획을 우연히 듣고 말았습니다. 그 탓에 목숨이 위험해지고 말았지요. 이를 안 돈가하하 님은 저를 이곳 감옥에 숨기시고, 어떻게 된 일인지를 알려주셨습니다."

"그 자초지종을 교황님께 보고하실 수 있겠습니까?"

"물론입니다. 그게 돈가하하 님의 마지막 바람이기도 했습니다."

그란하르트 씨가 그렇게 말한 뒤 일어서고는 감옥에서 스스로 나왔다.

잠겨 있지 않았던 건가. 정말로 숨겨주려고 했던 모양이다.

"한가지 정정하자면, 저는 마지막 부탁을 넘겨받지 않았습니다. 그런 일은 직접 해야지요."

그러자 그란하르트 씨가 말뜻을 깨닫고 고개를 숙였다.

"……현자 루시엘 님께 최대한의 감사를."

"그러지 마세요. 결국은 전부 자신을 위해서 한 일입니다."

나는 그렇게 말하고서 계단을 올랐다.

"그러면 교황님께 보고를 부탁드립니다."

"알겠습니다."

그란하르트 씨는 고개를 다시금 숙이고서 방을 나갔다.

"흠, 이 방을 조금 더 살펴보고 싶지만, 너무 오래 머물면 대훈련장에서 피해자가 나오겠지? 슬슬 돌아가야겠는데."

자칫하면 스승님과 라이오넬이 약해져서 힘을 잘 조절하지 못할 가능성도 있다.

그러자 케핀이 조금 생각한 뒤 입을 열었다.

"저는 이곳을 조금 더 조사하고 싶습니다만, 괜찮을까요?"

"마음에 걸리는 거라도 있어?"

"예. 이 방에는 마족화 실험에 썼다는 약이 없었습니다. 그러니 그 유서에 적힌 내용의 진위를 파악하기 위해 다른 방도 조사하고 싶습니다."

"알겠어. 마족화에 연루됐던 집행부 인원들은 거의 체포됐으니 마음대로 해. 하지만 무슨 일이 벌어질지 모르니 주의할 것. 그리고 무리하거나 무모한 짓을 벌여서는 안 돼."

"예."

케핀은 입구까지 나를 안내한 뒤 대훈련장으로 이어지는 길을 열어주고서 헤어졌다.

대훈련장으로 돌아가니 피를 흘리고 있는 스승님과 라이오넬의 모습이 보였다.

물론 상대도 멀쩡하지는 않았다. 기사 십여 명이 바닥을 나뒹굴고 있었다. 남은 기사들이 굳은 표정으로 이들을 지켜보고 있었다.

"케티, 이게 대체 무슨 상황이야?"

"아, 루시엘 님. 라이오넬 님과 선풍이 현 상태에서는 힘을 조절할 수가 없다고, 상대를 맨손으로 팼다냥."

"……그리도 싸우고 싶나?"

곧바로 돌아오길 잘했네. 둘 다 고통 따윈 괘념치 않는 눈치였지만, 상처가 없진 않다. 그냥 방치했으면 피떡이 될 때까지 싸웠을지도 모른다.

이 둘은 늘 투쟁에 굶주려 있으니 말이지. 기사들을 상대하면서 조금은 만족했으면 좋겠는데.

뭐, 기사들에게도 좋은 훈련이 됐을 것이다. 다소 공포를 느꼈을지도 모르지만.

"훈련은 뜨거울 정도로 하는 게 딱 좋다냥. 그리고 실전에서는 시원한 표정으로 스마트하게 싸우는 게 전사의 긍지다냥."

내 생각을 읽었는지 케티가 팔짱을 끼며 말했다.

"말은 그럴듯하네. 하지만 저 두 사람은 그냥 전력으로 싸우고 싶은 것뿐이잖아."

"당연하다냥. 아마도 루시엘 님이 돌아왔으니 둘 다 무기를 들 거다냥."

케티가 앞을 내다보듯 말하고서 두 사람 곁으로 갔다.

그리고 무슨 이야기를 마치자, 스승님과 라이오넬이 이쪽으로 시선을 돌렸다. 둘 다 거칠게 웃은 뒤 무기를 서서히 꺼내고서 기사들에게 선언했다.

"자, 놀이 시간은 여기까지군."

"지금부터는 우리도 무기를 쓰겠다. 루시엘 님이 계신다면 팔 한두 개쯤은 잘려도 해결해 주시겠지. 안심하고 베어라."

"뭐, 긴장을 풀었다가는 순식간에 저세상에 갈 수도 있으니 정신 바짝 차리라고. 훈련이 끝나는 건 루시엘의 마력이 다 떨어졌을 때다."

"자, 사양하지 말고 덤벼라."

"왜들 그러지? 안 오면 우리가 간다."

라이오넬과 스승님이 고함을 지르듯 선언하고서 정말로 기사들에게 달려들었다.

"……아무리 봐도 덮치는 광경으로밖에 보이질 않네."

기사들의 사기가 이미 바닥인 것 같으니 만류해야 하는데, 자꾸 나를 파는 탓에 애매해졌다.

"그래도 저 둘이 루시엘 군의 무술 스승인 건 사실이잖아?"

누가 뒤에서 말을 걸어서 돌아봤더니 어느새 루미나 씨가 와있었다.

스승님과 라이오넬에게 의식을 집중했던지라 접근을 미처 알아차리지 못했다.

"언제부터 거기 계셨습니까? 전혀 몰랐습니다."

"후훗. 루시엘 군이 저쪽에 의식을 집중하고 있길래 조금 놀려주려고 생각했다."

루미나 씨가 장난이 성공했다는 듯 웃었다.

그러고 보니 루미나 씨는 스승님과 초면이었던가?

"스승님과 라이오넬은 무술 스승이자 인생의 선배이자 남자의 삶을 보여준 아버지나 형 같은 존재죠."

"상당히 신뢰하고 있구나."

"예. 스승님, 라이오넬과 만나지 않았다면 분명 멜라토니를 떠나지 않고 치유사로 활동했을 겁니다. 이에니스에서 라이오넬을 만나지 않았다면 어쩌면 이에니스에서 죽었을지도 모릅니다. 그렇게 생각하면 저는 인복이 있는지도 모르겠네요. 멜라토니에서 루미나 씨가 도와줬던 일도 있고요."

"그렇게 말하니 조금 부끄럽군."

"사실이니까요. 처음에 루미나 씨와 만나지 않았다면 치유사 길드에 순조롭게 가지도 못했을 겁니다. 치유사에 관한 평판도

들지 못했기에 치유사를 혐오하는 모험가 길드에서 활동했을지도 모르는 일이죠."

모험가들이 치유사를 싫어한다는 사실을 알았더라면 모험가 길드에 가지 않았을지도 모르겠다.

그렇게 생각하면 그곳은 새로운 인생의 첫 번째 전환점이라고 할 수 있겠지.

"이 모든 것은 루시엘 군이 노력하여 성취한 거야. 지금은 현자까지 도달했지. 보통 사람은 불가능해."

"늘 목숨이 걸려있어서 포기할 수가 없었을 뿐이에요."

칭찬을 받으니 기쁘긴 했지만, 정말로 어딘가에서 포기했다면 나는 지금 이곳에 없었겠지.

"루시엘 군의 주변 사람들이 다들 즐거워하는 이유는, 루시엘 군이 그런 자세로 살아가기 때문인지도 모르겠군."

"예?"

"부러워."

"저도 루미나 씨랑 발키리 성기사대가 끈끈한 인연으로 묶여 있어서, 처음에는 줄곧 부러워했어요."

나이가 비슷한 동료들끼리 절차탁마했다면…… 아니, 그랬다면 라이벌이라고 인식하고서 관계가 소원해졌을지도 모르겠다. 나는 스승님이나 라이오넬 같은 연상의 존재가 있었기에 노력할 수 있었겠지.

"후훗. 루시엘 군은 하나도 바뀌질 않는구나."

루미나 씨가 왠지 정겨워하듯 미소를 지었다.

"바뀌질 않는다니요. 그래도 조금은 성장했겠죠. 더 의지할 수 있는 존재가 되도록 노력할게요."

"그런 뜻은 아니었지만…… 기대할게."

"부드러운 말투로 들으니 좀 어색하네요."

"그런 말은 본인 앞에서 하는 게 아니야."

"어이쿠, 속내가 그만. 죄송합니다."

무심코 말실수를. 그녀가 얼굴을 붉힌 게 분노가 아니라 창피함이기를 바랄 뿐이다.

"그나저나 루시엘 군한테 줄곧 묻고 싶었던 게 있어. 루시엘 군은 무얼 위해서 싸움에 몸을 던지는 거야? 치유사는 굳이 싸울 필요도 없을 텐데?"

싸우는 이유가 뭐냐고? 나는 스승님과 라이오넬처럼 좋아서 전투에 몸을 던진 적은 한 번도 없었는데.

"그렇게 말씀하시면 마치 제가 저분들처럼 원해서 싸우러 가는 사람 같지 않습니까."

"아, 아니, 그럴 의도는 아니었다만……."

내가 웃으며 대답하자, 루미나 씨도 왠지 당황하며 웃었다.

아까 했던, 늘 목숨이 위태로운 상황에서 살아왔다는 이야기에 내가 걱정이 된 모양이다.

왠지 루미나 씨에게 늘 걱정만 끼치네.

그래, 내가 싸우는 이유라.

지금 돌이켜보면, 성룡과의 만남이 모든 일의 시작이었다.

미궁을 답파하고 전생룡을 해방하지 않으면 용사가 패배한다는 사실을 알았다.

내가 움직이지 않으면 수많은 이들이 부조리하게 목숨을 잃는다.

그런 미래는 인정하고 싶지 않았다. 그리고 마족에게 대항할 수단을…… 힘을 부여받았을 때 있는 힘껏 행동하기로 약속했기에, 그것을 어길 수도 없다.

부조리한 이야기지만, 살아남기 위해서는 그것이 가장 올바른 선택이었다. 하물며 이 세계에는 레벨이라는 개념이 있으니까. 레벨이 높을수록 살아남을 가능성도 커진다.

"실은 최근에야 깨달았는데, 아마도 전 여러 성가신 일들에 휘말리는 체질인 것 같습니다. 게다가 가만히 내버려두면 반드시 안 좋게 꼬이는 사건들뿐이죠."

사신과 마족. 잇달아 튀어나오는 문제들은 미리 해결하지 않으면 더 성가시게 진화한다.

이번에도 이미 휘말렸으니, 지금이라도 당장 움직여야 한다.

"그렇게 안 좋으면 해주라도 받는 게 좋지 않겠니?"

"그렇게 해서 나아질 거 같으면 진즉에 했겠죠."

내가 대답하자 루미나 씨가 진지한 표정으로 내 얼굴을 지그시 쳐다봤다. 그러고는 입을 서서히 열었다.

"……루시엘 군, 블랑주 공국와 일마시아 제국, 둘 중 한 곳에 갈 거야?"

"글쎄요. 부탁할 일이 있으신가요?"

"블랑주 공국에 갈 작정이라면 여러 연줄을…… 아니, 동행하게 해줬으면 좋겠어."

그러고 보니 블랑주 공국은 루미나 씨의 고향이었지. 친척들이 걱정되는 건가.

"루미나 씨가 함께 해주신다면 든든하죠. 다만 어느 쪽이든 돈가하하의 의식이 돌아오기 전에는 어렵습니다."

뭐, 일마시아 제국과 블랑주 공국은 모두 마족화와 관련이 있으니 어느 쪽이든 피하고 싶다고 해서 피할 수는 없겠지만…….

"가끔은 루시엘 군과 동행할 수 있는 임무가 내려진다면 기쁘련만……."

루미나 씨가 조금 수줍어하는 표정을 내보인 순간, 시간이 정지된 것 같은 기분이 들었다.

뭐라도 말해야 했기에 일단 대답했다.

"으음, 루미나 씨, 전 저기……."

"어이, 루시엘!! 거기서 꽁냥대지 말고 기사들을 얼른 회복시켜 다오."

"앗, 알겠습니다! 루미나 씨, 사건들이 정리되면 그때 느긋하게 다시 이야기하죠."

스승님이 절묘한 순간에 내 말을 가로막았다. 그러나 지금은 플래그를 세우지 않는 편이 좋다. 나는 다행이라고 생각하면서 루미나 씨와의 일을 뒤로 미루었다.

좋다, 혹은 싫다는 감정을 단순히 전하는 건 쉽다. 그러나 내 감정을 단단히 굳히지 않은 채로 대답하는 것은 상대에게 실례이 므로, 지금은 스승님을 핑계로 삼았다.

비겁한 도망이라도, 아직 나는 시간이 필요하다.

어차피 이쪽 세계에서 지금 내 나이대에는 교제는커녕 결혼한 사람이 더 많으니, 좀 더 늦어도 사소한 거다.

"후훗, 그래. 얼른 다녀와."

루미나 씨는 전혀 언짢아하지 않고, 오히려 미소를 지으면서 말했다.

"예, 그럼 또 보죠."

"그래, 또 보자."

나는 얼른 스승님과 라이오넬의 발치에 굴러다니는 기사들을 회복시키러 달려갔다.

02 등용

스승님과 라이오넬 앞에는 기사단이라는 이름의 산더미가 만들어져 있었다.

레벨 차이를 무색하게 만드는 받아치기…… 이른바 카운터를 연습하기에 딱 알맞은 상대였겠지. 기사들이 조금 가엾다.

그들은 교회의 수호자다. 기사란 이름에 부끄럽지 않은 실력도 있다. 하지만 스승님과 라이오넬은 어쩔 수가 없다.

기사단에는 강자를 상대하는 연습이, 두 사람에게는 다수를 상대하는 연습이 됐을 거다. 적어도 중간까지는 서로 귀중한 체험이 됐을 터였다.

그러나 내가 오는 바람에 균형에 문제가 생기고 말았다.

어느 정도는 쌍방이 다쳐도 문제가 없겠다고 판단한 스승님과 라이오넬이 공격을 더욱 격하게 하기 시작했다.

기사단은 이름에 부끄럽지 않게 필사적으로 그들을 공격했다.

하지만 그 투지는 두 전투광을 수라(修羅)로 승화시킬 뿐이란 걸, 기사들은 몰랐다.

나는 스승님과 라이오넬이 바라는 대로 회복 마법을 영창했다. 부상을 치유하자, 두 사람은 사납게 웃으면서 또다시 기사단에 돌진했다.

기사단도 이 훈련을 끝내고자 진심으로 싸웠다.

그 이후에는 마치 영화 속 살진(殺陣)을 보는 듯했다.

두 수라가 기사들의 숱한 공격을 피하고 받아넘기고 튕겨냈다.

그러나 레벨이 떨어진지라 스승님과 라이오넬은 기사들의 모든 공격에 대처하지 못했다. 몸에 자잘한 칼자국이 늘어갔다.

어쩌면 이대로 스승님과 라이오넬이 패배하고서 끝날지도 모르겠다고 생각했을 때였다.

궁지에 몰린 스승님과 라이오넬이 등을 맞대더니, 의논도 하지 않았는데도 그 자리에서 서로의 등을 지키듯 회전하며 기사들의 맹공을 막아내고서 공격으로 전환했다.

때로는 살을 내주고 뼈를 끊어내는 전법까지 구사하자, 기사 쪽에서 탈락자가 나오기 시작했다.

결국 기사 몇몇이 겁을 먹고 주춤하자, 다른 기사들까지 움츠러들기 시작했다.

그 빈틈을 놓칠 만큼 스승님과 라이오넬은 어수룩하지 않다.

받아넘기기만 했던 두 사람이 공격을 주도하기 시작했다. 대처하기 쉬운 지점으로 상대의 공격을 유도했다. 그러자 기사단은 집단의 이점을 잃고 분산되었다.

난전이 되면 같은 편을 공격할 위험성이 커지므로, 기사들이 다시 집결하려 했지만 두 사람은 그럴 틈을 주지 않았다.

결국 기사들의 몸과 마음이 부서지기 시작했다. 그것을 감지한 스승님과 라이오넬은 마음이 꺾인 자들을 기절시켜 버렸다.

"몸과 마음이 이리도 약하면서 마족한테서 교회를 지켜낼 수 있겠나? 루시엘과 싸우는 게 단연코 더 보람이 있겠다."

"동감이다. 이런 꼬락서니로 뭘 지키겠다는 말인가?"

스승님과 라이오넬이 기사단을 모욕했지만, 기사들은 두 발을 딛고서 설 수가 없는 상태였다.

두 사람은 기사단의 그런 모습을 보고서 흥이 깨졌다.

그때 목소리가 들렸다.

"지금부터는 우리가 상대하죠."

"오빠들이 강하다는 건 알겠지만, 이대로는 기사단이 체면을 구길 것 같아서 말이지."

목소리의 주인은 발키리 성기사대의 엘리자베스와 사란이었다.

마족화에 연루됐던 기사들을 감옥에 다 집어넣었는지, 다른 발키리 성기사대 단원들도 무기를 들고서 다가왔다.

"오호. 저들이 교회의 최고 전력인가?"

"음, 예전에도 대련한 적이 있는데, 저들이 교회 기사단의 주축이라고 봐도 무방하다."

발키리 성기사대가 막 신설됐을 때는 전장으로 원정을 가거나, 도적을 퇴치하라는 명령을 계속 받았다. 기사단에서는 잡무로 여기는 일들이었다. 여성들로만 창설된 기사단을 간접적으로 해체하려는 심산이었다.

그러나 그녀들은 그 역경을 양분으로 삼아 성장했다. 레벨과 스킬을 올렸고, 서로를 믿고서 의지하는 신뢰를 구축했다.

그 결과, 발키리 성기사대는 기사단 중에서 가장 강한 집단이 되었다. 대장인 루미나 씨는 카트린느 씨보다도 더 강하다는 소문이 나돌 정도다.

반년 전에 라이오넬, 케티, 케핀이 기사단과 싸웠을 때는 발키리 성기사대가 물러나 있었다.

지금은 케티와 케핀의 레벨이 폭등했으니, 지금 맞붙으면 이길 거다.

다만 스승님과 라이오넬은 다소 레벨과 스킬을 되찾았다고 해도, 한번 초기화를 겪었다. 이들이 발키리 성기사대를 얼마나 상대할 수 있을지 순수하게 흥미가 솟았다.

그러나 이 전투는 결국 불발로 끝나고 말았다.

"루시엘, 배고파."

"루시엘 님, 슬슬 그 마도구점에 가고 싶습니다만……."

"루시엘 공, 전투를 구경하는 건 질렸으니 슬슬 비행정으로 돌아가 마도포 설계를 하고 싶다만……."

루시엘 상회의 생산기술부가 이 상황에 싫증을 느끼고 있었다.

분명 성도에 도착했을 때 태양이 꼭대기에 있었는데, 마족화된 기사들과 전투를 벌이고 뒤처리하다 보니 어느새 해가 저물어 저녁이 됐다.

스승님과 라이오넬이 기사들과 싸우기 시작한 지도 벌써 3시간이 지났다.

두 수라는 더 싸워도 상관없겠지. 그러나 발키리 성기사대는 어쨌든, 기사단은 이미 몸과 마음 모두 너덜너덜해졌다. 더 싸웠다가는 본업에 지장이 생길지도 모른다.

우리 쪽도 마찬가지다. 리시안이라면 모를까, 폴라와 드란까지 토라지면 골치 아프다.

그래서 오늘 대련은 이만 종료하기로 했다.

"스승님, 라이오넬, 오늘 전투 훈련은 이쯤에서 그만하시죠."

"루시엘~, 그건 아니지. 이런 기회는 좀처럼 없다."

뭐, 스승님은 이제야 몸이 풀리고 있을 테니, 더 하고 싶으시겠지.

"주변을 보세요. 두 사람에게 호되게 깨진 탓에 기사들은 이미 전의를 상실했습니다."

"그러니까 이번에는 발키리 성기사대와 대련하려는 거 아니냐."

"지금부터 발키리 성기사대와 싸우면 해가 완전히 저물 겁니다. 어차피 불완전 연소로 끝날 게 뻔하니 오늘은 끝내도록 하죠."

"쳇."

스승님은 의외로 금방 마음을 접었다.

뭐, 당연한가. 그런 자제력도 없는 사람이 길드 마스터가 될 수 있을 리 없다.

"비행정이 있으니, 앞으로는 스승님이 바라신다면 이렇게 교회 본부에 나와서 대련할 수도 있을 겁니다. 아니면 또 함께 미궁을 공략할 수도 있고요."

"오. 그러면 다음에 물체X를 교회에 가져와야겠군. 좌절한 기사들한테 먹여서 의욕을 북돋아 주면 좋을 거야. 꾸준히 마시면 몸도 좋아지고."

스승님이 기사들에게도 다 들리게 말하자, 물체X를 아는 사람들의 얼굴에서 핏기가 싹 가셨다. 저러면 먹기 싫어서라도 노력하겠군.

원래는 지금부터 교황님의 방에 가서 돈가하하가 남긴 유서를 보고해야 하지만, 이번만은 그전에 개인적인 용무를 우선하기로 했다.

전생자 리나를 루시엘 상회에 스카웃한 뒤에 모험가 길드에 가서 내가 내걸었던 의뢰를 취소하고, 그대로 모험가 길드에서 그란츠 씨의 저녁을 즐기기로 정했다.

가르바 씨와 카트린느 씨의 모습이 보이지 않지만, 일이 있겠거니 하고 내버려뒀다.

슬슬 케핀을 데리러 가야 하나 싶던 차에 마침 그가 돌아왔다.

"루시엘 님, 돌아왔습니다."

"때맞춰 왔네. 소득은 있었어?"

"예. 어쩌면 루시엘 상회가 교회를 상대로 막대한 이득을 거둘 수 있을지도 모릅니다."

"그거 솔깃한 이야기네. 지금부터 성도의 마도구점과 모험가 길드로 갈 예정이니까, 가면서 설명해 줘."

"예. 그러면 오늘은 이대로 성도에서 묵으실 예정입니까?"

"아마 교회나 비행정 개인실에서 묵지 않을까? 상황을 봐서 정하려고."

"알겠습니다."

케핀은 그렇게 대답하고는 심심해하는 케티 곁으로 갔다.

"기사단 여러분, 스승님, 라이오넬과 대련을 해줘서 감사합니다. 다음에 또 두 사람과 전투 훈련을 부탁드리겠습니다. 여러분이라면 언젠가 폴라의 10m급 골렘도 이길 수 있을 겁니다."

그 순간 기사들의 몸에서 영혼이 빠져나갔다. 그들의 표정이 죽어 나가는 모습이 인상 깊었다.

폴라는 갑자기 호명되어 고개를 갸웃거렸다.

교회를 나오자마자 스승님은 혼자서 먼저 모험가 길드로 가셨다.

나는 호위를 맡은 라이오넬, 드란, 폴라, 리시안과 함께 리나의 가게로 향했다.

『어서 오세요. 마도구점 코메디아에 오신 것을 환영합니다.』

"다시 봐도 흥미롭단 말이지."

"목소리를 재생한다는 발상이 신선해요."

가게에 들어가니 폴라와 리시안이 곧바로 재잘거리는 골렘 곁으로 이동하여 이리저리 착착 만져보기 시작했다.

한 번 방문한 적이 있는데도 마치 처음 온 것 같은 모습이 흐뭇하긴 하지만, 조금은 자중했으면 좋겠다.

"어서 오세요. 마도구점 코메디아에 오신 것을…… 앗, 저번에 왔던 분들? 그리고 이쪽 분들은 교회 관계자분들이었죠?"

우리를 맞이한 사람은 리나가 아니라 예전에 그 점원이었다.

"안녕하세요. 리나 씨는 가게에 있나요?"

"아, 예. 조금만 기다리세요."

그녀가 백 룸으로 사라지고, 이내 리나가 나왔다.

직접 물어본 적은 없지만, 발명품의 아이디어로 보아 그녀는 아마도 전생자다.

"어서 오세요, 루시엘 님. 소문을 듣고 걱정했습니다."

"안녕하세요. 저를 아직 기억하고 있다니, 영광이네요. 하지만 소문은 소문일 뿐입니다."

"그렇다면 다행이네요. 오늘은 무슨 용건이죠?"

리나가 드란 일행을 힐끗 봤다가 다시 나를 쳐다봤다.

"오늘은 우리 루시엘 상회의 생산기술부문에 당신을 헤드 헌팅하러 왔습니다."

"저를요?"

갑작스러운 제의에 당황했는지 그녀의 안경이 스륵 미끄러졌다.

"루시엘 상회에서 생산기술부장을 맡고 있는 드란일세. 주로 대장일을 하고 있지."

"생산기술부문의 폴라. 마도구 제작 전문가야. 지금은 전자동 조리기를 만들고 있어."

"생살기술부문의 에이스, 리시안이에요. 마물 탐지기를 제작하고 있답니다."

드란은 평범하게 자기소개를 했는데, 나머지 두 사람은 자신을 너무 띄운 느낌이었다.

"우와~ 둘 다 발상이 굉장하네요. 저는 물건을 감정 마도구를 제작하는 게 고작이었는데."

리나는 웃음을 지으며 말했지만, 폴라와 리시안은 서로 견제하느라 정신이 없어 보였다.

"리나 씨가 만족할 만한 조건으로 모실 생각입니다."

그녀의 가게는 궤도에 올라 있지만, 전에 대화를 나눠봤을 때는 경영보다 마도구를 제작하는 걸 더 중요하게 여기는 느낌이었다. 나는 그 환경을 만들어 줄 수 있으니 나쁘지 않은 제안일 터다.

"······죄송합니다. 루시엘 상회에는 갈 수 없습니다."

그러나 그녀가 고개를 홱 숙이며 거절했다.

나는 뜻밖의 대답에 어안이 벙벙해졌다.

"거절의 이유를 알려주시겠습니까?"

"실은 전 꿈이 있었어요. 하늘을 나는 비공정을 제작하겠다는 꿈이요! 그런데 오늘, 그 가능성을 발견했어요! 루시엘 님은 오늘 교회 본부에 내려가는 비공정을 보셨나요? 저도 서둘러 교회 본부로 갔지만, 들어갈 수가 없었어요. 전 그걸 제작한, 아직 본 적이 없는 스승님께 기술을 배우기로 결심했습니다. 그러니 죄송하지만, 루시엘 상회에는 들어갈 수 없어요."

그녀의 눈에는 결의의 불꽃이 깃들어 있었다.

"······드란, 그렇다는데?"

"음. 의욕은 있어 보이니, 받아들여도 좋네."

드란은 그녀의 실력과 품성을 가늠하듯 살펴보고 있었다. 리나가 들어오는 것을 반기는 눈치였다.

"폴라랑 리시안은 사이좋게 잘 지낼 수 있을 것 같아?"

"기술자는 기술로, 마도구 기사는 마도구 제작으로 말한다."

"실제로는 발상력이 얼마나 있는지, 또한 그걸 실현할 능력이 있는지가 중요해요."

입에서 나온 말과는 달리 두 사람 모두 기뻐하는 눈치였다.

번뜩이는 천재와 노력의 천재, 거기에다가 이세계의 지식을 더하면 어떻게 될까? 기대되네.

"저기, 그러니까 저는 루시엘 상회에는 갈 수가 없는데요……."

우리가 멋대로 이야기를 진행하자 리나가 제지했다.

"그건 비공정이 아니라 비행정입니다. 그리고 그 제작자가 바로 여기 있는 드란이지요. 내부와 공간 확장은 폴라가 담당했고요. 만약에 우리 상회에 온다면 가까운 시일에 비행정에 탑승할 수도——."

"스승님이 계신다면 어디라도 따라가겠습니다!"

리나가 임금 교섭도 하지 않고 덥석 즉답했다.

"좋네요. 점원분도 함께 고용할 생각이니, 조건을 논의할 겸 함께 저녁을 들지 않겠습니까?"

설마 비행정이 고용의 열쇠가 될 줄이야. 이거 오랜만에 호운 선생이 일을 해주셨구나.

분명 드란은 앞으로 스승이 되어 존경받을 텐데, 부담이 늘어날 테니, 도와줘야 할지도.

내가 쓴웃음을 지으며 드란을 보자 그도 똑같은 생각을 했는지 손으로 이마를 짚었다.

"예. 바로 준비하겠습니다. 나냐도 함께 가요."

리나는 카운터에 있는 점원에게 그렇게 말했다. 점원은 깜짝 놀란 표정을 지으며 가게를 걱정했다.

"예? 하지만 가게는요?"

"오늘은 닫겠어요. 지금부터 중요한 일이 있으니 함께 와요. 제 스승님을 찾아냈다고요."

"그렇군요. 알겠습니다."

바로 승낙하다니 엄청난 신뢰 관계구나.

들뜬 정도가 아까와는 전혀 다르다.

"잠시만 기다려주세요."

"어, 어어."

어른스럽게 굴던 리나가 단숨에 파워풀한 경영자로 변모했다. 우리가 고객에서 비즈니스 파트너로 바뀌었기 때문이다.

여성의 변신이란.

나는 어이없어하면서 그녀들이 준비를 기다렸다.

03 새로운 별명

　나는 마도구점 코메디아의 점주인 리나 씨와 점원 나냐 씨를 데리고서 모험가 길드로 향했다.

　"루시엘 님, 여긴 모험가 길드잖아요?"

　들떠있던 리나는 모험가 길드를 보고서 표정이 살짝 굳었다.

　"그야 모험가 길드에서 저녁을 먹을 예정이니까요. 아, 리나 씨가 상상하는 일은 벌어지지 않으니 안심해요."

　전생자라면 우락부락한 자가 무기를 들고 있고, 주정뱅이가 시비를 거는 곳을 떠올릴 수도 있다. 나도 처음에는 잔뜩 긴장했었는데, 리나라고 다르겠는가.

　모험가 길드에 들어가니 모험가들이 날 발견하고 한마디씩 말을 건넸다.

　"오, 성변(聖變)님, 소문을 퍼뜨렸던 흑막을 붙잡았다면서? 게다가 소문이 사실무근이라는 것도 증명했다고?"

　"아무 일도 없이 끝났지만, 의뢰를 내걸었으니 한 턱 쏘라고."

　"그보다도 그 후에 새로운 별명을 고민…… 켁, '템페스트'가 어째서 이곳에?!"

　"대피해라! 길드를 또 파괴하러 템페스트가 나타났다!"

　"뭐라고?! 마스터가 분명 출입 금지를 내렸을 텐데?!"

　"성변은 너무 유별나다니까."

"파괴신이 되어버린 가엾은 새끼 양을 구하기 위해 성변이 나선 거 아닐까?"

"아~ 그런 건가. 성변이라면 그러고도 남지."

"기대하겠어, 성변님!"

모험가들이 어째선지 존경과 기대 어린 눈빛으로 리나 씨를 쳐다보며 우리한테서 멀어졌다.

"리나 씨, 대체 뭘 한 겁니까?"

"그게, 마도구를 시험하려고 지하 훈련장을 빌렸는데요, 어째선지 마도구가 오작동을 일으켜 폭주해 버렸거든요……. 그래서 훈련장 결계가 부서지고 벽과 천장에 구멍이 뚫리는 사소한 사고가…… 아하하하핫."

리나 씨가 시선을 돌리며 말했다. 비행정 때문에 치솟았던 흥분은 이미 온데간데없이 사라졌다.

모험가 길드를 보고 놀란 건 무서워서가 아니라 민망해서였나…….그 모습을 본 나냐 씨가 따지고 들었다.

"웃을 일이 아니잖아요! 그때 나온 수리비로 하마터면 길거리에 나앉을 뻔한 걸 잊었어요?!"

어째서 내가 만나는 연구자나 기술자들은 다 이 모양이지?

"마도구가 폭주하는 건 흔한 일이야. 실패는 성공의 어머니라고."

"결과를 두려워하면 발전할 수 없어요."

"폴라 씨! 리시안 씨!"

리나 씨가 감격해하며 울먹였으나, 그녀는 알지 못했다.

앞으로 저들이 그녀의 등을 밀어버릴 것임을…….

"하지만 폭주하더라도 안전하도록 처음에는 위력이나 출력을 제한했어야지."

"사고로 예산을 잃다니, 한심한 일이군요."

폴라는 어쨌든, 리시안은 마도구를 개발하느라 빚을 져서 결국 노예상에게 팔렸잖아?

"지, 지금은 그렇게 하고 있어요! 다만 그땐 비행하는 물체를 격추하는 수단을 개발해달라는 의뢰를 받았고, 납기일이 아슬아슬했어요."

리나의 호승심이 발동한 듯했다.

축 늘어졌던 기분을 단숨에 일으킨 그녀들은 좋은 동료가 될지도 모르겠군.

드란을 보니 그도 이쪽을 보고서 어깨를 들먹였다. 아마도 똑같은 생각을 했나 보다. 얼른 식당에 밀어 넣어야겠다.

식당에 도착하자 스승님이 말을 걸었다.

"오, 빨리 왔구나. 요리는 먼저 시켜뒀다. 맞은편에 앉으면 된다."

모험가들이 스승님을 에워싸고 있었다.

"오늘따라 인기가 많군요."

"음. 젊어져서 그런가, 얕잡아보는 녀석들이 있더구나. 덕분에 싸울 상대가 부족하지 않아서 좋아. 지금도 지하 훈련장에 가자는 얘기를 나누던 차다."

스승님이 그렇게 말하며 웃었다.

설마 멜라토니 모험가 길드에서도 똑같은 일을 벌인 건가…….

그렇게 생각하니 스승님에게서 도망치려고 했던 멜라토니 모험가들의 심정도 이해됐다.

"기사단으로 부족해서 또 싸우려고요?"

"그런 거 아니다. 동작만 조금 봐주려는 거야."

그러다가 도중에 스위치가 켜지겠지.

다만 모험가들도 이 기회를 놓치고 싶지 않은 눈치였다.

"알겠습니다. 돌아갈 때 다시 부를게요."

"음! 여차하면 회복 마법을 부탁한다."

역시 피 터지게 싸울 생각이잖아!

나는 기뻐하는 스승님을 결국 보내주었다.

"힘 조절 잊지 마세요!"

"오냐. 자, 오래 기다리게 했군. 성도 모험가들의 실력을 알려다오."

"""오오오!"""

'선풍'과 대화를 나눈 것도 모자라서 지도까지 받을 수 있으니, 모험가들에게는 좋은 기회일지도 모른다.

"다녀오세요."

"그래, 술은 마시지 마라."

"알고 있어요."

스승님과 모험가들이 지하 훈련장으로 향했다.

나는 그들의 모습을 지켜본 뒤 다 함께 이동하기로 했다.

"자, 라이오넬과 상회 식구들은 자리에 먼저 앉아 있어."

"……알겠습니다."

라이오넬이 아쉬운 눈치로 대답하고는 케티와 케핀이 있는 자리로 모두를 안내했다.

"아, 리나 씨랑 나냐 씨는 함께 따라와요."

"아, 예."

그리고 나는 모험가 길드에서 출입 금지 조치를 당한 리나에게 말을 걸고서, 길드 마스터인 그란츠 씨 곁으로 걸어갔다.

"안녕하세요, 그란츠 씨."

"오, 얘기 들었다. 소문을 해결했다지? 그저께 밤에 여길 나갔는데 멜라토니에 벌써 다녀왔다는 게 놀랍군."

그란츠 씨는 그렇게 말하고는 날 따라온 사람들을 보면서 팔짱을 꼈다. 딱히 화난 기색은 없어 보였다.

"저도 이렇게 일이 순조롭게 해결될 줄은 몰랐어요. 그런 이유로, 의뢰는 취소할게요. 요 이틀 동안 일해줬던 분들께는 이걸 보상금으로 나눠주시고요."

"괜찮겠나? 우린 고맙긴 하지만……."

이 세계에서는 서로 돕고 도와야 한다.

나를 위해서 일했으니, 삯을 지급하는 게 당연하다. 이런 일로 원한을 사고 싶지도 않고.

이렇게 신뢰를 쌓을 수 있다면 오히려 싼 편이다.

"예. 애초에 이런 상황도 생각하고 의뢰를 내걸었으니까요. 그런데, 그 이틀 사이에 무슨 정보가 나왔나요?"

"이런 말 하긴 뭐하지만, 이렇다 할 정보는 없었다. 그보다도 왜 템페스트와 조수가 여기에 있는 거지?"

그란츠 씨가 리나를 힐끔 보며 말했다.

"이번에 루시엘 상회의 개발 담당자로서 영입하기로 했거든요. 그러니 가능하면 출입 금지를 풀어 주셨으면 해서요. 이제 여기서 실험할 일은 없을 테니."

"……참 과감한 결단을 했구나."

"에이, 능력이 있고 인격 파탄자가 아니라면 나머지는 사소한 문제죠."

"성변이라 불리는 만큼 역시 유별나군."

"하핫. 말괄량이가 둘에서 셋으로 늘어봤자 별반 차이는 없어요. 생산기술부의 핵심인 드란이 수장으로서 단단히 떠받칠 테니까요."

"부하에게 통째로 떠넘기지 마라. 나였으면 상사를 원망했을 거다."

"하핫."

그란츠 씨가 리나 씨를 쳐다보자, 그녀가 입을 열었다.

"그땐 정말로 죄송했습니다. 다음에는 길드에서 마도구 검증 실험을 하지 않을 테니 용서해주세요."

"성변님이 책임을 진다면야, 뭐."

"예, 부탁합니다."

"알겠다. 다음에 무슨 일이 벌어지면 성변님한테 청구할 테니 안심하고 저질러라."

그란츠 씨가 그렇게 말하고서 주방으로 사라졌다.

"······실험은 되도록 도시 밖에서 해주세요."

"예. 감사합니다. 앞으로도 마도구를 열심히 제작하겠습니다."

그녀가 파이팅 포즈를 취해서 불길한 예감이 들었지만, 지금만은 믿기로 했다.

"······기대하겠습니다."

리나 씨의 출입 금지 조치를 푼 뒤 나는 모두가 있는 탁자로 향했다.

이미 탁자 위에는 음식들이 차려져 있었다. 그러나 모두 손을 대지 않고 기다리고 있었다.

우리가 합류하자 리나 씨와 나냐 씨에게 자기소개를 해달라고 부탁한 뒤 식사를 즐겼다.

"그나저나 케핀, 아까 들려주려고 했던 정보 말인데······."

"예. 실은 교회 본부를 지키고 있던 결계를 고칠 수 있을 것 같습니다."

아아, 그래서 교회에서 이득을 볼 수 있다고 말했나?

"어떻게?"

"지금은 아니지만, 옛날에는 교회 본부의 결계가 마도구로 작동했다고 하더군요. 당시의 그 마도구가 아직 고장 난 채로 교회 본부에 보관되어 있다고 합니다."

"마도구라고?"

확실히 그럴싸한 이야기였다. 그런데 어째서 망가졌지? 엄중하게 보관했을 텐데…….

"예. 누군가가 의도적으로 파괴한 이후로는 쓰지 않은 모양입니다."

"그러니까, 드란 일행이라면 그 망가진 마도구를 수리할 수 있을지도 모른다고?"

케핀의 답은 조금 달랐다.

"수리하는 게 아닙니다. 그 결계의 구조를 조사했던 자료에는 결계 마도구에 화, 수, 토, 풍, 성 속성 마력을 동시에 투입하면 발동된다고 적혀있었습니다."

"그렇군. 그래서?"

"제가 주목한 점은 발동 조건입니다. 마침 드란 공과 폴라가 제작했던 비행정에는 바람 저항을 전혀 받지 않도록 마법 장벽이 전개되어 있지 않습니까? 이 원리를 다섯 속성에 전부 적용할 수 있다면, 저희 힘으로 같은 결계를 구축할 수 있지 않을까요?"

나는 이 이야기에 귀를 기울이고 있는 드란에게 물어보았다.

"어떻게 생각해?"

"어쩌면 록포드에 있는 결계와 같은 녀석일지도 모르겠구먼."

음, 레인스타 경과 관련이 있을 가능성이 높으니까. 그렇겠네.

"록포드에 가면 단서를 잡을 수 있을지도."

거기는 공중도시국가 네르달처럼 가볍게 갈 수는 없는데. 그나저나 여기서 또 레인스타 경인가. 은근히 남을 잘 챙기는구나.

내가 미소를 짓자, 케핀이 턱에 주먹을 대고서 생각을 밝혔다.

"그러면 다음 행선지는 록포드입니까?"

앞으로 아무 일도 없다면 어디든 좋겠지만, 지금은 세계가 위기에 빠졌으니 하는 수 없지.

치트 전생자가 세계 평화를 위해서 블랑주 공국을 어떻게든 해주지 않으려나…….

나는 그렇게 생각하면서 내 생각을 모두에게 전하기로 했다.

"교황님과 대화를 나눠봐야 확실해지겠지만, 블랑주 공국에서 구린내가 풍기니 견제하기 위해서 한 번 방문하는 편이 좋다고 생각해."

"그러면 블랑주 공국에 가는 겁니까?"

"확정은 아니야. 돈가하하에게 정보를 얻어야만 결정할 수 있거든. 그리고 라이오넬은 어떻게 생각할지 모르겠지만, 우리에게는 비행정이 있으니 일마시아 제국으로 가는 것도 생각하고 있어."

그 순간 모두의 시선이 나에게 쏠렸다.

04 제국으로 가는 이유

공중도시국가 네르달에 가기 전에 평생 가고 싶지 않다고 여겼던 곳이 바로 일마시아 제국이었다. 내가 의도치 않게 제국의 음모를 여러 번 저지하면서 원망을 샀을 가능성이 높기 때문이다. 또한 제국이 내린 지시인지는 모르겠지만, 비극을 겪었던 사람들도 여럿 봤다.

사실 지금도 그다지 호감은 없다.

역사서에 따르면 일마시아 제국은 전쟁을 거듭하여 영지를 확대했고, 혹독한 규제를 받는 전쟁 노예들을 착취하여 경제 성장을 이룬 군사 국가다.

현재는 루브르크 왕국과 정전(停戰)했지만, 일촉즉발의 긴장감이 엿보이는 상황이라나? 그 밖에도 각국에 공작 활동을 벌이고 있고, 인간을 마족으로 만드는 인체 실험도 벌이고 있다는 소문도 나돌고 있다.

내가 현자가 되고서 처음으로 치료했던 루브르크 왕국의 위즈덤 경이 그야말로 살아있는 증인이다.

누가 원해서 그런 나라에 가고 싶을까?

그러나 자꾸 피하기만 해서는 진실을 알아낼 수가 없다.

만약의 사태가 벌어졌을 때 탈출할 비행정도 확보했으니, 이참에 움직이는 것도 나쁘지 않다.

우리가 앉아 있는 탁자는 방금까지 담소를 나눴던 것이 거짓말인 것처럼 조용했다. 모두가 나를 쳐다보고 있었다.

나는 짧게 심호흡을 한 뒤 일마시아 제국에 가는 이유를 말했다.

"제국을 이대로 방치하면 강화된 제국병을 상대하게 될 것 같아."

"……애당초 일마시아 제국에 가지 않으면 되는 거 아닙니까?"

모두가 내 발언을 듣고서 어이없어하는 와중에 라이오넬이 내 의도를 물었다.

뭐, 뜬금없는 발언이긴 했지.

"내가 이런 생각을 한 건, 우리에게 라이오넬이 있기 때문이야."

"그게 무슨 뜻입니까?"

"케티, 제국군에 라이오넬…… 전귀 장군의 얼굴을 모르는 사람이 있을까?"

"라이오넬 님은 제국군의 상징이었고, 이른바 일마시아 제국의 얼굴이었다냥. 황제보다도 유명할 정도다냥. 햇병아리 같은 병사가 아니고서야 모두가 다 알거다냥."

그녀가 자랑하듯 설명했다. 역시 제국으로 가는 편이 좋아 보인다.

얼굴이 젊어진 게 조금 불안하지만, 수염을 기르면 어떻게든 되겠지.

정 안되면 분장할 수밖에 없다. 이에니스에서 처음 만났을 때는 노인 같았는데 수염을 깎고서 젊은 인상으로 변했듯이, 반대로 꾸미는 거다.

만약에 일이 잘 풀린다면 가짜 라이오넬을 체포하여 제국과 교섭에 쓸 수 있을지도 모른다.

"설명 고마워. 실은 돈가하하의 유서에 마족화에 관한 자료가 있었어. 거기에는 주범이 블랑주 공국이라고 적혀있었지."

"그렇다면 블랑주 공국으로 가야 하지 않습니까?"

"평소라면 그렇겠지. 하지만 이번에는 전투가 아니라 외교가 필요해. 마침 제국의 유명인이 여기 있으니, 일이 좀 수월하지 않을까?"

"제국과 교섭하시겠다는 겁니까?"

"그래. 성 슈를 공화국 입장에서 최악의 상황은 제국과 공국이 군사동맹을 체결하는 거야. 되도록 그런 상황은 피해야 해. 다만 이 방법은 라이오넬의 조력이 큰 부분을 차지해. 결정은 라이오넬에게 맡길게."

그가 거절한다면 블랑주 공국으로 갈 거다. 그때는 루미나 씨에게 부탁하게 되겠지.

"현재 성 슈를 교회의 기사단으로는 블랑주 공국와 동맹을 체결하더라도 제국 전투 부대를 이길 수는 없겠지요."

라이오넬이 그렇게 단언했다. 조금이나마 제국인의 자긍심이 느껴졌다.

"라이오넬과 케티, 나리아의 전투 능력을 보고서 나도 그렇게 느꼈어. 그렇기에 서둘러 제국에 가야 해. 지금이라면 마족화된 병사들이 있더라도 불완전할 거야. 광화(狂化) 상태에 빠지지 않았다면 전부 치료할 수도 있을 거고."

위험한 건 별반 다르지 않다. 어쩌면 전투가 벌어질 가능성도 있겠지.

하지만 그렇다고 안 갈 수는 없다. 제국민까지 마족이 되면 이 세계는 마족이나 사신이 지배하는 세상이 되어, 다음 용사가 나오기 전에 멸망할지도 모른다.

그 사태만은 나의 평온한 생활을 위해서라도 피해야 한다.

"아무래도 루시엘 님은 블랑주 공국보다 일마시아 제국이 더 신경 쓰이는 모양이군요."

"꼭 그렇지는 않아. 돈가하하의 정보에 따라 바뀔 수도 있어."

"비록 비행정이 있다고는 해도 제국에는 와이번 부대가 있습니다. 하늘로 이동하더라도 안전하다는 보장은 없을 겁니다."

라이오넬이 우려할 만도 했다. 그러나 나는 국경에 도달한 뒤에는 말로 이동할 생각이다.

그래야 라이오넬을 아는 사람들을 만나서 유익한 정보를 얻어낼 기회가 늘어날 테니까.

"그때는 뭐, 요격해야지."

"그건 무모합니다. 아무리 루시엘 님이 강하다고 해도, 제국에는 제가 단련시킨 병사가 일만이 넘습니다."

라이오넬이 단련시킨 병사가 일만이라니, 생각만 해도 끔찍하군.

그러나 그 제국병들이 마족으로 변해서 공화국을 공격하러 오는 건 더 끔찍하다.

더욱이 희망적인 전망이긴 하지만, 제국병과는 싸우지 않으리라 내다보고 있다.

"라이오넬이 혹독하게 단련시켜서 질색했다면 모를까, 분명 모두 라이오넬을 동경하고 있을 거야. 아마 라이오넬이 전귀 장군으로서 개선하면 다들 따르지 않을까?"

"개선……이라고요?"

당혹해하던 라이오넬의 얼굴에 그늘도 살짝 졌다.

"응. 제국병들에게 라이오넬을 사칭하며 제국을 나락으로 빠뜨리는 가짜를 쓰러뜨리러 간다고 선언하는 거지. 어때?"

"……제국병들이 그 말을 믿겠습니까?"

내가 케티를 쳐다보자, 그녀가 수긍했다.

"난 될 거 같은데? 만약에 잘 안되더라도 내가 아는 라이오넬이라면 웃으면서 전장이라는 이름의 놀이터에서 일깨워 주겠다고 말하지 않을까? 내가 잘못 알았나?"

그러자 라이오넬이 몸을 부들부들 떨었다.

"으흠, 말이 좀 지나——."

"흐흐흐, 흐하하핫. 과연! 실로 마음이 뛰는군요!"

"——아니었나 보네. 의욕이 솟았나 봐."

전장을 놀이터로 여기는 사람은 스승님과 라이오넬뿐이다. 마음을 긍정적으로 바꿔줘서 다행이다.

"루시엘 님의 명령이라면 뭐든지 전력으로 맞서겠습니다. 그렇다면 전 가짜를 쓰러뜨리고서 제국병들의 포섭을 목표로 삼으면 되겠는지요?"

"응. 그리고 만약의 사태에 대비할 것."

"어떤 상황을 말씀하시는지요?"

"만약에 제국 황제가 라이오넬을 쫓아내고서 마족화 계획을 진행한 거라면, 황제 또한 우리의 적일 테니까."

가짜 라이오넬이 황제를 꼬드겼거나, 마족화 계획을 진행했다면 상황이 달라진다.

"……황제가 마족화 계획의 장본인이라면, 제가 황제를 쓰러뜨리겠습니다."

라이오넬에게서 비애와 각오가 전해졌다.

나는 모두를 둘러보면서 이번 목적을 다시 알렸다.

"우리의 목적은 마족화 연구와 연구소를 파괴하고 살아서 제국에서 탈출하는 거야. 빈사가 되더라도 내가 반드시 살려줄 테니까, 절대로 죽지만 마."

"""예!"""

라이오넬과 케티, 케핀이 대답하자, 리나 씨가 당혹스러운 얼굴로 물었다.

"저기, 루시엘 님, 무슨 얘기인지 잘 모르겠습니다만, 저와 나냐도 가는 겁니까?"

그건 아직 생각 안 해봤는데? 역시 두고 가는 게 안전하려나?

"따라오는 건 자유지만, 전투가 벌어질 수도 있으니, 잔류를 추천할게요. 이번 작전에서 제국에 들어가는 사람은 나와 라이오넬, 케티, 케핀뿐이야. 안전하다고 장담은 못 해."

"그렇습니까?"

두 사람은 서로 마주 보며 안도한 표정을 지었다.

"뭐, 딱히 여러 명 갈 필요 없잖아?"

"음. 하지만 생각보다 호기심과 탐구심이 강하지는 않은 모양이구먼."

"제국에도 분명 재미난 게 있어."

"와이번의 마석도 다뤄보고 싶어요."

드란, 폴라, 리시안이 그렇게 말하자 리나 씨와 나냐 씨가 동요했다.

"드란 일행도 제국령에 우리를 내려준 뒤 비행정을 타고서 성수를 공화국으로 돌아가 대기해."

"그건 거절하겠네."

"어?!"

드란의 거절에 나는 당황했다.

여태껏 드란은 무언가를 거부한 적이 없는데!

"제국은 내게 쓴맛을 보여준 나라가 아닌가! 반드시 갚아야 할 빚이 있단 말일세."

무슨 이유인가 싶었더니, 설마 복수하려고?

"아니, 폴라와 리시안까지 위험해지잖아."

"루시엘 공이 있다면 죽지는 않겠지. 게다가 골렘이 있다면 우리가 시간을 벌어줄 수도 있고."

"줄곧 복수의 칼날을 갈아뒀어."

"저도 아사 직전까지 내몰렸던 과거를 아직 잊지 않았어요."

세 사람 모두 따라올 생각으로 가득했다.

"말해두는데, 싸우러 가는 게 아니다?"

"알고 있네. 하지만 제국은 드워프 왕국을 멸망시키려고 했어. 이 원한만은 반드시 갚아야 직성이 풀리겠네."

응, 내 뜻을 전혀 알아주지 않았구나.

드워프는 한 번 정하면 절대로 꺾지 않는다더니.

하지만 이런 상태로는 데려갈 수는 없다.

어쩔 수 없지. 드란 일행의 관심을 돌리는 수밖에.

"드란, 모든 제국 사람이 적인 건 아니잖아. 그리고 아직 개발해야 할 것들이 남아있을 텐데?"

"그건 나중에 해도 늦지 않네."

"그 나중이 있다면 그렇겠지. 만약의 가능성도 있잖아. 게다가 도망치는 상황을 상정한다면 비행정은 필수야. 난 고작 와이번한테 소중한 비행정을 잃는 건 용납할 수 없어."

"으으음……."

드란이 고뇌하면서 팔짱을 꼈다.

조금만 더 말하면 설득할 수 있을 것 같네.

"제국에서 비행정을 지키려면 마도포가 필요해. 마력 레이더도 마찬가지고. 나는 그것들의 개발을 우선했으면 좋겠어."

"큭…… 알겠네. 그렇게까지 말한다면 마도포와 마력 레이더는 책임을 지고서 개발함세."

"그래, 잘 부탁해."

휴, 어떻게든 넘겼나.

"루시엘 님, 그래서 언제 제국으로 가실 계획입니까?"

"아까도 말했지만, 돈가하하에게 정보를 얻어야 정할 수 있어.
저쪽 상황을 모르니까. 교황님과도 향후 계획을 의논해야 하고.
더구나 스승님과 가르바 씨도 멜라토니로 돌려보내야 하니, 아무
리 빨라도 일주일은 걸리겠지?"

"그렇다면 작전을 짤 시간은 충분하군요."

라이오넬은 이미 기합이 바짝 들어간 듯했다. 제국과의 싸움을
이미 결의한 모양이다.

"그럼 슬슬 저녁 식사…… 두 사람의 환영회를 시작할까?"

"""오오~!!"""

모두가 음식에 손을 대는 모습을 보며 나는 라이오넬에게 말
했다.

"어려운 선택이었을 텐데. 고마워."

"신경 쓰지 마십시오. 루시엘 님 하시려는 일은 아무나 할 수
있는 게 아닙니다. 게다가 이건 제게도 좋은 기회입니다. 이 일로
저도 제국에 품고 있던 미련을 털어낼 수 있겠지요."

"그렇다냥. 당시에는 도망치는 데 급급했지만, 이제는 제국의
어둠을 몰아낼 수 있다냥."

케티도 노예로 전락했던 굴욕을 풀 기회라고 했다.

"루시엘 님의 전설을 늘릴 좋은 기회입니다."

케핀만 혼자 방향성이 조금 다른 것 같은데.

이렇게 우리는 제국행을 잠정 결정했다. 한 사람을 제외하고 서…….

05 자중

모험가 길드에서 함께 식사를 마치고 스승님을 부르러 지하로 내려가니 갑자기 환호성이 들려왔다.

훈련장에 들어가니 엉망진창이 된 스승님이 대담하게 웃는 모습과 너덜너덜한 상태로 울상을 짓고 있는 모험가들의 모습이 보였다.

모험가들이 날 발견하자마자 도와달라고 매달렸다.

나는 쓴웃음을 지으며 스승님에게 다가가 회복 마법을 발동한 뒤 말했다.

"스승님, 오늘은 이만 돌아가시죠."

"오, 왔냐. 이 녀석들, 상당히 소질이 있더구나."

스승님이 기뻐하듯 말했지만, 모험가들은 농담하지 말라는 표정이었다.

스승님이 약해졌다는 사실을 모르는 모험가들은 아마도 적당히 봐줬다고 여기고 있겠지.

"그거 다행이네요. 하지만 이제 돌아갈 시간이에요. 여러분들도 스승님을 상대하느라 고생했습니다. 지금 회복시켜 드릴게요."

"루시엘, 마치 내가 상대해달라고 부탁한 것처럼 말하지 마라."

나는 스승님의 말을 귓등으로 넘기며 에어리어 힐을 발동했다.

망가진 무기는 내가 조치할 필요 없겠지.

"선풍님, 지도, 감사합니다."

"저희 실력으로는 아직 역부족이었습니다."

"성변님도 고마워."

"역시나 성변님 정도가 아니면 제자가 될 수 없겠어."

"우린 우리끼리 노력할게."

그들은 감사를 표하면서 서서히 물러서더니, 스승님의 말도 듣지 않고 훈련장 계단을 올라갔다.

"쳇, 근성 없는 녀석들."

나는 이 세상에 부조리가 가득하다는 것을 실감하면서, 스승님을 데리고 교회로 돌아갔다.

교회로 돌아온 우리는 어디서 숙박할지를 정했다. 스승님을 제외한 모두는 비행정 객실에서 묵을 예정이다. 참고로 스승님은 혼자 대훈련장에서 주무실 생각이었다.

스승님은 비행정 안에서 자는 게 불편한 모양이었다. 비행정을 보고서 그토록 신났던 스승님의 모습은 어디로 간 걸까.

"스승님, 정말로 여기서 주무실 겁니까? 교회 본부에 객실도 있습니다만."

"비행정에 몰래 숨어드는 자가 있을지도 모르잖냐. 그러니 난 여기서 잘 거다. 그러니 얼른 수납한 침대나 꺼내다오."

"그러시다면야. 비행정의 경비를 부탁할게요."

"그래, 맡겨둬라."

내가 마법 주머니에서 침대를 꺼내자, 스승님이 침대에 걸터앉아 명상하기 시작했다.

스승님과 헤어진 뒤, 나는 리나와 나냐를 바라보았다.

나는 당연히 가게로 돌아갈 줄 알았는데, 교회 본부까지 따라오고 말았다.

두 사람은 교회 본부가 신기하다는 듯 두리번대며 구경했고, 비행정에 이르러서는 매우 신이 나서 살펴보았다.

나의 수행원 신분으로 들이긴 했지만, 낮에 소동을 피운 참에 새로운 얼굴을 데려온 건 너무 뻔뻔했으려나.

여러 가지 서약을 받아냈으니 괜찮다고 생각하고 통과시킨 것 같지만.

"가게를 방치해도 괜찮아요?"

"안 괜찮지만, 이런 기회가 또 없을지도 모르잖아요? 게다가 조명이 비추는 비행정의 모습이 너무 멋있어서, 오늘은 잠이 올 것 같지 않아요."

"이런 것을 만들 수 있다니, 역시나 드워프의 기술력은 대단하군요."

"겉모습만으로 판단해서는 안 돼. 내부를 보고 나서 판단해야지."

두 사람이 비행정에 좀처럼 들어오지 않아서 그런지, 결국 드란이 데리러 왔다.

두 사람의 절찬에 드란이 의기양양해하며 웃음을 꾹 참는 게 뻔히 보였다. 드란을 따라 나온 폴라와 리시안도 마찬가지였다.

셋은 젠체하며 리나와 나냐를 데리고서 비행정 안으로 들어갔다.

"뭐, 알아서 잘하겠지."

나는 그렇게 중얼거리면서 교황님의 방으로 향했다.

입실 허가를 받아 들어가니 로자 씨와 에스티아, 호위로 남은 나디아와 리디아, 가르바 씨와 카트린느 씨, 그리고 돈가하하에게 붙잡혔던 그란하르트 씨가 있었다.

"교황님, 늦었습니다. 이번 건과 향후 계획에 관해서 의논할 게 있어서 왔습니다."

"음. 루시엘한테도 폐를 많이 끼쳤구나."

"아뇨, 이번 사건은 제 소문이 발단이었으니, 저야말로 죄송합니다."

"고개를 들라. 그래서야 대화를 나눌 수가 없느니라."

"예. 우선 낮에 내리셨던 처분 말입니다만, 교황님의 부드러움과 엄격함을 동시에 느낄 수 있었던 좋은 처분이었습니다.

"……그렇다면 기쁘겠구나. 본녀는 그 이후로 그 처분이 옳았는지 줄곧 생각했느니라."

"그것이 처분을 내리는 자가 져야 할 책임이겠지요. 교황님께서 이번 사건을 얼마나 성실하게 대하셨는지 보여주는 증명이 될 것입니다."

"그런가? 사람을 처벌하는 것이 이리도 무거운 일이었구나."

교황님이 침통해하는 표정으로 눈을 내리떴다.

"예. 그리고, 그란하르트 씨한테서 이미 이야기를 들으셨는지 모르겠습니다만, 아는 내용부터 말씀을 드리겠습니다."

"음."

"이번 사건의 흑막은 돈가하하가의 말대로 블랑주 공국인 듯합니다."

내 말에 나디아와 리디아의 표정이 어두워졌다.

"블랑주 공국은 전쟁이나 모략과는 거리가 먼 줄로 알았건만……."

"귀족의 굴레가 없다면 지금도 그랬을 테지요."

"블랑주 공국은 기후가 온난하고 자연도 풍부해서 품성이 온화한 사람이 많습니다. 현자 시리즈를 제작했던 마법사가 살았던 땅이기도 하지요."

그곳이 지금은 인위적으로 마족을 만드는 나라가 됐다니, 웃기지 않는 농담이다.

"블랑주 공국은 과거에 용사를 소환했던 적이 있다고 들었는데?"

"확실히 그런 이야기가 있었지요."

"그 일에 연관된 사람은 황족뿐인가?"

"아뇨, 기사단과 마법사단도 호위로서 수행합니다. 하지만 어떤 의식으로 소환하는지는 알려진 바가 없습니다."

"용사 소환이라……. 한때, 아버님이 조사하신 적이 있다만, 3백 년 전에 이미 실전(失傳)됐다고 들었다."

여전히 실전된 상태라면 좋았을 것을.

"그 실전됐던 용사 소환을 복구해 용사가 아닌 다른 무언가를 소환했다고, 돈가하하의 유서에 적혀있었습니다."

"유서까지 썼더냐? 어찌 어리석은……."

"이것입니다."

나는 로자 씨에게 돈가하하가 남긴 유서를 건넸다. 로자 씨는 받아 교황님께 전했다.

"제가 보기에 내용이 거짓은 아닌 것 같습니다. 아무래도 가까운 시일에 블랑주 공국이나 일마시아 제국에 가봐야 할 것 같습니다."

"카트린느, 어떻게 생각하느냐?"

"원래는 루시엘이 현자가 됐음을 대대적으로 공표하여 논란을 잠재우고, 교회 본부에 휩싸여 있는 의혹을 불식하는 게 먼저겠습니다만……."

카트린느 씨가 말을 끊고서 가르바 씨를 봤다.

"루시엘 군, 내가 파악한 정보에 따르면 현재 제국은 한창 혼란을 겪고 있는 것 같아."

가르바 씨가 날카로운 눈으로 쳐다보자, 등줄기가 오싹했다.

"무슨 일이죠?"

"느닷없이 정전 협정을 맺길래 이상해서 조사했더니, 내부 정세가 엉망이었어. 전장에 전귀 장군을 투입하지 않는 황제에게 반발하는 귀족 파벌이 생긴 것도 모자라, 제국에 반발하여 레지스탕스가 나타난 모양이야."

"그게 사실이라면, 이 틈에 움직이는 편이 좋겠군요. 근데 가르바 씨가 왜 여기에 있는 겁니까?"

그러자 가르바 씨가 몹시 피곤한 얼굴로 시선을 돌렸다. 대조적으로, 카트린느 씨는 충족된 것 같은 표정이었다.

"음. 가르바 공의 정보 수집 능력이 탁월하다고 카트린느가 추천하여, 본녀와 기밀을 지키는 서약을 했느니라. 앞으로는 본녀의 직속 첩보요원으로서 활동하기로 했다."

"예?! 아니, 가르바 씨? 멜라토니 모험가 길드는 어쩌고요?"

"으음, 말이 나와서 말이다만, 그 건에 관해서 블로드에게 설명해야 할 것 같아. 루시엘 군한테는 미안하지만, 내일이라도 멜라토니에 보내주면 고맙겠어."

뭐, 가르바 씨가 납득했다면 괜찮겠지만, 묘하게 카트린느 씨에게 쩔쩔매는 듯이 보이는 건 기분 탓인가요?

"스승님은 대훈련장에서 자겠다고 했으니, 거기 가면 만날 수 있을 겁니다."

"그러면 루시엘 군이 보고를 마치는 대로 함께 가자."

가르바 씨답지 않은 모습이었지만, 괜히 물어보면 후회할 거 같아서 넘어갔다.

"후우. 그러면 루시엘이여. 그대가 생각한 향후 계획을 알고 싶구나."

교황님이 돈가하하의 유서를 읽고서 눈시울이 붉어졌다.

"예, 아까 말씀드린 대로 블랑주 공국이나 일마시아 제국에 가서 마족화를 조사할 생각입니다."

"그대가 가도를 통해 제국의 국경을 넘으면 틀림없이 감시가 붙을 것인데?"

"나름 궁리한 작전이 있습니다."

"음, 자신 있는 모양이구나."

"예. 저로서는 오히려 돈가하하의 공백이 더 걱정됩니다. 블랑주 공국에서 돈가하하를 대신할 첩자 혹은 자객을 보낼 수도 있습니다."

"기사단이 있는데 자객이 올 수 있겠느냐?"

"힘을 잃은 스승님조차 감당하지 못하는 상태로는, 도무지 안심할 수가 없습니다. 습격자들이 제 동료들과 비슷한 실력이라면 방어하지 못한다는 뜻이 아닙니까."

""…….""

카트린느 씨가 씁쓸한 듯 표정을 흐렸다. 그란하르트 씨도 미간을 찌푸렸다.

"기사단이 약하다고 하지는 않겠습니다만, 전성기의 스승님 같은 자가 오면 속수무책으로 당할 겁니다."

"그럼 달리 생각한 방도가 있더냐?"

"예. 나디아와 리디아를 호위로 쓰시지요. 그러면 카트린느 씨도 기사단 육성에 집중할 수 있을 겁니다."

""루시엘 님!""

"교황님께 정령 마법을 배울 좋은 기회야. 특히 나디아는 호위로 적합한 능력이 있잖아."

"그대에게 이 둘의 힘이 더 필요하지 않겠느냐?"

"그럴 수도 있으나, 그게 지금 당장은 아닙니다. 하오니 그때를 대비하여 교황님께서 두 사람을 단련시켜 주십시오. 카트린느 씨는 그 틈에 기사단을 재건하시고요."

카트린느 씨가 나를 물끄러미 보더니 교황님을 향해서 무릎을 꿇었다.

"교황님, 루시엘 군의 제안을 수용해도 되겠습니까?"

"그대들이 납득했다면 그리하거라."

"예. 기사단을 최강으로 만들어 보이겠습니다."

이로써 카트린느 씨는 기사단에 몰두할 수 있다. 그리고 가르바 씨, 노골적으로 안도한 안도하는 표정은 숨겨야 하지 않을까요.

"아, 그리고 보고드릴 일이 하나 더 있습니다. 돈가하하의 책상에서 찾은 물건인데, 저 말고는 아무도 손으로 만질 수가 없었습니다. 저는 기묘한 힘을 느끼는데, 혹여 무엇인지 아십니까?"

마법 주머니에서 보옥을 꺼낸 순간, 어째선지 교황님과 에스티아(아니, 어둠의 정령인가?)가 순식간에 내 앞으로 다가왔다.

움직임을 전혀 인식할 수가 없었다. 전이 마법인가? 마력의 흔들림조차 느끼지 못했는데? 레인스타 경의 딸이기에 교황님도 상상을 초월하는 힘을 갖고 있는 걸까.

"이걸 돈가하하의 방에서 발견했다고?"

"예."

내가 대답하자 교황님이 내 손에서 보옥을 받고는 어둠의 정령과 시선을 주고받았다.

만약을 위해서 이 보옥을 발견한 장소를 설명했다.

"돈가하하의 서고에 있던 책상 서랍 안에 들어 있었습니다."

"이것은 정령 결정, 정령의 힘을 담아두는 물건이니라……. 다행이다, 정말로 다행이구나."

교황님이 기뻐하며 눈물을 보이셨다. 어둠의 정령도 기쁜 듯이 보였다.

영문을 모르는 나는 그저 어안이 벙벙했다.

06 정령 결정

나는 교황님의 눈물이 멎을 때까지 기다리다 어렵게 입을 열었다.

"그 정령 결정은 대체 어떤 물건입니까?"

"정령의 안식처이자 힘의 근원이니라. 정령은 태어난 장소에 기거하는 습성이 있다. 그때 오랜 시간에 걸쳐 정령의 마력이 응고되어 만들어지는 것을 정령석이라 부르느니라. 정령의 휴대용 집이라고 할 수 있겠구나."

아무래도 단순히 정령의 힘만이 깃들어 있는 돌은 아닌 것 같네.

"하면 정령 결정은 더 상위…… 더 오랜 세월에 걸쳐서 만들어진 겁니까?"

"그러하니라. 다만 이 정령 결정은 아버님이 정령석에 마력을 넣어 만드신 특제이니라."

레인스타 경은 만능인가?

"그렇군요. 참고로 정령한테 정령 결정은 어떤 물건입니까?"

"정령석은 정령의 성장에 따라 변화를 거듭하여 최종적으로는 정령 결정이 되느니라. 그때야 비로소 정령은 최상급 존재로 거듭나기 위한 자격을 갖추는 것이지."

"그렇다면 제가 만났던 정령들도 결정을 갖고 있겠군요?"

"음. 대부분은 그렇겠지."

내가 어둠의 정령을 바라보자, 아무 대답도 없이 고개를 휙, 돌렸다.

그렇군.

"그 정령 결정을 소지하고 있지 않으면 어떻게 됩니까?"

"정령 결정은 정령의 핵이니라. 결정이 파괴되면 힘이 봉인되고, 정령이 쉴 수도 없으며, 마력 회복도 어려워지지. 예컨대 약해지다가 결국에는 소멸하는 게다."

"그러면 레인스타 경 특제라는 건……."

"결정이 파괴되어도 정령이 소멸하지 않도록, 최상급 정령에 도달하는 데 필요한 마력을 대신 공급하여, 결정이 완전히 정령의 핵이 되는 걸 막았느니라."

전기에 레인스타 경은 정령의 친구였다고 기록되어 있었는데, 납득이 가는군.

다만 궁금한 것이 하나 있었다.

"그럼 저는 어째서 결정을 만질 수 있는 겁니까?

"그대에게 자격이 있기 때문이니라. 정령의 가호를 받았거나, 정령보다 상위 존재들이 그러하지. 한데, 이 정령 결정은 정령과 줄곧 따로 있던 탓에 힘이 거의 남지 않았구나."

그렇구나. 가르바 씨와 케핀의 눈에는 평범한 목걸이로 보인 이유는 그래서인가.

"어? 그러면 정령의 가호를 받은 자는 정령 결정을 이용하여 정령의 힘을 다룰 수 있는 겁니까?"

"역시나 정령의 가호를 받은 자답게 명석하구나."

와, 그런 일이 가능하구나. 그렇다면 돈가하도 정령의 가호가 있다고 봐야 하나?

"과연. 그러면 그 정령 결정의 주인은 지금쯤 위태로운 상황일 수도 있겠군요?"

"그렇지. 하여 바로 넘겨주고 싶구나. 정령은 현신하기만 해도 마력이 소비되니, 지금은 형태도 유지하지 못하느니라."

교황님의 말투로 나는 이 정령 결정의 주인이 포레 누와르임을 깨달았다.

정령 결정을 잃어버렸을 때, 교황님은 분통을 터뜨렸겠지. 그래서 이걸 보셨을 때 그토록 기뻐하신 거다.

그렇게 되면 의문이 있는데, 사신과 싸우기 전, 포레 누와르는 나에게 가호를 줬다. 현신하지 못하는 상태였는데도 말이다. 설마 머리를 깨무는 행위를 거듭하여 가호를 부여한 건가? 가호에 더더욱 감사해야겠네…….

"아까 정령의 힘이 봉인된다고 하셨는데, 이건 저절로 그렇게 되는 겁니까, 아니면 정령 결정을 획득한 누군가에 의해 강제로 봉인되는 겁니까?"

교황님이 고개를 가로저었다.

"후자는 경우가 다른 이야기구나."

"그렇군요. 실은 이 정령 결정에서 두 가지 마력이 느껴집니다. 혹시 누군가가 봉인한 게 아닐지 싶습니다."

마력의 주인이 정령과 레인스타 경이라면 문제가 없겠지만, 그게 아니라면……

"두 가지 마력? 듣고 보니 아버님과는 다른 마력이 느껴지는구나. 음…… 이 사슬은 내가 알던 것과 상태가 다른 거 같구나. 이것이 기운을 봉인한 탓에 지금까지 찾아내지 못한 건가. 루시엘, 지금 당장 해주하거라."

"예? 아, 예. 디스펠."

내가 마법을 쓰자 마력 결정의 사슬이 녹아내리듯 사라졌다.

그러자 정령 결정이 더욱 반짝거렸다.

"루시엘, 포레 누와르를 이곳으로."

교황님이 긴장한 표정으로 포레 누와르를 부르라고 했다.

"예."

나는 곧바로 은자의 열쇠로 마구간을 연 뒤 포레 누와르를 천천히 꺼냈다.

그러자 정령 결정은 포레 누와르를 기다렸다는 듯 날아가서 이마로 흡수되었다.

내가 그 광경을 보고서 놀라고 있으니, 포레 누와르의 새카만 몸통에서 갑자기 눈 부신 빛이 방출됐다. 너무 눈이 부셔서 눈을 뜰 수조차 없었다.

빛이 가라앉아 다시 눈을 떠보니, 그곳에는 새하얀 몸통에 날개 달린 페가수스가 있었다.

이것이 포레 누와르의 진짜 모습인가?

내가 놀라서 굳어 있으니, 교황님과 어둠의 정령이 포레 누와르를 안았다.

포레 누와르는 검은 숲이라는 뜻인데, 새하얗게 바뀌어버렸다. 이름을 다시 생각해야 하나? 교황님이 포레 누와르의 이름을 연호하고 있으니 상관없겠지?

"이거, 정령의 힘을 되찾았다고 보면 되는 거지?"

교황님에게 안긴 채로 포레 누와르가 이쪽으로 고개를 돌렸다. 그와 동시에 내 머릿속에서 목소리가 울렸다.

『루시엘, 정말로 고마워. 덕분에 힘을 되찾을 수 있었어.』

중성적인 목소리를 상상했는데 여성에 가까운 느낌이었다. 뭐, 원래 성격도 여성스러운 쪽이었기에 놀랍지는 않았다.

"그저 우연이야. 게다가 지금껏 날 많이 도와줬으니 서로 덕을 본 셈이야. 파트너."

『그래, 그럼 앞으로도 잘 부탁해, 파트너.』

왠지 포레 누와르의 목소리에는 기쁨이 담겨 있는 듯해서 흐뭇했다.

"이다음에는 제국에 가게 될 것 같은데, 포레 누와르는 어떻게 하고 싶어?"

『지금껏 오랫동안 도망치기만 했는데 드디어 기회가 왔네. 후훗, 기대돼.』

……함께 가겠다는 뜻인가? 왠지 이런 성격을 지닌 인물과 최근에 만났던 것 같은데…….

더는 깊이 생각하지 않기로 하고서 정령 결정에 관해 묻기로 했다.

"정령 결정은 어떻게 됐어?"

『지금은 내 안에 있어. 정령 결정과 내 마력의 최적화 과정이 끝나면 다시 몸에서 나오게 될 거야.』

"그렇구나. 오늘은 이대로 교황님이랑 어둠의 정령과 함께 있을래?"

『……그래야겠지. 폴나와 약속한 것도 있고, 어둠과도 할 얘기가 있으니, 오늘은 여기에 있을게.』

정령 결정을 잃어버렸던 이유와 정령에 관해서 하고 싶은 이야기가 많았지만, 오늘은 교황님을 가만히 두기로 했다.

"알겠어. 교황님, 내일 또 알현하겠습니다."

내가 교황님께 말하자 그녀가 등을 떨고 있었다.

가르바 씨를 보니 입술만으로 어서 나가자고 말했다. 리디아와 나디아도 잠시 방을 나간 듯했기에 로자 씨와 카트린느 씨를 남겨두고서 우리는 교황의 방에서 나가기로 했다.

내가 문에 다가가자, 교황님이 말했다.

"루시엘, 정령 결정을 찾아줘서 고맙다."

내가 돌아보자, 교황님의 모습은 포레 누와르의 뒤에 가려졌다.

"아뇨, 일이 잘 풀려서 다행입니다. 그럼 이만 실례하겠습니다."

이로써 교회 내부도 진정되겠지?

그런데 왜 자꾸 골치 아픈 일이 생길 것 같은 예감이 들까. ……

그저 착각이길 바라자.

교황의 방을 나와 대훈련장으로 가면서 나는 나디아와 리디아에게 진실을 말해주었다.

"교황님께는 호위로서 남기겠다고 말했지만, 실은 블랑주 공국의 수작에 대비해서 두 사람이 성도에 남았으면 해."

"하오나 저희는 블랑주 공국을 떠난 지 1년이 넘었습니다."

"나디아, 블랑주 공국의 정보를 알려달라는 게 아니야. 그들의 계략이 이번 일로 끝날 것 같지 않아서 그래. 내가 귀족의 딸을 납치했다는 루머를 퍼트리거나 하는 식으로."

"언니와 전 이미 1년 넘게 모험가 활동을 안 했는데, 그런 거짓말이 통할까요?"

"사람은 진실을 믿는 게 아니라 자기가 믿고 싶은 걸 믿기 마련이야. 이번에 나도 뼈저리게 느꼈지."

""…….""

두 사람은 더는 말을 잇지 못했다.

"두 사람이 교황님의 호위가 되면 그들도 쉽게 건들지 못할 거야. 그 틈에 리디아는 정령 마법을 배우고, 나디아는 발키리 성기 사대의 루미나 씨와 정보를 공유해."

"루미나리아 님과……."

"블랑주 공국의 사정은 루미나 씨가 더 잘 알 테니까. 내가 성도를 나서자마자 정세가 바뀔 수도 있고."

"루미나리아 님께 마통옥을 드리면 되지 않을까요?"

"그렇게 하면 좋겠지만, 정작 루미나 씨는 궁지에 몰릴 때까지는 도움을 요청하지 않을 거야. 게다가 이번 사건을 처리하느라 교회는 한동안 어수선할 거야. 내가 믿을 만한 사람이 이곳에 있어야 해. 두 사람과는 무슨 일이 생기면 마통옥으로 연락할 수 있고."

"알겠습니다."

"언젠가 저희도 제국으로 데려가주세요."

"물론이지."

두 사람 문제는 해결됐다. 남은 건 줄곧 말이 없는 가르바 씨다.

솔직하게 말하자면 나는 가르바 씨와 카트린느 씨가 어떤 관계인지 마음에 걸린다.

그러나 그걸 캐내려는 순간 귀찮은 일에 휘말릴 것 같다고, 내 본능이 경고했다.

그쪽은 포기하고, 나는 돈가하하의 유서 내용을 다시금 생각했다.

가장 중요한 안건은 '마족화 연구'이다.

일마시아 제국은 위즈덤 경에게 마족의 힘을 불어넣는 '실험'을 벌였다. 한편 멜라토니와 블랑주 공국 사이에서 스승님이 쓰러뜨렸던 도적들도, 궁지에 몰리자 '마족으로 변했다'고 들었다.

다시 말해 블랑주 공국의 마족화 연구가 일마시아보다 상당히 진척됐다고 볼 수 있다.

그렇기에 아직 구할 가능성이 있는 제국을 우선할 건데, 여기도 불안 요소가 있다. 마석이 박힌 자들이 대체 얼마나 있을는지.

최대한 죽이지 않고 정상으로 되돌리고 싶다. 그러나 적의 숫자가 감당할 수 없이 많다면 치료 가능성을 떠나서 당장 우리가 위험하다.

그리고 나아가서 황제가 마족화 연구에 직접 관여했을 경우에는 온 제국이 적이 된다. 완벽하게 저지하면 문제없겠지만, 우리가 패배하면 제국이 이를 구실로 삼아서 성 슈를 공화국을 압박할 위험이 있다. 요컨대 황제가 마족화와 관련이 있다면, 그를 완전히 무찔러야 한다는 뜻이다.

그러니 제국의 내부 사정을 잘 아는 라이오넬, 케티와 진득하게 의논할 필요가 있다.

되도록 마족화 연구 시설을 파괴하는 선에서 끝내고 싶은데 말이지. 그러면 딱히 국제 여론에 규탄받을 일도 없다.

블랑주 공국의 경우는 황족이 주도했는지, 아니면 나를 궁지에 몰려고 했던 카미야 백작의 술수인지, 정보를 얻기 전까지는 판단할 수가 없다.

유서에 언급된 '세계를 통제하는 힘'이란 것도 문제다. 그런 힘이 있다면 인족지상주의가 팽배한 공국이 왜 이에니스를 방치하는지 알 수 없다.

생각을 거듭할수록 마음이 불안해졌다.

사신과 마주하지 않았다면, 제국과 공국이 마족화에 착수했다는 소리를 들었더라도, 나는 방관하기만 했겠지.

그러나 성 슈를 공화국 안에서 마족이 발견됐고, 지인들이 위기에 내몰릴 가능성이 커졌다. 도저히 손을 놓고서 방관할 수가 없게 됐다.

애초에 내가 열심히 했던 건, 숭고한 희생정신 때문이 아니다. 그저 내가 평온한 생활을 보내고 싶어서였다.

하지만 더 방치하면 부지불식간에 전 세계에 마족이 범람할 것이고, 인류는 존속의 위기에 내몰리게 될 거다. 그리고 나는 평온한 생활을 얻지도 못하고 후회하겠지.

"어차피 후회한다면 하고서 후회하는 편이 낫겠지……."

나는 나직이 중얼거리며 걸었다.

대훈련장에 도착하자 가르바 씨가 스승님 곁으로 갔다.

나는 나디아와 리디아를 데리고서 비행정 내부로 이동하여 각자 할당된 방에 들어갔다.

★☆★

루시엘 일행이 비행정에 들어가는 모습을 지켜보며 가르바는 정보를 블로드에게 전했다.

"루시엘 군의 평온한 나날을 응원하고 싶지만, 도저히 그럴 상황이 아닌 것 같아."

"홋, 새삼스러운 소리군. 그래서 이번에는 또 뭐냐?"

두 사람은 주변을 확인하고서 진지한 표정으로 대화를 나누기 시작했다.

"일마시아 제국과 루브르크 왕국이 전쟁을 재개한 것 같아."

"쯧, 좀 얌전히 있으면 어디가 덧나나? 어차피 안 되겠지만."

블로드가 분노한 표정으로 주먹을 쥐었다.

"참고로 루브르크 왕국이 먼저 싸움을 걸었다."

"뭐? 제국이 그렇게 만만한 상대는 아닐 텐데?"

"아무래도 루시엘 군 때문인 것 같아."

"이건 또 무슨 소리야? 루시엘과 전쟁이 무슨 상관인데?"

가르바는 어처구니가 없다는 몸짓을 취하고서 루시엘이 저지른 일을 블로드에게 들려줬다.

"루시엘 군이 네르달에서 중상을 입었던 루브르크 왕국의 귀족을 치유하면서, 그들이 아는 전귀 장군이 가짜라는 걸 말했다고 하더군."

"하아~ 어쩌자고 그런 사고를."

"아마 서약을 믿고 안심한 거겠지. 하지만 왕국에는 기억을 읽어 들이는 마도구가 있고, 그걸 사용할 줄은 루시엘도 생각지도 못했을 테니, 어쩔 수 없는 일이었어."

"위험한 마도구는 존재 자체도 비밀이라 굳이 말하지 않았건만. 알려주지 않은 게 후회되는군."

"루시엘 군이 아무리 경계했더라도, 그 귀족이 왕족의 삼녀와 친한 관계라는 걸 어떻게 알겠나?"

"결국은 이렇게 될 일이었다는 거냐? 하아~."

블로드는 오른손을 이마에 짚고서 생각을 정리했다.

"블로드, 때마침 제국 내부가 혼란에 휩싸여 있으니, 루시엘 군을 데리고서 제국에 다녀와라."

가르바가 블로드에게 제안했다.

"나더러 제국에 가라고? 멜라토니 지부를 이 이상 더 비워둘 수는 없어."

블로드가 가르바를 째려본 뒤 시선을 돌렸다.

"멜라토니는 나와 그루가한테 맡기면 되잖아. 너도 제국이 루시엘 군을 노리고 있는 게 탐탁지 않잖아? 게다가……."

"아아, 됐어."

블로드가 가르바의 말을 끊었다.

"갈 거지?"

그리고 아무 일도 없었다는 듯 가르바가 물었다.

"가면 되잖아, 가면. 일이 꼬이면 어떻게 해야 하는지 알지?"

"응. 반드시 멜라토니에 돌아올 수 있도록 조치할게."

"너의 그 엉큼한 면이 싫다."

"훗, 칭찬 고맙다."

"하아~ 루시엘 녀석, 제자 주제에 스승을 난처하게 하다니, 벌을 좀 줘야겠어."

"자, 제국 이야기는 이쯤 해두고……."

밤이 깊어 가는데도 가르바와 블로드는 대화를 계속 나눴다.

★☆★

나는 방 침대에 걸터앉고는 오늘 일을 회상하면서 몸을 뉘었다.

"후우~ 불과 이틀이었는데, 상당히 농밀한 시간이었네."

마지막까지 나디아와 리디아를 설득하는 데 고생했지만, 결국
에는 납득했다.

내일은 교황님에게 종전대로 포레 누와르를 데려가도 되는지
확인해야지.

그나저나 돈가하하가 어째서 정령 결정을 소지하고 있었을까.

교황님은 정령의 가호가 없으면 정령 결정을 만질 수조차 없다
고 말했다. 그렇다면 돈가하하는 포레 누와르에게 가호를 받았다
는 말인가?

대체 돈가하하는 언제 정령의 가호를 받았을까? 교황님은 돈
가하하가 정령의 가호를 받았음을 알고 있었을까?

애초에 어째서 돈가하하가 정령 결정을 가진 걸 아무도 몰랐을
까? 돈가하하가 의식을 되찾으면 물어볼 게 점점 늘어난다.

아, 포레 누와르를 제국으로 데려가면 어둠의 정령도 따라오
려나?

예전에 에스티아는 어둠의 정령이 힘을 행사하여 제국에서 빠
져나왔다. 지금껏 말해준 적은 없지만, 제국의 어둠을 알고 있을
가능성이 있다.

하지만 동시에, 그녀가 제국에 가면 스트레스 때문에 정서가

또 불안정해질 가능성이 있다. 지금은 교황님과 함께 지내는 편이 그녀에게 더 도움이 될 거다. 성도에 있으면 에스티아나 교황님이 위험에 닥치더라도 어둠의 정령이 대처할 수 있고.

거기까지 생각했을 때 불현듯 드워프 왕국에서 출발했던 날에 모습을 감췄던 리자리아가 머릿속에 스쳤다.

"잘 지내고 있을까……."

그렇게 중얼거리고서 나는 눈꺼풀을 감았다.

어쨌든 제국에서 라이오넬이 분투하겠지.

나는 아무도 죽지 않도록 이 국면을 잘 헤쳐 나갈 것을 결의하고서 졸음에 몸을 맡겼다.

그로부터 얼마나 잤는지 모르겠지만, 천사의 베개 덕분에 푹 자다가 갑자기 한기가 느껴져 눈을 떴다. 주변을 둘러보니 바로 옆에 실루엣이 있어서 별안간에 '퓨리피케이션 웨이브'를 발동시켰다.

그러자 푸르께한 빛이 방을 물들였다. 이내 그 실루엣의 정체가 돈가하하힘을 알아챘다.

"으헉?!"

그러고 보니 마법 주머니에 은자의 관을 넣어두더라도 관 속에 있던 사람이 눈을 뜨면 마법 주머니에서 저절로 배출되어 밖으로 나온다는 사실을 잊고 있었다.

"그렇게 놀랄 필요가 있나? 오히려 아직도 살아 있는 내가 놀라야 하는 거 아닌가?"

돈가하하는 차분했다.

눈 뜨자마자 웬 아저씨가 곁에 있는데, 이걸 어떻게 안 놀라!

나는 마음속으로 외치면서 냉정하게 대처하고자 마음을 가라앉혔다.

"침대 옆에 뜬금없이 누가 있다면 누구든 놀라죠!"

하지만 너무 놀라서 냉정하게 대처할 수가 없었다.

의도야 어쨌든, 한번은 적대했던 상대이지 않은가. 덜컥 깨우는 토레토 씨와는 다른 공포를 느꼈다.

"그나저나, 죽는 것도 뜻대로 안 되는군."

그가 몸을 확인하면서 그렇게 말했다.

"그렇게 쉽사리 죽으면 곤란하니까요. 아는 것들을 다 털어놓기 전에는 무슨 짓을 해서든 살려낼 겁니다."

"훗. 현자답게 늠름한 말이지만, 아쉽게도 곧 죽을 나의 운명까지 바꿀 수는 없을 걸세. 악마 소환은 영혼의 계약이니까. 이건 되돌릴 수 없네."

영혼의 계약? 서약과는 또 다른 건가?

"계약을 맺었던 악마가 사라졌으니 괜찮은 거 아닙니까?"

"영혼의 계약은 몸 밖으로 꺼낸 영혼에 새기는 걸세. 악마를 물리친 정도로는 해결되지 않을 걸세."

"그걸 아시는 분이 왜 그러셨어요……. 아무리 교회를 위해서라고 해도, 목숨을 담보로 마족화나 악마 소환을 벌일 건 없잖아요."

"으음. 내 유서를 읽은 모양이군. 봤으면 알 테지만, 나는 남은 시간이 별로 없네. 그나마 이렇게 하면 교황님께서 날 교회 성장의 양분으로 삼으실 수 있으니, 차라리 나은 일이라고 생각했지."

그 말을 듣고서 나는 몸속에서 답답함이 끓어올랐다. 참 이기적인 발상이다.

교회를 위해서라면 교황님에게 어떤 무거운 짐을 떠안겨도 상관없다는 말인가?

그러나 각오를 굳히고서 계획을 실행했던 돈가하하에게, 빈틈을 보인 바람에 교회를 혼란에 빠뜨렸던 내가 무슨 말을 한들 닿지 않겠지.

나는 다시금 한숨을 크게 내뱉고서 여러 의문을 묻기로 했다.

"하아~. 배신자를 상대로는 뭘 물어도 의미 없겠지만, 당신은 딱히 숨길 생각도 없겠죠? 기껏 살려놨으니, 의문이나 해소해주시죠."

"아는 대로 대답함세."

돈가하하가 고개를 가볍게 끄덕이고서 근처에 있는 의자에 앉았다.

나는 처음에 무엇을 물어볼지 이미 정했다.

"유서가 있던 책상 서랍에 담겨 있던 목걸이. 그 정령 결정은 어떻게 입수했습니까?"

"정령 결정? 그 목걸이의 보옥이 정령 결정이었나?"

"모르면서 지금껏 갖고 있었던 겁니까?"

"음. 그 방은 원래 아버지의 방이었네. 나도 어렸을 적부터 그 방을 드나들었기에 추억이 있지. 그래서 아버지께서 돌아가신 후에 교황님께 부탁드려 그 방을 받았다네."

그렇다면 그 정령 결정의 원래 소유자는 돈가하하의 아버지였던 건가? 그렇다면 봉인을 한 것도 돈가하하의 아버지? 그럼 돈가하하도 자세히는 모르겠군…….

돈가하하의 아버지는 교황님이 신뢰했던 인물이다. 이건 교황님에게 직접 물어보는 편이 좋겠다.

그나저나 부자가 대를 이어서 집행부에 들어간 건가. 그야말로 최고 엘리트 집안이군. 더욱이 심지어 집행부의 수장이라면, 그간 교회에 얼마나 공헌했을지.

하긴, 그렇기에 돈가하하도 극단적인 방법을 쓸 만큼 교회의 미래를 염려했겠지. 별로 좋은 발상은 아니었지만.

나는 고개를 젓고서 새롭게 질문했다.

"그럼 다음 질문입니다. 대답이 곤란하면 침묵하셔도 괜찮습니다."

"내 목숨은 언제 사그라져도 이상하지 않네. 기회가 있을 때 괘념치 말고 질문하도록."

역시나 떳떳하다. 원래는 교황님의 최측근이었지. 가능하다면 치료에 관한 가이드 라인을 만들었던 그 시절로 돌아가고 싶다.

"우선 저더러 일마시아 제국에 가라고 말했는데, 솔직히 그런 걸로 해결할 수 있는 겁니까?"

"'현자 루시엘'이라면 제국의 중추에 도달할 수 있다고 생각했네."

"어째서죠?"

"제국은 마족화와 마족의 힘을 얻는 연구를 위해 상당한 대가를 치르고 있네. 그런데 마족화를 풀 수 있다니, 연구에 도움이 될 것 같지 않나?"

"제가 마족화를 풀 수 있다는 소문을 흘려서 제국이 먼저 저를 초청하기를 기다리는 겁니까?"

"아니, 굳이 그럴 필요는 없네. 그들도 이미 알고 있을 테니."

돈가하하의 말을 듣고서 교회 관계자 중에 제국 침입자가 있음을 깨달았다.

"거기까지 생각했다니……. 그럼 제국에 관한 정보도 당연히 갖고 있겠군요?"

돈가하하가 고개를 끄덕이고는 조금 생각한 뒤 입을 열었다.

"우선 그대가 알고 싶어 할 정보부터 말하지."

"뜸을 들이지 말고 전부 알려주면 고맙겠습니다."

"그래야지. 그러면 제국에 퍼져 있는 전귀 장군에 관한 소문부터 이야기하지."

"라이오넬 말입니까?"

"그래. 아직 그대가 이에니스에 머물렀을 적, 전귀 장군이 루브르크 왕국과 전쟁 중에 점령한 도시에서 주민들이 독을 탄 음식을 먹고서 사경을 헤매다가 기억이 모호해졌다는 소문이 돌았네. 심지어 얼굴이 문드러져서 가면을 쓰고 있다는 정보도 있었지."

"가짜 라이오넬의 존재는 알고 있습니다. 그 가짜가 전선에 있었다는 사실도요."

"전선에? 그건 이상하군. 내가 얻은 정보에 따르면, 전귀 장군이 그 건으로 전선에서 물러나면서 전선이 밀려났고, 결국 왕국과 서로 마주 보는 상태로 정전했을 터인데."

라이오넬이 이 이야기를 들었다면 어떻게 생각했을까? 무인의 전형 같은 남자가 전쟁에서 달아나다니, 차라리 거기서 죽었을 거라고 말할 것 같은데.

"라이오넬이 전귀 장군이었을 때의 정보는 저보다 당신이 더 잘 알지 않습니까?"

"그렇겠지. 그래서 이 움직임에 의아해하는 자도 많았네. 하지만 황제가 소문을 입에 담는 자는 목을 날려버리겠다고 함구령을 내려서 억지로 틀어막았지."

황제가? 그렇다면 그도 라이오넬에 관한 사건을 알고 있을 가능성이 크다.

"참고로 최근 2년 동안에 루브르크 왕국과의 국경선의 변화가 어땠는지 기억하십니까?"

"지금은 제국이 밀려나고 있다고 들었네. 역시 전귀 장군이 부재인 점이 크겠지. 그게 쌍방의 사기에 크게 작용했을 걸세."

패배하고 있기에 감출 수밖에 없는 정보도 있을 것 같지만……

"그럼 당신은 황제가 라이오넬의 추방과 연관이 있다고 봅니까?"

"그건 아직 단언할 수 없네. 제국에서도 마족이 출현해서 소란이 벌어진 적이 있는데, 곧바로 은폐하고 함구령이 내려졌다네. 하지만 정작 나조차도 알고 있지 않은가. 황제가 관여한 중대한 일이 이리 새어나가는 것은 있을 수 없는 일이야."

"그렇다면 당시 사건과 이번 사건이 모두 블랑주 공국의 의도적 소행이라고 보십니까?"

"그것도 단정하기 어렵네. 제국의 연구 시설에서 도망치다 일어난 사건일 수도 있으니까. 블랑주 공국이 제국에 마족을 출현시켜서 얻을 이익이 별로 없네."

의도적으로 제국에 마족을 풀고 마족화를 연구했다고 몰려고 해도, 마족을 쓰러뜨리기 위해 연구를 벌이다가 마족에게 공격받았다, 혹은 포획했던 마족이 달아났다고 해명하면 의심하기 어렵다.

위즈덤 경도 죽은 줄 알고서 시설 폐기장에 버려졌다고 했다. 그러나 루브르크 왕국이 제국의 마족화 연구를 규탄했다는 이야기는 듣지 못했다.

나는 머리를 정리하기 위해 제국의 현 상황을 물어보기로 했다.

"가짜 전귀 장군이 전선에서 물러나 제도로 돌아간 뒤에 파악한 정보가 있습니까?"

"이후로는 모습을 거의 보이질 않았네. 마족화 연구 시설에 있을 가능성이 높다고 보네."

실은 가짜 라이오넬을 꽤 경계하고 있다. 라이오넬을 함정에 빠뜨리고서 군대를 장악할 정도의 계략가이니까.

그리고 제국에 들어가는 것을 불안하게 만드는 요인이 하나 더 있다. 바로 라이오넬의 레벨이 떨어졌다는 점이다.

여차하면 라이오넬이 진짜임을 증명하기 위해 가짜 라이오넬과 대결을 벌여야 할 수도 있다. 그러나 가짜는 마족화 연구로 강화됐을 가능성이 있다.

그렇기에 나는 라이오넬이 패배하는 경우도 고려해야 한다. 그러면 개선 작전이 아니라 침입 작전이 되겠지. 그러나 침입해서도 마족화에 관한 자료나 연구소를 발견하지 못하면, 교회는 국제적으로 입지가 좁아진다.

반대로, 돈가하하의 계략대로 초청받는 형식이라면 중추까지 갈 수 있다. 그러나 이 경우는 소수 정예가 장점이 아니라 단점으로 작용할 것이다.

가장 빠른 방법은 비행정에서 황궁에 강하하여 황제의 신병을 확보하는 것이다. 그러나 아무 증거가 없는 상황인지라 황제를 붙잡을 만한 명분이 없다.

애당초 제국은 하늘을 지키는 와이번 부대도 거느리고 있다고 하니 작전을 더 궁리해야만……

무심코 탄식을 내뱉은 뒤 불현듯 생각이 떠올랐다.

"아. 블랑주 공국은 어떻게 그란돌에서 마족을 쓰러뜨렸다는 사실을 알아낸 겁니까?"

"모험가 행세를 하고 있다가 현자 루시엘 일행이 왔다고 들었네. 카미야 백작이 현자 루시엘을 감시하고 있었던 듯하군. 이건 사실이 확인되지 않은, 순전히 감이지만⋯⋯."

가르바 씨도 그렇긴 하지만, 대체 정보를 얼마나 모은 거지?

마치 닌자가 첩보 활동을 벌인 것 같군.

"그 정보도 교회 집행부 단독으로 모은 겁니까?"

"아니, 블랑주 공국의 사자가 자랑스럽게 말하더군."

그 이야기를 꺼낸 걸 보면 확실히 검증했겠지만, 나는 한 걸음 더 들어가서 그 사자의 특징을 물어보기로 했다.

"블랑주 공국의 사자가 스스로 내부 이야기를 술술 내뱉었다?"

"그대를 원망하는 인물이었네. 자기 여동생들을 홀린 악인처럼 말하더군."

예상치도 못한 말을 듣고서 나는 혼란스러웠다.

"여동생들? 나디아와 리디아의 가족인 모양이군요."

"과연. 그대를 수행하는 자매의 오빠였나. 모략에는 별로 적합한 인물은 아니더군. 곧바로 감정적으로 굴어서 정보를 얻어내기가 편한 상대였네."

돈가하하는 전혀 유쾌해하지 않고 담담하게 말했다. 그 말이 사실임이 전해졌다.

이걸 두 사람에게도 말해야 하나? 고민거리가 또 늘고 말았다.

"⋯⋯알겠습니다. 그럼 유서에 있던 '세계를 통제하는 힘'은 뭡니까?"

"그건 끝내 입을 열지 않았네. 무언가를 두려워하는 눈치였지."

"두려워했다⋯⋯?"

뭐, 아무리 입이 가볍다고 해도 최고 기밀까지 술술 내뱉을 리는 없겠지. 하지만 두려워했다는 건 뭐지?

내가 고민하고 있으니, 돈가하하가 나에게 고개를 숙이고서 말했다.

"현자 루시엘, 부탁할 처지가 아님을 잘 알지만, 부탁할 게 있네."

"말씀하시죠."

"앞으로 일마시아 제국과 블랑주 공국에 갈 생각이겠지? 그때 반드시 미궁을 답파했으면 하네. 성 슈를 공화국을 위해서."

일마시아 제국과 블랑주 공국의 계략, 마족과 마족화 대책까지 고려하면서 미궁까지 답파해야 한다고 생각하니 머리가 아팠다. 그래도 나는 수긍할 수밖에 없었다.

그 후에도 나는 여러 질문을 했고 답변을 받았다. 바깥이 희미하게 밝아질 즈음에 돈가하하와의 문답이 끝났다.

모든 질문에 순순히 대답한 그를 이대로 교황의 방으로 데려갈까도 생각했다. 그러나 교황님이 아직 자고 있을 가능성도 있기에 일단 교회 지하 감옥으로 보내기로 했다.

내가 방문을 열자 어느새 케티와 케핀이 대기하고 있었다. 돈가하하를 감옥에 연행하도록 지시했다.

"난 현자 루시엘을 믿지 못했던 어리석은 자였다고…… 그리 후회하는 날이 오기를 바라네."

마지막에 돈가하하가 그런 말을 남겼다.

이제는 아무도 없는 방에서 나는 돈가하하의 등을 떠올리며 입을 열었다.

"당신이 후회하든 말든 상관없어. 난 내 목적을 완수하기 위해 앞으로도 전력을 다할 뿐이야."

이것은 돈가하하에게 던지는 말이 아니라 자신에게 하는 말인 것도 같았다.

그 후에 나는 몸단장을 하고서 조금 이르지만 아침을 먹으러 식당에 가기로 했다.

비행정에서 리프트를 타고서 내려갔더니 대훈련장에서 검을 휘두르고 있는 스승님의 모습을 발견했다.

"스승님, 좋은 아침입니다. 일찍 일어나셨군요. 역시 밖에서 자려니 잠이 안 오든가요?"

"오, 루시엘. 원래부터 난 수면 시간이 짧다. 이 시간대에 몸을 움직이면 몸도 상쾌해지지."

"그렇군요. 괜찮으시다면 대련을 한 번 부탁해도 되겠습니까?"

"오호? 신기한 일이군. 그렇다면 한 번이 아니라 몇 번이고 어울려주지."

"감사합니다. 몸을 풀 테니 기다려주세요."

"무슨 일이 있었나?"

"그저 후련해지려고 몸을 움직이고 싶어졌을 뿐이에요."

"그러냐."

"예."

스승님이 무슨 할 말이 있는 눈치였지만, 결국 아무 말도 하지 않고 대련에 어울려줬다.

그 후에 비행정에서 묵었던 모두가 식사하려고 내려와도, 케티와 케핀이 지하 감옥에서 돌아와도, 기사단이 새벽 훈련을 하러 와도, 괘념치 않고 대련을 이어갔다.

멜라토니 모험가 길드에서 뇌룡의 힘을 썼을 때는 패배했지만, 지금은 순수하게 스테이터스와 기술만으로 겨뤘다. 스스로 놀랄 만큼 선전했다.

지금이라면 공방을 벌이는 틈을 노려서 용의 힘을 구사하면 이길 수 있을 듯했다.

그러나 내 찜찜한 마음을 해소하기 위해 함께 해주고 있는 스승님에게 그런 짓을 하고 싶지 않았다.

내 속내를 알아챘는지, 아니면 더는 참을 수 없었는지 도중에 라이오넬이 참전하겠다고 말했다.

평소였다면 라이오넬에게 스승님을 대신 상대해달라고 했겠지만, 나는 몸을 움직이고 싶었기에 두 사람에게 함께 덤비라고 말한 뒤 마법을 쓰겠다고 미리 일러뒀다.

아무래도 내 제안이 두 사람의 자존심에 불을 붙인 듯했다. 가차 없이 공격을 날렸다.

온 신경을 두 사람에게 집중하면서 싸우니 머리가 서서히 맑아졌다.

그러자 마음에 낀 아지랑이도 개어가는 듯했다.

셀 수 없을 만큼 땅바닥을 굴렀고, 두 손가락으로 다 헤아릴 수 없을 만큼 두 사람을 굴렸다.

옛날을 생각하면 나도 조금은 진보한 듯했다.

다만 전성기의 두 사람과 대치했다면 어떻게 됐을지 생각하니, 아직도 미숙하다는 사실도 깨달았다.

그렇기에 미래에 성장한 스스로를 상상하면서 노력하자는 마음을 먹었다.

라이오넬이 날카롭게 휘두른 대검을 피한 뒤, 그 약간의 틈을 놓치지 않고 품속으로 파고든 스승님의 검을 뒤로 쓰러지는 듯 스치며 가까스로 피했다.

나는 물 흐르듯 브릿지 자세를 취하면서 몸을 회전시켜 스승님의 등을 발로 찼다.

그런데 생각할 새도 주지 않고, 라이오넬이 힘껏 던진 대형 방패가 날아들었다.

나는 정통으로 맞고서 날아가버렸다.

땅바닥에 구른 뒤 몸을 일으키고서 다시 검으로 겨누려고 했을 때였다.

느닷없이 내 주변에 커다란 실루엣이 나타났다. 뒤를 돌아보니 거대한 골렘이 출현했다.

곧바로 그 술자인 폴라를 보니 그녀가 배를 문지르며 불만스러워했다.

"배고파."

그 목소리를 듣고서 태양 위치를 확인했더니, 대련을 시작한 지 시간이 상당히 흐른 듯했다.

"미안. 슬슬 식당에 갈까."

그 말을 듣고서 폴라는 골렘을 해제했다. 스승님과 라이오넬은 어쩔 수 없이 무기를 칼집에 넣었다.

대훈련장에서 이동하려고 하자 기사단 일원들이 이쪽을 보고 있었다.

"대훈련장에서 훈련을 좀 했습니다. 여러분들을 방해해서 죄송합니다."

혹시 몰라서 사과했다. 그러나 기사단 기사들은 당혹스러운 표정만 지을 뿐 아무 말도 하려고 하지 않았기에 그대로 우리는 식당으로 향했다.

설마 이번 일을 계기로 기사들 사이에서 내 인상이 크게 바뀔 줄은 생각지도 못했다.

식당에는 총괄하는 로자 씨의 모습이 없었다. 늘 보던 아주머니들과 교황님의 시녀들이 일하고 있었다.

아주머니들의 지시에 울면서 따르고 있는 모습을 보니 저것이 그녀들에게 내려진 벌이겠지.

이번 사건 때 마족화한 자들이나 교회 본부를 수렁에 빠뜨리려고 했던 자들에게는 별생각이 없었는데, 간접적으로 얽혔던 자들은 그들을 원망하고 있을 것 같아 걱정됐다.

"루시엘, 너무 신경질적으로 굴지 마라."

내가 시녀들을 보고 있었기 때문인지 스승님이 말했다.

"예."

다만 그 말에 마음이 조금 편해진 것은 틀림없었다.

그 이후에는 다 함께 식사를 마친 뒤, 나디아와 리디아만을 데리고서 교황의 방으로 향했다.

교황님은 평정심을 되찾으신 상태였다. 늠름한 표정으로 우리를 맞이하셨다.

"교황님, 좋은 아침입니다."

"좋은 아침이구나, 루시엘."

어제 큰일을 겪었는데 왠지 종전보다 훨씬 더 밝아진 듯했다.

"어제는 고생하셨습니다. 오늘은 오히려 기분이 좋아 보이시는군요."

"흠. 포레 누와르가 털어내라고 말했느니라. 본녀가 언제까지고 과거에만 파묻혀 있으면 루시엘이 기껏 열어젖힌 미래를 망치게 되겠지."

시야 구석에 비치는 포레 누와르를 봤더니 몸통이 반짝이는 하얀색에서 검은색으로 되돌아왔다.

"포레 누와르의 털이 검은색으로 돌아온 것 같습니다만?"

『걱정 마. 이 모습은 정령임을 숨기기 위해서 하는 거니까.』

교황님에게 물었는데 포레 누와르가 대답했다.

"그건 또 무슨 뜻이지?"

『정령인 게 발각되면 권속들이 숭배하려고 들 거잖아. 귀찮아.』

그 말을 듣고서 용인족을 떠올렸다. 정령을 신앙하는 자들에게 정령이란 그런 존재다.

"혼란은 피하는 편이 좋겠지만, 그 모습으로 지내도 괜찮아?"

『정령 결정이 돌아왔으니 문제없어. 여차하면 정령의 힘을 언제든지 행사할 수 있으니 도와줄게.』

"그건 든든하지만, 그걸로 만족해?"

『파트너잖아. 함께 여행하는 게 당연하지.』

"허……. 교황님……?"

"데려가거라. 모처럼 힘을 되찾았으니, 본녀도 자유를 주고 싶구나."

교황님이 그렇게 말하고서 웃었다. 그러나 자유라는 말을 듣고서 교황님 역시 자유로워지고 싶은 게 아닌가 생각했다.

당장에는 어렵겠지만, 언젠가 교황님이 스스럼없이 외출할 수 있도록 해주고 싶다는 목표가 생겨난 순간이었다.

『잘 부탁해.』

"응. 앞으로도 잘 부탁해. 아마 머지않아 와이번을 상대해야 할 수도 있는데, 그때 포레 누와르한테 도움을 청해야 할지도 몰라. 자신 있어?"

『후훗, 나를 얕보지 마. 와이번쯤은 상대도 안 돼.』

뻔뻔할 만큼 당당한 태도가 든든했다.

"좋은 소식이네. 기대할게."

『맡겨둬.』

지금껏 대화를 나눠본 적은 없었지만, 염화를 쓸 수 있게 된 포레 누와르가 내가 생각했던 이미지와 꼭 맞아서 은근히 기뻤다.

자, 그럼 슬슬 본론으로 들어갈까.

"교황님, 실은 보고할 게 있습니다."

"음."

"해가 뜨기 전에 돈가하하가 의식을 되찾았습니다."

"그러한가……. 고맙구나."

"아닙니다. 그 후에 돈가하하는 순순히 청취에 응했고, 지금은 감옥에 보내졌습니다."

"음, 고생했느니라."

"돈가하하의 이야기를 들은바, 블랑주 공국은 이미 마족화 연구를 완성했을 가능성이 있습니다."

"그럴 수가!"

"어떻게 안 될까요?"

나디아와 리디아의 목소리에 반응하지 않고, 나는 교황님에게 계속 보고했다.

"그러나 블랑주 공국에 관한 정보가 아직 부족합니다. 하여 아직 가능성이 남은 일마시아 제국의 연구라도 먼저 제지하고자 합니다. 가까운 시일에 일마시아 제국에 가야 할 것 같습니다."

"루시엘한테 고생만 끼치는구나."

"고생이라니, 당치도 않습니다. 오히려 제 탓으로 교회와 치유사 길드가 휘말리게 되었으니 도리어 문제가 아니겠습니까."

"그건 본녀의 잘못이었느니라. 앞으로는 돈가하하 같은 자가
더는 나오지 않도록 세심히 주의하겠노라."

음, 정말 괜찮으신 모양이군. 만약의 사태가 벌어지면 로자 씨
와 카트린느 씨가 어떻게든 해주겠지.

"아 그리고 실은 다른 제안이 하나 있습니다만, 혹여 돈가하하
가 언급했던 '망가진 결계'는 마도구의 힘이었습니까?"

"음, 맞느니라. 지금은 쓰지 않는다만."

"그 마도구가 어찌 되었는지 여쭈어도 되겠습니까?"

"부서진 채로 남아있느니라. 아버님이 제작한 마도구인데, 수
리할 수 있는 자가 없었느니라."

또 레인스타 경이야?

아직 마도구 자체가 남아있다면, 루시엘 상회 직원들이 고칠
가능성도 있다. 처음부터 제작하는 것보다는 그게 빠르다.

"그 망가진 마도구를 주실 수 없겠습니까? 수리하거나 복제품
을 만들면 교회에서 사 주실 수 있습니까?"

"무슨 뜻이냐? 결계 마도구를 고칠 방법이 있다는 말인가?"

"고칠 수 있을지는 아직 모릅니다. 하지만 그걸 고치고 싶어 하
는 기술자 동료들이 있습니다. 물론 마도구를 수리한 뒤에 보수
를 지불해도 상관없습니다."

"알았느니라. 루시엘만 따라오너라."

교황님이 그렇게 말하고서 네르달로 전이했던 방과는 반대편

에 있는 문을 열었다. 그러자 그곳에는 절에 있을 법한 커다란 금색 종이 있었다.

"어…… 이건 보통 방법으로는 옮길 수가 없겠군요."

"음. 마법 주머니에 넣어 가져간 뒤 언젠가 다시 성도에 돌려주길 기대하겠다."

교황님이 그렇게 말하고서 종을 만진 뒤 옥좌로 돌아갔다.

"이런 물건일 줄은 상상하지 못했는데……. 심지어 종탑도 아닌 곳에 이런 종을 놔두는 센스란……."

나는 한숨을 내쉬고서 종을 회수한 뒤 원래 위치로 돌아갔다. 그리고 에스티아의 일도 언급하기로 했다.

"마지막으로 에스티아를 제국에 데려가고자 합니다. 물론 에스티아가 승낙했을 때의 이야기입니다만."

여러 가지를 생각한 끝에 에스티아…… 정확히 말하자면 정령의 힘을 빌릴 생각이다. 그것이 에스티아의 트라우마를 자극할지라도…….

"음, 에스티아여."

"……죄송합니다만……『동행하겠다.』"

갑자기 분위기가 바뀌었다.

"『루시엘, 제국에 간다면 에스티아를 데려가야만 한다.』"

아마도 어둠의 정령이 의식의 주도권을 쥔 듯했다.

"내가 제안했지만, 에스티아의 트라우마를 자극할지도 몰라. 괜찮겠어?"

『오히려 그렇기에 마음의 상처를 제국에서 치유해야 한다.』

그 말이 마치 나에게는 용서를 청하기 위한 것처럼 느껴졌다.

"루시엘, 교회는 걱정하지 말거라. 본녀와 로자가 있으니 괜찮다. 게다가 뒤에 있는 두 사람은 남겨둘 거 아니더냐?"

교황님이 그 사실을 눈치챘는지 보내주기로 결심한 듯했다.

"예. 실은 돈가하하와 만났던 공국의 사자가 두 사람의 오빠였던 듯합니다. 그자는 제게 안 좋은 감정이 있다고 하니, 이상한 소문이 퍼지기 전에 손을 써야 할 것 같습니다."

"설마."

"이럴 수가."

나디아와 리디아가 이 사실을 알고서 충격을 받고 말았다. 나는 이것을 숨길지 말지 망설였지만, 의도치 않게 밝혀졌을 때 충격을 더 크게 받을 것 같아, 그냥 공개하기로 했다.

"둘 다 제국에서 용무를 마친 뒤 또 동행하게 될 거야. 그때까지는 교황님을 부탁한다."

"……알겠습니다."

"……걸림돌이 되지 않도록 수련하겠습니다."

가능하다면 제국에서도 두 사람의 힘을 빌리고 싶었다. 그러나 두 사람을 위해서라도 이것이 최선이라고 판단했다.

"고마워. 그리고 어둠의 정령, 이 아니라 에스티아의 대답도 듣고 싶은데……."

그러자 어둠의 정령에게서 느껴지는 압력이 사라졌다.

"저기⋯⋯ 무섭고, 또 쓰러져서 민폐를 끼칠지도 모릅니다."

"어려운 부탁인 건 알아. 위험할 수도 있겠지. 그래도 부탁할게. 어둠의 정령도, 에스티아가 위험에 처했을 때는 부탁할게."

『이 몸은 에스티아를 다치게 한 자를 용서하지 않는다. 에스티아를 다치게 한 자를 최대한 제거한다.』

"으음, 에스티아의 몸으로 너무 제멋대로 굴지는 말고. 에스티아, 포레 누와르한테 혼내달라고 할까?"

『⋯⋯선처를⋯⋯』루시엘 님, 잘 부탁합니다."

주도권이 에스티아에게 되돌아온 듯했다.

그러나 에스티아는 아까 전과는 달랐다. 어둠의 정령과는 다른 의미로 무언가를 결의한 것 같은 눈빛이었다.

"제국에서 무사히 탈출하면 마통옥으로 연락하겠습니다."

"음. 이 성도는 본녀가 어떻게든 지켜내 보이겠다. 그러니 부탁한다, 루시엘."

"예."

나는 한쪽 무릎을 꿇고서 고개를 숙였다.

"포레 누와르, 그럼 은자의 마구간에 들어가주겠어?"

『싫어. 정령 결정에 들어가 있을 테니, 필요할 때 불러줘.』

"어⋯⋯ 그래."

거기는 은자의 마구간과 달리 출입이 자유롭지 않던가? ⋯⋯원하는 대로 하도록 내버려두자.

나는 교황님과 로자 씨에게 예를 표하고 에스티아와 함께 교황의 방에서 나와 다시 대훈련장으로 향했다.

"루시엘 님, 만약에 제국에서 무사히 빠져나온다면 다시금 함께 멜라토니에 가주겠습니까?"

트라우마를 극복하기 위해서인가?

어둠의 악령이 어떤 감정을 좋아하는지 모르겠지만, 약체화될 가능성도 있었다.

그래도 두 사람이 바란다면.

"멜라토니만 가면 되겠어?"

"예, 멜라토니면 충분합니다."

"알겠어."

그 후에 에스티아가 교회에서 지낸 3개월의 이야기를 들으면서 대훈련장 입구로 돌아왔다. 그러자 노성과 칼날이 맞부딪치는 소리가 귀에 울렸다.

"이건 전투하는 소리? 설마!"

마족화한 기사는 더는 없을 터. 그러나 돈가하하가 모르는 적이 있을 가능성은 있다.

내가 급히 대훈련장의 문을 열었더니 어째선지 어제와 마찬가지로 기사들이 쌓여 있었다.

"……설마 또?"

"두 분은 스테이터스가 한 번 초기화됐죠? 그런데 어째서 기사들이 지는 거죠?"

"그 두 사람은 수라의 길을 걷는 사람들이니 상식을 기대하지 마."

"후훗, 말씀이 너무하신 거 아닐까요?"

에스티아는 그렇게 말하면서 입가를 손으로 가리며 웃었다.

나는 한숨을 내쉬면서 모두를 치료하기 위해 전투를 벌이고 있는 스승님 곁으로 걸어갔다.

07 큰일을 앞둔 작은 일?

회복 마법으로 부활한 기사들에게 사정을 들었는데, 이번에는 기사단이 먼저 가르침을 청한 모양이었다.

오늘 아침에 내가 여러 번 쓰러져도 군말 없이 다시 덤벼드는 모습을 보고서 감동했다나.

아침 식사 후에 내가 없는 걸 알고, 그 틈에 두 사람에게 대련을 도전했다고 한다.

"어제보다 기백이 있어서 나름 재밌었다."

스승님이 만족스러운 얼굴로 말했다.

라이오넬도 아침부터 몸을 움직여서 기분이 좋아 보였다.

쓰러졌던 기사들은 치료받고서 감사를 표한 뒤 각자 소속된 부대로 돌아갔다.

그 광경을 보고서 스승님이 기사들의 등을 향해서 말했다.

"그 분한 감정과 포기하지 않겠다는 마음을 갖고 있다면 너희들은 분명 강해질 거다."

그 말이 닿았는지 기사들은 멈춰 서서 스승님에게 고개를 숙인 뒤 각자의 기사대로 사라졌다.

"아, 맞다. 루시엘, 멜라토니에 가지 않아도 된다."

"예? 스승님은 멜라토니 모험가 길드장으로서 할 일이 있잖습니까? 가뜩이나 그루가 씨한테 비밀로 하고서 나왔잖아요."

"어젯밤에 가르바와 여러 대화를 나눴다. 그리고 가르바가 멜라토니 길드장 대행을 맡기로 했어."

"만약의 사태가 발생했을 때 전력에 커다란 보탬이 될 테지만……."

"어차피 일마시아 제국에 갈 예정이지? 나도 용무가 좀 있으니 데려가다오."

가르바 씨와 의논도 마친 것 같고, 제국에 용무가 있다면 딱히 거절할 이유는 없었다.

다만 스승님이 제국에 용무가 있다고 들은 적이 없어서 조금 놀랐다.

"다음 행선지는 제국이니 동행은 허락할게요. 다만 멋대로 행동하시면 안 됩니다."

"나보다는 네 걱정이나 해라(누구 때문에 제국에 가는 줄 아냐?)."

"그야 그렇긴 하지만……."

스승님의 기분이 서서히 나빠지는 듯했다. 스승님이 내 말을 무시하듯 라이오넬 쪽으로 시선을 돌렸다.

"전귀, 그렇게 됐다."

"아주 제멋대로군."

스승님과 라이오넬은 몇 초간 서로를 쳐다본 뒤 시선을 돌렸다.

"그러고 보니 가르바 씨는?"

"기사단이 소유한 말을 빌려서 어젯밤에 출발했다."

"그랬군요."

그러고 보니 카트린느 씨가 교황의 방에 없었는데…… 아니, 신경 쓰지 말자.

라이오넬은 평소와 다른 게 없는 듯했다. 그러나 스승님이 동행한다는 소리를 들었기 때문인지 평소보다 조금 찌릿한 분위기를 풍기고 있군.

어쨌든 나는 비행정 내에 있는 브리핑룸에 모두를 모이게 한 뒤돈가하하에게서 얻은 정보를 공유하면서 향후 방침을 전하기로 했다.

다만 방침이라고는 했지만, 제국으로 침입하는 경로와 비행정으로 갔을 때 와이번을 막아내는 대책, 그리고 제국 전력을 분석해야만 한다.

"우선 비행정으로 제도 상공까지 비행할 수 있을까?"

"가능합니다만 와이번 부대가 있으니, 실제로는 운이 좌우하지 않을까 싶습니다. 루브르크 왕국과의 전투에 나선 부대는 정전중일지라도 그대로겠지요. 다만 제도를 수호하는 부대 전력은 그리 많지 않을 겁니다."

삼엄할 줄 알았는데, 아니었나.

"제국에는 비행체를 격추할 병기가 있나?"

"제가 제국에 있었을 적에는 발리스타와 마법이 주 대응 수단이었습니다. 마물이나 마족을 대비하여 강력한 마법 병기도 있습니다만, 상공에 공격하는 것은 상정하지 않았을 겁니다."

라이오넬이 알려준 정보를 들어보니 비행정이 비행하는 루트에는 문제가 없을 듯했다.

그러나 다른 문제가 부상했다. 마법 병기는 성역 결계로 막아낼 수 있을 듯하지만, 발리스타라……

실제로 본 적은 없지만, 분명 단 한 발만으로도 몸의 중심에 맞으면 즉사할 수 있는 위력이겠지.

고도를 최대한 올려서 탄이 닿지 않는 위치까지 가면 어떻게든 될까? 다만 그렇게 하면 강하할 때 문제가 생긴다.

눈에 띄는 낙하산으로 강하한다면 저격당할 테고, 애당초 낙하산도 없으니……

아니, 어떻게든 될지도 모르겠다.

"비행정 소음은 그렇게 크지 않지? 그렇다면 야음을 틈타 제도에 내려가는 건 어떨까?"

"루시엘 님, 와이번은 야행성이고, 제국에는 내부 분쟁도 있어서 밤에 더 경계합니다."

"분쟁……"

"발리스타 공격은 걱정할 필요 없네."

그때 드란이 목소리를 높였다.

"하지만 만약에 적중되면 격추될 가능성이 있잖아?"

"전혀 문제없네. 이 녀석이 발리스타의 공격에 격침될 리가 없어. 와이번이 끈질기게 비행정을 물거나, 브레스를 계속 퍼붓는다면 장갑이 파괴될 가능성도 있지만, 발리스타의 탄 정도는 문제없다."

드란의 눈에서 토롱으로 만든 비행정을 믿으라는 의지가 전해졌다.

"그렇게까지 말한다면 생산기술 부장을 믿을게."

"음. 그리고 원거리 마법 공격은 마법 장벽으로 막아낼 수 있으니 금술 조치를 당하지 않는 한 염려할 게 없다."

드란이 추가 정보를 알려주면서 플래그를 세우긴 했지만, 신경 쓰지 않기로 했다.

"좋아. 그렇다면 큰마음을 먹고 성도에서 산을 넘어서 직선 경로로 제국으로 가볼까? 그럼 다른 도시를 통과할 수 있을 것 같으니까."

"확실히 그러는 편이 좋겠지요."

"하지만 발각됐을 때 변명하기가 어려워질 것 같네. 제국은 어디까지나 우리가 우호적으로 시찰하러 왔다고 여겨줬으면 좋겠는데."

"루시엘, 그건 어렵겠지."

"비행정을 타고 이동하는 게 처음이라서 국경을 넘었다는 걸 깜빡했습니다…… 하고 변명한다면?"

"진심으로 그런 말을 했다면 처음부터 다시 가르쳐주마."

스승님의 눈은 웃고 있지 않았다.

"농담이에요. 그건 그렇다고 치고, 상공에서 강하하여 침입하기로 했을 때 성으로 직접 들어가는 것과 도심을 통해 침입하는 것 중 어느 쪽이 안전할까?"

"성으로 침입하는 경로는 많다냥. 어느 쪽이든 문제없다냥."

케티도 성에 침입했던 경험이 있을지도 모르겠군.

아니면 어둠의 부서에 소속되어 있었다고 하니 여러모로 아는 게 많을지도. 어쨌든 모두의 안전이 중요하다.

그리고 민심을 장악하려면 라이오넬이라는 얼굴이 꼭 필요하다.

성공한다면 싸우지 않고도 황제와 대치할 수 있겠지. 더욱이 제국이 전쟁으로 압정을 펼치고 있었다면 그것을 뒤집을 수 있는 광고탑이 되어줘야만 한다.

"예전에도 말했지만, 가능하다면 라이오넬이 당당히 개선해줬으면 좋겠지만……."

"그럼 도시 중심지에서 걸어서 당당히 성으로 가도록 하지요. 만약에 습격하는 자가 있더라도 그 틈을 찌를 수가 있습니다. 그곳에 제 가짜가 있다면 지옥을 보여주겠습니다."

라이오넬은 이미 각오를 굳혔다.

케티도 똑같은 결의를 눈빛이 숨겼다. 이미 가짜 라이오넬의 목숨은 바람 앞에 등불 신세구나.

그러던 중에 제국행을 선택한 에스티아가 마뜩잖은 표정을 짓고 있었다.

"에스티아, 할 말이 있으면 해봐."

"제도에는 수많은 아이가 노예로 살아가고 있습니다. 게다가 억지로 끌려온 애들이 많아서 전 그 아이들을 전부 구해주고 싶습니다."

우선은 아이 노예들부터 보호하자고? 과거를 조금 떠올렸는지도 모르겠다.

나는 제국 노예와 아이라는 말을 듣고서 보타쿠리를 떠올렸다. 그도 자기 자식을 구하기 위해 노예상의 악행에 일조했다.

에스티아가 말한 대로 아이만이라도 최대한 구하고 싶었다.

"우선은 안전제일. 하지만 아이 노예를 구할 수 있도록 고려할게. 노예문(奴隸紋)은 디스펠로 어떻게든 지울 수 있으니까. 하지만 어디까지나 이번 목적은 마족화 연구소를 쳐부수는 것. 제도에 있는 아이 노예들을 최대한 해방하도록 노력해 볼게."

"감사합니다."

에스티아가 감사를 표하자, 나는 고개를 끄덕이면서 모두를 둘러보며 마지막으로 물었다.

"뭔가 할 말이 남았다면 말하도록 해."

그러자 라이오넬이 손을 들고서 모두에게 각오를 밝혔다.

"제국병은 강하다. 한순간이라도 망설였다가는 목숨을 잃을 수도 있다. 대치한다면 상대를 전투 불능으로 만들기 전까지는 한시도 방심해서는 안 된다."

라이오넬의 말은 자신에게 하는 듯이 들렸다.

자신이 직접 키운 부대나 지인과 대치할 가능성도 충분히 있다.

만약에 내가 똑같은 입장이었다면 어디까지 비정해질 수 있을지.

모두의 시선이 다시금 나에게 쏠렸다. 이만 회의를 마치기로 했다.

"마지막으로 다시금 말해두겠습니다. 이번 목적은 마족화 연구소와 연구 파괴, 마족화된 자가 있다면 해주, 그리고 가짜 라이오넬의 쓰러뜨리는 것. 가능하다면 아이 노예들을 해방할 것. 절대로 모두 살아서 돌아간다."

"""옙(예)."""

이렇게 작전 회의가 끝났다. 그런데 멜라토니로 보내주기로 했던 가르바 씨는 이미 없었다.

하는 수 없이 돈가하하를 교황님과 만나게 하도록 할까, 하고 생각했지만, 그것은 그란하르트 씨의 역할이라서 어떻게 할지 고민했다.

"고민할 바에야 이대로 제국에 가는 게 좋겠지. 딱히 준비할 게 없잖아?"

스승님이 그럴싸한 말을 했다. 그러나 실제로는 비행정 안에 있는 게 싫을 뿐이라고 라이오넬이 지적하자 방으로 돌아가버렸다.

"하지만 아직은 제국에 비행정의 정보가 새지 않았을 테니, 들키기 전에 돌격하는 것도 괜찮을 것 같습니다."

라이오넬이 그렇게 말하자 모두 수긍했다. 그래서 교황님에게 따로 보고하지 않고 출발하기로 했다.

다만 드란이 제국에 들어가기 전에 비행정을 조정해야 한다고 말했다. 그리고 에스티아도 제안했다. 제국에서 도망쳤을 때 신세를 졌던 작은 도시가 있다고 했다.

그곳은 성 슈를 공화국 안에 있어서 일단 그곳으로 가기로 했다.

나는 대훈련장에서 준비를 갖추는 편이 낫겠다고 생각했지만, 모두 교회 본부에 머무는 걸 싫어했기에 하는 수 없이 비행정에 마력을 주입했다. 비행정이 고도를 서서히 높여 나갔다.

08 얽히는 운명과 인연

비행정의 키를 잡는 건 두 번째인데, 하늘을 비행하는 것은 낭만이 있구나~.

파일럿들이 나이를 먹고도 몸을 혹사하는 장시간 비행을 계속하면서까지 은퇴하려고 하지 않는 이유를 지금은 조금 알 것 같았다.

흘러가는 풍경을 바라보면서 사색에 빠져들고 있으니, 조타실에 익숙지 않은 목소리가 들려왔다.

"하늘을 이토록 빠르게 나는데도 흔들림이 거의 느껴지지 않는다는 건 제어 시스템이 있다는 뜻이야. 그리고 중력가속도가 느껴지지 않는 이유는 마법 장벽이 기체에 가해지는 압력을 분산시키기 때문일까……."

"리나 님, 성도가 벌써 저렇게 멀어졌어요."

리나가 뭐라고 중얼거렸고, 나냐는 아이처럼 기뻐했다.

"어라? 어제 가게에 돌아갔던 거 아니었어?"

"루시엘 님, 좋은 아침입니다."

"오너, 좋은 아침입니다."

내가 당황하면서 두 사람에게 물었더니 서로 얼굴을 마주 본 뒤 리나가 뜻밖의 말을 했다.

"아침 식사 때 모습이 보이지 않아서 영락없이……."

"저기, 스승님, 동료들과 새벽까지 비행정을 함께 견학하고, 대화를 나누다가 객실을 빌렸어요."

드란은 분명 두 사람의 노동력을 놓치고 싶지 않았겠지.

그나저나 새벽까지 드란과 대화를…… 아니, 스승님과 동료들이라고? 그렇다면 폴라와 리시안도 함께 했나?

그렇다면 어쩔 수 없을지도 모르겠다.

그러나 그렇다면 출발하기 전에 말해줬어야지.

"지금 무슨 상황인지…… 모르지?"

"상황 말입니까? 하늘을 나는 것 말고 뭐가 또 있습니까?"

"지금 어디로 가는지는…….''

"시운전 아닌가요?"

"뭐?! ……혹시."

대화가 맞물리지 않는 것을 깨달은 나냐의 얼굴에서 서서히 핏기가 가셨다.

"일마시아 제국…….''

"곧바로 유턴을 희망합니다."

"아직 죽고 싶지 않습니다."

두 사람은 자신이 처한 상황을 이해했는지 성도로 귀환해달라고 부탁했다.

"하핫. 안심하도록 해. 지금은 제국이 아니라 성 슈를 공화국 내 어느 도시에 가는 길이니까. 물론 안전도 최대한 고려할게."

"이럴 수가~!"

그래서 나는 하는 수 없이 비행정을 대훈련장으로 돌리고자 드란에게 시선을 보냈다. 그러자 그가 이쪽을 쳐다보며 고개를 가로저었다.

아마도 드란은 이대로 저 두 사람을 데려가고 싶은 듯했다.

그러나 아무런 각오도 하지 않은 사람을 이대로 성도에서 데려가려니 마음이 켕겼다.

나는 한숨을 내쉬며 머릿속을 환기하고서 두 사람이 납득할 수 있는 타협안을 모색했다.

"두 사람은 이 비행정에서 숙박하면서 드란 일행과 함께 있어주기만 해도 돼."

"정말입니까?"

"응. 식사도 세 끼를 제공할 테고, 객실에서 지내도 좋아."

"일을 하지 않고도 세 끼를……. 리나 님. 여긴 천국이 아닐까요?"

"어?"

대우가 그렇게까지 좋다고는 생각하지 않았는데 나냐가 굉장히 기뻐하는 듯했다.

"여러분들의 이야기를 듣고 제국이 위험한 곳임을 알아서 돌아가고 싶었습니다만, 비행정 안에서 지내도 되는 거죠?"

"그래."

""잘 부탁합니다.""

두 사람이 얼굴을 마주하고서 나에게 고개를 숙인 뒤 감사를 표했다.

그 후에 두 사람은 비행정의 구조를 드란에게 물어보러 갔고, 나는 에스티아에게 목적지를 안내해달라고 부탁했다.

"이 방향으로 가면 되나? 일단 아는 범위만이라도 좋으니, 지형도 어느 정도는 알아두고 싶은데."

"아마도 이대로 가면 될 겁니다. 성도와 제국 사이에는 산맥이 자리하고 있는데, 성도 쪽 산기슭에 제가 살았던 에비자라는 도시가 있습니다."

"에비자…… 어디서 들어본 적이 있네."

"제가 살았던 곳이라고 교황님께서 말씀하신 게 아닐까요?"

"으~음, 그랬던가……. 떠오르질 않네. 그 도시에서 살기 좋았어?"

"초창기 시절은 잘 기억나질 않습니다. 그곳을 떠날 때 신세를 졌던 분들이 배웅을 해주셔서…… 아, 커다란 여관도 있어서 모두 체류할 수도 있을 거예요."

에스티아는 과거를 추억하며 그리워하듯 웃었다. 나는 그녀의 처절한 과거를 알고 있기에 즐거웠던 추억이 있었다는 사실에 안도했다.

그와 동시에 에비자라는 도시에 가는 것이 조금 기대됐다.

그 이후에 비행정은 한동안 속도와 고도를 유지하며 순조롭게 항로를 나아갔다.

도중에 하늘 여행을 질색하는 스승님이 에비자까지 얼마나 남았느냐고 물어보러 왔다. 낯빛이 나빠 보이는데. 가만히 있어야만 하기에 스트레스가 쌓였을지도 모르겠다.

그런 스승님을 보다 못하고 드란이 비행정 상부에 갑판이 있다고 말하자 스승님이 곧바로 가버렸다.

스승님의 모습을 보고서 라이오넬이 불쑥 말했다.

"저 모습만 봤을 때는 미덥지 않군요."

그 한마디에 찌릿했던 분위기가 단번에 누그러졌다.

특히 리나와 나냐는 한숨을 휴우, 내뱉고서 드란과 폴라, 리시안과 마도구에 관해 즐겁게 대화를 나누기 시작했다.

그러는 중에도 에스티아는 내비게이션 역할을 철저히 수행하면서 나를 지원해 줬다.

"그러고 보니 에비자는 무슨 동네야?"

"에비자 말인가요? 글쎄요……. 제가 있었을 때는 난폭한 자들이 많다는 이미지였죠."

친절한 사람들이 에스티아를 보살펴준 줄 알았는데 느닷없이 상상이 뒤집어졌다.

"난폭…… 별로 가고 싶지 않은 동네네."

"그렇죠. 하지만 실제로는 제국이나 왕국의 전장에서 흘러든 병사들이 방자하게 굴지 못하도록 연기하는 겁니다. 다 함께 협력하여 마을을 지켜낸다는 게 암묵적인 규칙입니다."

"성 슈를 공화국의 은혜를 누리지 못하는 동네구나. 주민들은 마물보다도 대인전에 익숙할 것 같아……."

"마물전이든 대인전이든 가리지 않고 전투에 익숙해요. 용병이나 모험가들은 인근 미궁에 들어가서 레벨을 올리고, 적병이나 용병들한테서 주민들을 지키기 위해 싸웠으니까요."

이거, 혹시 기사단보다 강한 거 아냐……?

"에스티아도 에비자에서 전투 기술을 연마했어?"

"아뇨, 전 일단 치유사로서 활동했거든요. 전투 기술은 제국에서 노예로 살았을 적에 연마했습니다."

윽, 실언했다.

"그래……. 으음, 미궁이 있구나. 그 미궁이 어떤 곳인지 알아?"

전생룡이 갇혀 있던 미궁이라면 기쁠 텐데…….

"실은 성 슈를 공화국과 일마시아 제국 양쪽에 출입구가 존재하는 희귀한 미궁이에요. 저도 제국에서 도망칠 때 거길 통했으니 틀림없습니다."

"양국을 잇는 터널 같은 미궁인가……."

아주 유익한 정보구나. 에스티아에게는 거미줄이 아니라 터널이었나? 비장감은 느껴지지 않고, 미궁에는 전생룡이 있을 가능성이 있으니 들어갈 수밖에 없겠지.

그 후에 에스티아의 트라우마를 자극하지 않도록 주의하면서 에비자에서 어떻게 살았고, 신세를 졌던 사람들은 어땠는지를 화제로 삼았다.

그러나 결과적으로 도리어 에스티아가 나를 신경 쓴 것 같기도 했다.

이러는 동안에 앞쪽에 공화국과 제국을 가르는 산이 또렷하게 보이기 시작했다.

에스티아가 안내하는 대로 비행경로를 조정하니 멀리서 도시가 보이기 시작했다.

"저기가 에비자인가?"

"예."

"그럼 모두에게 착륙할 준비를 하라고 전해줄래?"

"알겠습니다. 어, 저건?!"

에스티아의 목소리에 반응하여 시선을 에비자 쪽으로 돌렸다. 그러자 이쪽으로 날아오는 무언가가 보였다. 이내 비행정의 고도를 낮추려고 했을 때였다.

갑판에 있는 스승님이 그 무언가를 향해서 검을 휘두르면서 뛰어드는 장면이 보였다.

"스승님!!"

나는 외치면서 비행정의 고도를 단숨에 낮춰서 스승님을 어떻게든 받아내려고 했다.

그 결단은 결과적으로 최선이었다.

비행체를 베려고 달려들었던 스승님이 멋지게 그 목적을 달성했다. 그런데 그 순간, 폭발에 휘말려 비행정으로 날아가버렸다.

"심장에 안 좋아."

스승님이 이쪽을 향해서 무언가를 지시하는 듯했다. 그러나 나는 그것을 무시하고서 그대로 비행정을 착륙시켰다.

"스승님, 괜찮습니까?"

"그래. 근데 왜 그대로 돌진하지 않았어?"

그랬구나. 그런 지시였나…….

"여긴 아직 성 슈를 공화국 내이고, 전투하러 온 게 아니니까요."

"근데 저쪽은 우릴 상당히 경계하는 눈치인데?"

스승님의 말을 듣고서 에비자 쪽을 봤더니 모험가인지 용병인지 모를 사람들이 입구 부근에서 이쪽을 엿보고 있었다.

"듣고 보니……. 에스티아, 이유를 알겠어?"

"으음, 추측이긴 합니다만, 미지의 비행 물체가 접근해서 방어한 게 아닐는지…….'"

"아, 그렇구나. 그럼 비행정을 라이오넬의 마법 주머니에 넣어줄래?"

"예."

라이오넬이 곧바로 비행정을 마법 주머니에 수납하자 에비자의 경계가 강해진 것 같았다.

"싸울 생각은 없지만, 우릴 습격하면 무력화시키도록 할까?"

"무력화하는 건 상관없지만, 되도록 죽이지 말아주세요."

"루시엘 님, 그전에 제가 설득해도 될까요?"

에스티아가 무언가를 주장하다니 특이했다.

그만큼 저들이 각별한지도 모르겠네.

나에게 멜라토니가 중요한 곳이듯 그녀에게는 에비자가 중요한 곳일지도.

"맡기는 건 상관없겠지만, 저토록 경계하는데 괜찮겠어?"

"예."

에스티아가 망설이지 않고 수긍하기에 나는 맡기기로 했다.

"그럼 여긴 에스티아한테 맡길게. 하지만 역시 혼자만 가게 놔 둘 수는 없어. 누가 함께 가줘."

"내가 가지. 마법을 날린 녀석도 알고 싶으니⋯⋯."

"각하합니다. 케핀과 케티가 동행해주겠어?"

"예."

"하는 수 없다냥."

"야, 루시엘."

스승님의 날카로운 시선을 무시하고서 나는 세 사람을 보냈다.

"무슨 일이 생기면 공격을 주저하지 마라. 뭐, 우리도 금세 달 려갈 수 있는 거리까지는 함께 갈 테니까."

내 말을 듣고서 스승님이 압력을 거둬서 나는 안도했다.

그러고는 우리는 50m쯤 떨어진 지점에서 대기했고, 세 사람은 에비자로 나아갔다.

그 등을 보면서 나는 중얼거렸다.

"위험할지도 모르는 장소에 보내는 느낌이 몹시 싫어."

"자기가 직접 가는 게 마음은 편하니까요. 저도 이 느낌이 싫어 서 최전선에서 싸웁니다."

내가 중얼거리자, 라이오넬은 에스티아 일행을 계속 바라보면 서 대답했다.

"그러고 보니 에스티아가 그랬는데, 저 에비자 인근에 미궁이 있다는군. 그리고 제국 쪽에도 출입구가 있다고 하고. 제국은 그 사실을 알고 있나?"

"예, 들어본 적은 있습니다. 다만 전 가본 적이 없습니다. 기사가 되려는 자가 레벨을 올리는 장소로 인식하고 있습니다."

"제국에 다른 미궁도 있어?"

"아뇨, 제국은 영토를 서서히 넓힐 때마다 조사를 벌였습니다만, 그 이외의 미궁을 찾았다는 보고는 없었습니다."

그렇다면 전생룡이 봉인된 미궁일 가능성도 있나?

나디아를 데려왔으면 좋았겠네…….

내가 그렇게 생각하고 있으니, 에비자에서 환호성이 들렸다.

그쪽을 보니 에스티아 일행이 모험가와 용병? 에게 둘러싸여 있었다. 그러나 왠지 환영하는 분위기였다. 사납게 생긴 모험가들이 칠칠치 못하게 웃고 있었다.

"……괜찮은 것 같군."

"그런 것 같군요."

"……."

보아하니 걱정할 필요가 없었던 것 같아서 안도했다. 그러나 스승님은 공격당했기 때문인지 아직도 경계를 풀려고 하지 않았다. 실은 스승님처럼 경계하는 편이 옳을지도 모르겠다. 다 함께 있고, 에스티아의 이야기를 들어서였는지 경계심이 흐려진 듯했다.

에스티아 일행이 신호를 주자 우리는 에비자로 접근했다. 그리고 우리를 쳐다보는 눈들이 서서히 험악하게 변하는 게 느껴졌다.

왠지 귀찮은 일에 휘말린 것 같은 예감이 들었다.

"루시엘 님, 주민분들이 루시엘 님의 내방을 매우 기뻐했습니다."

에스티아가 이쪽으로 달려와서 기뻐하며 말했다. 그러나 도저히 그렇게 느껴지지 않았다.

"미안하지만 그 말을 그대로 믿기 어려운데. 왠지 적개심을 보내는 것 같잖아……."

"예?!"

에스티아가 내 말을 듣고서 시선을 에비자 쪽으로 돌리자, 내말뜻을 이해한 듯했다.

당혹해하는 표정을 지었다. 나는 하는 수 없이 멀리서 인사하기로 했다.

"여러분 안녕하세요. 저는 성 슈를 공화국에서 치유사로 활동하는 루시엘입니다. 민폐를 끼치지 않을 테니 마을에 접근하고 싶습니다만."

그러자 무리 안에서 한 남자가 나왔다.

그 남자는 고깔모자를 썼고 검은 로브를 착용했으며 지팡이로 땅을 짚고 다녔다. 옛날 마법사를 고스란히 재현한 것 같은 인물이었다.

다만 왼손에는 칠흑 같은 장갑을 끼고 있었고, 오른손에는 없었다.

"만나 뵙게 되어 기쁩니다. 저는 현재 이 에비자를 관리하는 바작크라고 합니다."

"바작크라고?! 그 심연의 마도사 바작크가 왜 에비자에 있는가!"

크게 외친 사람은 라이오넬이었다.

심연의 마도사? 마법에 조예가 깊나?

그나저나 라이오넬과 썩 양호한 관계로 보이지 않았다. 라이오넬은 당장에라도 바작크라는 남자를 베려고 달려들 것 같은 분위기였다. 뭐 스승님은 이미 칼집에서 검을 뽑았지만…….

"지인이야?"

"아직 전귀 장군이었던 시절에 고전했던 남자입니다."

"아직도 기억하고 있었나? 일마시아 제국의 장군, 라이오넬……어? 그런 것 치고는 너무 젊은데? 그대는 누구인가?"

"이 얼굴을 몰라보다니, 벌써 노망이 난 건가?"

"네놈?!"

바작크라는 남자가 살기와 함께 지팡이로 라이오넬을 겨눴다. 그러자 주변 용병과 모험가들이 일제히 무기를 들었다.

에스티아가 혼란에 빠진 와중에 케티와 케핀이 등을 서로 맞대고서 무기를 들었다.

역시나 이대로 놔뒀다가는 전투가 벌어질 것 같기에 나는 곧바로 끼어들었다.

"다시금 인사드리겠습니다. 저는 S급 치유사 루시엘. 그리고 그는 내 수행원이자 동료입니다. 우리가 바라는 건 전투가 아니라 대화입니다."

"S급 치유사……. 소문에 따르면 마법을 발동할 수가 없게 됐다고 들었습니다만, 상태를 보아하니 그저 소문이었던 것 같군요. 다행입니다. 귀하만은 기꺼이 환영하겠습니다만, 제국 장군을 거느리고 있다면 얘기는 다릅니다."

"우선 정정하겠습니다. 저는 S급 치유사에서 물러나 새롭게 현자가 됐습니다. 그리고 라이오넬은 2년 전에 함정에 빠져 노예 신분으로 추방됐기에 현재는 제국 장군이 아닙니다."

"노예라고요? 홋핫핫. 그럴 리가! 그는 현재 제도에서 전귀 장군이 군비를……."

바작크는 거기서 갑자기 말을 멈추더니 왼손으로 턱수염을 쓸어내렸다.

침묵이 흘렀다.

이 침묵을 견디지 못하고 말을 괜히 꺼냈다가는 허언이라고 판단할 거 같아 나도 침묵을 유지했다.

단 최악의 상황도 상정하고서 스승님에게 시선으로 신호를 보냈다.

"저들이 공격한다면 목을 노린다. 원호를 부탁한다."

"예."

그 이후에도 기나긴 침묵이 이어졌다. 주변 용병과 모험가들이 기다림에 지쳤을 즈음에 드디어 바작크가 나와 라이오넬을 보면서 지팡이로 땅을 찔렀다.

그것이 신호였는지 모험가와 용병들이 무기를 속속 집어넣었다.

"전귀 장군이 전장에 나오지 않는다는 소리를 듣고서 드디어

퇴물이 됐다고 기뻐했건만, 설마 그렇게 됐을 줄이야⋯⋯."

"라이오넬과 인연이 있는 것 같은데, 우리가 에비자에 들어가
도 되겠습니까?"

"성 슈를 공화국 안에서 개인적 원한을 이유로 S급 치유사를 내
쫓을 수는 없습니다. 다만 대화를 잠깐 나눠봐야겠습니다."

"그것도 라이오넬 때문입니까?"

"우리 사이에 인연이 있다고는 하지만, 그것 때문은 아닙니다."

"그럼 뭘?"

"아까 현자가 되었다고 하셨지요?"

"예."

"회복 마법도 여전히 사용하실 수 있는 겁니까?"

"물론입니다. 증명이 필요하다면 지금 누군가를 치료해 보겠습
니다만?"

이쪽을 엿보는 저 시선은 탐탁지 않았다. 그러나 어째선지 그
다지 불쾌하지는 않았다.

"루시엘 님, 저자는 제가 제국의 장군이 던 시절, 제게 오른팔
을 베였습니다."

어? 그럼 장갑을 착용한 쪽은 의수야?

그게 바작크와의 충돌 원인이라면, 고쳐주는 걸로 해결할 수
없으려나?

원한이 쉽게 풀릴 리는 없지만, 조금은 협력해줄지도 모르잖아.

"바작크 씨? 일단 큰소리를 내는 게 힘드니 둘이 대화하고 싶

습니다만……."

"알겠습니다."

회복 마법을 사용하는 것을 전제로 나와 바작크 씨만 서로 접근했다.

"그럼 치료할 테니 만약 의수가 장착되어 있다면 분리해 주세요."

"무, 무슨 소릴……."

바작크 씨가 당황하는 모습이 드문지 모험가와 용병들이 크게 웅성거렸다.

나는 아랑곳하지 않고 어서 의수를 벗기라고 손짓으로 재촉했다.

"이렇게 용병과 모험가들이 둘러싸여 있는 건 별로 기분이 안좋습니다. 자, 어서."

바작크 씨는 망설이면서도 의수를 벗었다. 나는 곧바로 엑스트라 힐을 발동했다.

그러자 빛이 바작크 씨의 몸을 뒤덮고는 이내 빛이 잦아들었다.

"이게 대체 무슨……?"

회복 마법에 치유됐다는 실감이 없는지 바작크 씨가 어리둥절했다.

그러나 곧 변화를 느꼈는지, 오른손을 조심스럽게 확인하며 굳어버렸다.

"이로써 증명이 되겠습니까?"

바작크 씨가 소리를 내지 않고 고개만 끄덕였다.

뒤에서 보고 있던 모험가와 용병들이 갑자기 큰소리를 질렀다.

"파, 팔이 돌아났다!"

"우와, 진짜잖아?"

"저게 S급 치유사의 실력인가?"

"마치 고대의 현자 같아."

"아까 현자라고 말했잖아?"

"저런 부상까지 치유할 수 있다면 더 싸울 수 있겠다."

"치료가 필요한 자들을 당장 모아!"

남자들이 일제히 도시 안으로 뛰어갔다.

정신을 차려보니 어느새 에스티아를 맞이했을 때처럼 환영하는 시선으로 바뀌었다.

"현자 루시엘 님, 에비자는 당신과 당신의 수행원을 환영합니다."

바작크 씨가 그들의 행동을 보고서 정신을 차렸는지 깊이 감사하면서 환대했다.

드디어 도시에 들어가게 됐다. 그러나 아직도 무슨 일에 휘말렸다는 예감은 사라지지 않았다. 나는 이 도시에 들른 것을 후회하기 시작했다.

09 성가신 예감의 정체

우리는 환영받으면서 에비자의 문을 지났다.

바작크 씨는 에비자를 안내하면서도 정신은 돌아온 오른팔에 팔려있는 듯했다. 그가 오른손을 여러 번이나 쥐었다가 펴는 모습만 봐도 알 수 있었다.

그나저나 모험가와 용병들이 이 바작크 씨를 상당히 좋아하는 듯했다. 그들을 치료한 게 아닌데도 아주 좋아했다.

멜라토니 모험가 길드가 생각나는 풍경이었다.

다만 환영 분위기는 도시 안으로 들어갈수록 약해졌다. 심지어 우리를 흘겨보는 시선들이 느껴지기 시작했다.

어쩌면 싸움을 생업으로 삼고 있는 바작크 씨 및 모험가들은 주민과 골이 있는지도 모르겠다.

내 속내를 짐작했는지 바작크 씨가 사과했다.

"주민들을 너무 나쁘게 생각하지 말아주십시오. 최근 몇 년 동안 유랑하는 치유사들이 이 도시를 방문하여 거의 효과도 없는 회복 마법으로 치료비를 뜯어갔고, 도적으로 변한 제국병의 잔당들이 약탈과 분쟁을 일으키면서 치안이 나빠진 탓에 그렇습니다."

악덕 치유사와 도적으로 전락한 제국병이라. 그것이 사실이라면 적대하지 않은 것만으로도 다행이었다.

"전장과 가까우면 이렇게 되는군요."

전장과 가까운 곳일수록 경험 있고 성실한 치유사가 필요하다. 그러나 그런 우수한 치유사를 위험하고 사람이 적은 곳에 두는 건 치유사 길드의 손해다.

모두가 타인을 위해 목숨을 걸 수 있는 건 아니다. 나도 이에니스에서 기사와 라이오넬을 비롯한 수행원들에게도 호위받으며 겨우 다녔다.

그나저나 소문으로만 듣던 것과 현지를 방문하여 분위기를 직접 느껴보니 인상이 상당히 다르네.

참고로 스승님과 라이오넬은 악덕 치유사보다도 제국병이 도적으로 변했다는 소리에 더 분노했다.

새삼스럽긴 하지만, 내가 전생하고서 처음 방문한 곳이 멜라토니여서 다행이다.

착실하게 살아가려고 치유사 직업을 선택했지만, 스승님 및 지인들과 만나지 못했다면 지금의 나는 없었을 거다.

전부 호운 선생님 덕분이다.

만약에 내가 처음으로 방문한 도시가 에비자였다면 이곳에서 평생 살았을지도 모른다.

만약에 이들처럼 모험가나 용병이 돼서 바깥 세계를 목표로 삼았다면 늘 목숨이 오가는 상황에 있었을 테니 제정신이 아니었겠지.

이 세계는 내가 생각하는 것보다 엄혹한 세계일지도.

에비자의 중앙로를 계속 나아가자, 모험가 길드와 치유사 길드가 대칭을 이루듯 서 있었다.

"여기가 이 도시의 중심 광장입니다."

바작크 씨의 말을 들으면서 왔던 길을 돌아봤다. 그곳에는 상
인 길드와 약사 길드가 마찬가지로 대칭으로 세워져 있었다.

이제야 깨달았는데, 에스티아가 말했던 것처럼 험악한 자들이
많은 도시이긴 하지만, 내부는 말끔히 정비되어 있었다. 도저히
전장 인근 같지 않았다.

내부를 둘러보고 있으니 문득 에스티아와 눈을 마주쳤다.

그러고 보니 치유사 길드에 에스티아의 지인이 있을지도 모르
겠구나.

나는 그렇게 생각하고서 에스티아에게 제안했다.

"에스티아, 치유사 길드에 지인이 있다면 가봐도 좋아."

"감사합니다. 하지만 괜찮습니다."

에스티아가 웃으면서 거절했다. 아까부터 치유사 길드를 힐끗
쳐다봤기에 예의상 사양했다는 게 훤히 보였다.

모험가와 용병이 환영했던 걸 보아 치유사 길드에서도 귀염받
았을 텐데…….

거기까지 생각하다가 나는 퍼뜩 깨달았다.

에스티아는 어둠의 정령 덕분에 회복 마법을 약간 발동할 수 있
지만, 여러 번 발동할 수는 없다.

어쩌면 직원이 에스티아를 바보 취급한 바람에 어둠의 정령이
분노하여 기억을 없앴을 가능성도…… 아니, 역시나 지나친 망상

인가?

생각하지 말자. 그리고 에스티아에게도 더 강하게 권하지는 말자.

"그래? 가고 싶어지거든 언제든지 말해도 돼."

"감사합니다."

에스티아는 그렇게 말하고서 웃었지만, 왠지 쓸쓸해 보였다.

그나저나 악덕 치유사와 도적이라…….

제국이라는 골칫덩어리를 앞둔 와중에 새로운 사건이 벌어지는 건 사양이지만, 치유사 길드가 연관된 이상 무시할 수는 없다.

마침 이 도시의 중앙에 있으니 나는 직설적으로 바작크 씨에게 생각을 묻기로 했다.

"바작크 씨, 우리를 이곳으로 안내한 이유는 뭐죠?"

"실은, 루시엘 님한테 부상자 치료를 부탁드리고 싶습니다."

그러고보니 앞서 간 모험가들이 환자들을 모으려고 했었지. 경상자가 많거나 중상자가 있는 걸까.

그러나 바작크 씨에게 들려줄 대답은 이미 정해졌다.

"거절하겠습니다."

"……이유를 여쭈어도 되겠습니까?"

내 대답이 뜻밖이었는지 바작크 씨의 얼굴이 초조해졌다.

"치유사 길드가 저기 있고, 치유원도 어딘가에 있을 겁니다. 내가 당신을 치료한 건 우리가 적이 아님을 증명하기 위해서였지, 봉사가 아니었습니다."

"큭! 하지만 현자님만이 도와줄 수 있는 자가 있습니다."

"내가 아무나 치유한다면 치유원에서 근무하는 치유사들의 일 거리를 빼앗는 게 됩니다."

옛날에는 치유 가이드라인이 없어서, 치유사가 경중을 따지지 않고 상급 마법으로 치유하여 고액의 치료비를 청구한 후, 만약 지불하지 못하면 환자를 노예로 삼던 사례가 있었다.

아마 개혁 이후로 치유사들은 대부분 수입이 줄었을 거다. 그런 와중에 내가 각지에서 환자를 멋대로 치유하고 다니면 치유사들은 더욱 생활이 궁핍해진다.

멜라토니나 성도 모험가 길드에서는 신세를 졌던 사람들을 위해 교황님께 허가로 '성변의 변덕스러운 날'이라는 이름을 세워 가끔 치료하긴 했지만…….

지인이 아닌 이상 내가 멋대로 치료하고 다니지 않는 게 좋다. 이에 관해서도 한번 교황님과 의논해야겠군.

물론 청을 거절한 이유는 그게 전부가 아니지만.

아니나 다를까, 라이오넬이 끼어들었다.

"바작크, 루시엘 님을 얕보지 마라. 설득도 아니고 그냥 정에 호소할 줄이야…….."

"전귀……. 제가 치료를 부탁하는 건, 이 도시 치유사가 해결할 수 없었던 자들입니다. 치유사 길드를 통해 S급 치유사의 파견을 청원했습니다만, 답변은 돌아오지 않았지요."

으음, 그때의 길드 본부는 내 소문에 대응하느라 정신이 없었

151

던 모양이군. 하지만 일반 치유사들이 치료하지 못할 정도의 환자인데, 아직 살아있을 수가 있나?

"스승님, 회복 마법이 통하지 않거나, 잘 통하지 않는 경우가 있습니까?"

"없지는 않지. 고위 마물의 암속성 마법이나 저주, 체력을 빼앗는 마검에 베이면 잘 안 먹힌다."

"그렇군요. 예외가 있었나."

"너무 깊이 생각하지 마라. 넌 네 생각대로 살아가면 돼. 무슨 일이 있으면 우리가 지키거나 말려주마."

스승님은 참 절묘한 순간에 파고드신단 말이지…….

덕분에 마음이 가벼워졌다. 요즘 계속 여유가 없었던 모양이다.

"어쩔 수 없군요. 환자들은 어디에 있습니까?"

"도와주시는 겁니까?!"

"상태를 보고서 결정하겠습니다. 물론, 정말 치유사 길드를 한 번 거쳤는지도 직접 확인할 겁니다. 그들이 치료하지 못한 사람만 치료하겠습니다."

다 치료할 수도 있지만, 치유사들의 일거리를 빼앗는 것도 문제다. 악덕 치유원이 아니라면 본부 차원에서 지원을 고려해야겠다.

바작크 씨는 내 말을 듣고서 안도하는 표정을 짓더니 제자리에서 손을 올렸다.

그것이 신호였는지 도시 여기저기에서 중앙 광장으로 사람들이 모여들기 시작했다.

갑자기 사람이 몰리자, 수행원들이 경계 태세에 들어갔다. 라이오넬은 바작크 씨의 뒤에 섰다.

"이게 어떻게 된 거죠? 이자들이 전부 중환자인가요?"

"아닙니다. 물론 다들 부상자이긴 하니 치료해주시면 좋겠지만, 대부분은 치유원에서 고칠 수 있는 자들입니다. 루시엘 님께서 봐주셔야 할 사람은 열 명 정도입니다."

그럼 그저 인망으로 모여든 건가. 바작크는 상당한 인격자인 모양이었다.

다만 일부에서 느껴지는 압박감이 마음에 걸렸다.

아마도 바작크 씨의 호위, 혹은 원래 이 도시의 통치자를 수호하던 자들이 아닐까.

그렇지 않다면 이토록 많은 사람을 모을 수는 없을 테니까.

이게 만약 내게 치료를 강요하기 위한 작전이었다면 역효과다. 바작크 씨도 그 정도는 알 거다.

"치료하기도 전에 이렇게 압박하면 정신이 산만해집니다. 환자를 제외한 나머지는 해산해 주세요."

수행원들이 곧바로 움직일 수 있도록 무기에 손을 댔다.

이심전심이란 바로 이를 두고서 하는 말이다.

"저는 여러분과 적대할 생각은 전혀 없습니다. 이분들은 치유원에서 치료하지 못한 사람들을 특별히 보러 와주신 분들입니다."

바작크 씨가 주민들을 향해 이야기했다.

내가 봐줘야 할 환자가 있다는 건 사실인 모양이군.

잠시 대치 상태로 침묵이 흘렀고, 이윽고 부상자들이 실려 왔다.

침묵을 깬 사람은 의외로 라이오넬이었다.

"아니?! 알베르트 전하 아니십니까! 게다가 멜피나까지!"

라이오넬의 반응에 나도 놀랐다. 전하라니? 제국 황자가 여기 있다고?

바작크 씨가 구하고 싶었던 사람은 자신에게는 생명줄 같은 주인이었구나.

불현듯 나는 의문이 생겼다.

제국병이 도적으로 변하여 민폐를 끼쳤다면 주민들까지 나서서 이들을 구해달라고 부탁할까? 아니, 보통은 아니겠지.

그런데 이토록 많은 사람이 쾌차하기를 바라고 있다니.

"라이오넬, 이 두 사람이 누군지 알려줘."

"예. 먼저 실려 온 저 두 사람은 제국 제1 황자이신 알베르트 전하, 그리고 예언의 성녀 멜피나입니다."

이것이 출발했을 때 느낀 불길한 예감의 정체인가?

"좀 더 자세히."

"현재 제국의 전략에 이의를 제기하는 레지스탕스의 리더가 바로 알베르트 전 전하입니다."

바작크 씨가 설명을 덧붙였다.

그래서 그 사람이 왜 여기에 있는 건데.

"'전'이라고요? 이 많은 사람이, 순수하게 권력도 없는 황자를 도와주길 바란다는 겁니까?"

"자세한 설명은 치료를 마친 뒤에 말씀드리겠습니다. 부디 도
와주십시오."

환자를 운반하는 간이 들것이 내 눈앞에 놓였다.

나는 한눈에 무슨 증상인지 알았다. 그들에게서 사악한 기운이
흘러나오고 있었다.

"제국에 관련된 일이니, 라이오넬이 결정해. 이들을 도와줬으
면 좋겠어?"

"루시엘 님, 부탁드립니다. 선풍, 괜찮겠지?"

"루시엘, 도와줘라."

라이오넬이 망설이지 않고 치료를 선택한 건 그렇다고 해도,
왜 스승님에게 물어본 거지? 조금 의아해하면서도 나는 수긍하
고서 모두에게 지시를 내렸다.

"알겠습니다. 그럼 이 분을 치료하지요. 다만 평범한 치료로는
안 됩니다. 다들, 준비해. 사람들 중에 괴로워하는 자가 있다면
붙잡아야 해."

"예? 그게 무슨?"

바작크 씨가 되물었지만, 나는 대답 대신 영창을 시작했다.

"【성스러운 치유의 손이여, 만물의 근원인 대지의 숨결이여, 악
마로 타락한 존재를, 부정해진 존재를, 모든 걸 집어삼키는 정화
의 파도로써 불제하라, 퓨리피케이션 웨이브】."

교회 본부에서도 사용했던 새로운 성속성 정화 마법을 발동하

자 나를 중심으로 푸르게한 빛이 파문처럼 여러 겹 퍼져나갔다.

이 마법 때문에 마족이 나타난다면 그쪽은 일행들에게 맡기기로 하고, 퓨리피케이션 웨이브를 쐬고서 괴로워하기 시작한 전 전하와 성녀, 그리고 나머지 여덟 명을 치유하기 시작했다.

그렇게 마법을 연이어 쓰려는 순간.

갑자기 나에게 단검이 날아들어 선혈이 튀었다.

10 편법

에비자에서 치료를 부탁받은 환자는 제국의 전 황자와 성녀였다. 나머지도 아마 제국 관계자겠지.

내가 치유를 해줄 필요가 있는지 상태를 확인했더니, 전 황자와 성녀의 몸에서 사악한 기운이 흘러나오고 있었다.

분명 네르달에서 위즈덤 경을 치료하지 않았다면 치료를 주저했겠지.

근처에 마족, 혹은 마족화와 관련이 있는 자가 숨어 있을 가능성이 있다. 그래서 만약을 위해 퓨리피케이션 웨이브를 먼저 발동했다.

평범한 사람에게는 위해가 없다. 마석이 박혀 있는 전 황자나 성녀는 공격으로 느낄 수도 있지만.

곧바로 디스펠, 리커버를 발동한 뒤 마지막에 엑스트라 힐을 발동하려는 순간.

"위험해!"

대뜸 내 몸이 오른쪽으로 밀쳐졌다.

"이, 이런?!"

나를 밀친 사람은 바작크 씨였다.

무슨 상황이지 싶어 그를 보니, 그의 등이 단검에 꿰뚫려 있었다. 피가 로브를 검붉게 물들였다.

나는 쓰러지는 그의 몸을 받은 뒤 즉사하지 않았기를 바라면서 곧바로 엑스트라 힐을 발동했다. 그러자 바작크 씨가 푸르께한 빛에 휩싸였다.

"괜찮습니까?!"

"아, 예에. 통증도 벌써 사라졌습니다. 역시 대단하시군요."

"아닙니다. 도와주셔서 감사합니다."

사각에서 단검이 여럿 날아든 모양이었다.

스승님, 라이오넬, 케티, 케핀은 주민 중에서 내 마법에 쓰러진 자들에게 돌격 중이었고, 에스티아와 드란은 폴라, 리시안, 리나, 나냐를 감싸고 있었다.

바작크 씨 말고는 날 지킬 사람이 없는 상황이었다.

"아닙니다. 오히려 이런 불상사를 겪게 해서 죄송합니다. 다만 오래 머물기 어려울 듯하니 어서 이들을 치료해주십시오."

"알겠습니다."

아마도 바작크 씨는 문제없이 회복된 듯했다.

그나저나 마도사인데도 제 몸을 던지거나, 과오를 금세 사과하다니, 스승님이나 라이오넬과 조금 닮은 듯했다.

나는 마음을 다잡고서 전 황자를 비롯한 환자들에게 순서대로 엑스트라 힐을 발동해 나갔다.

참고로 단도를 투척했던 자는 부상자로 실려 온 환자 중 하나였다.

정화 마법 때문에 괴로운 와중에 숨겨뒀던 단검을 나에게 던진 모양이었다.

　범인은 이미 에스티아가 제압했다. 어둠의 정령과 케터, 케핀이 혹독한 고문…… 아니, 심문으로 정보를 캐낼 거다.

　"일단 치료를 마쳤습니다."

　"감사합니다. 그리고 대단히 죄송합니다. 설마 이런 흉포한 짓을 벌일 줄이야……."

　바작크 씨가 거의 90도로 허리를 숙이며 나에게 계속 사죄했다.

　"도운 건 피차 마찬가지 아닙니까. 저도 그 상황에서 단도를 피하는 건 어려웠습니다. 아무래도 이 도시에 저의가 상대할 적이 숨어 있는 모양이군요."

　정화 마법에 쓰러진 자의 수가 제법 있다. 그나마 저항한 게 한 명뿐이라 다행이었다.

　저런 자가 숨어 있었다니, 황자가 꽤 위험한 상태였군.

　그나저나 에비자에서 왜 이토록 흠모받는 거지?

　"라이오넬이 아까 그와 그녀를 전하와 성녀라고 불렀습니다만, 왜 이 도시에 두 사람을 흠모하는 사람이 이리도 많은 건가요?"

　"알베르트 전 전하와 멜피나 님은 제국의 방침에 오래전부터 의문을 품고 계셨습니다. 그러다 황제에게 충언을 올린 후로는 냉대를 받게 됐고, 골이 점점 깊어지다가 반기를 들어 황제한테 양위를 압박했습니다. 그러나 작전은 실패했고 저들은 쫓기는 처지로 전락했습니다. 실제로 한 번 붙잡힌 적도 있었습니다."

　쿠데타에 실패하면 그렇게 되겠지.

"어떻게 달아날 수 있었는지도 아십니까?"

"멜피나 님이 붙잡힌 알베르트 전하를 감옥에서 빼낸 후에 저희와 함께 제국을 빠져나왔습니다."

바작크가 설명하자 어느새 돌아온 라이오넬이 이를 악물었다.

스승님이 전 황자를 보고서 미간을 찡그리며 눈을 감았다.

"……어떤 경로를 타고 여기까지 왔는지도 아십니까?"

"현재 일마시아 제국은 루브르크 왕국과 정전 중입니다. 자금을 그리 쏟았는데도, 패전이 반복되면 주춤할 수밖에 없겠지요."

패전 이유는 아마 라이오넬이 부재중인 게 클 것이다.

"정전 덕분에 도망칠 수 있었다?"

"아닙니다. 정전은 결과일 뿐이죠. 전쟁이 길어지면서 제국은 군자금을 충당하기 위해 주민들에게 무거운 세금을 부과했습니다. 무관을 우대하며 문관이 냉대받는 시대가 됐지요."

스승님과 라이오넬에게서 느껴지는 압박감이 단번에 강해졌다. 아무래도 제국의 태도가 마음에 들지 않는 모양이었다.

"그러면 통치 균형이 무너질 텐데요?"

"예. 그래서 불만을 품고 알베르트 전하를 지지하는 동지들이 많이 늘어났습니다. 그들이 도와준 덕분에 제도에서 도망칠 수 있었습니다."

그랬구나. 그러나 전 황자의 상태와 스파이의 존재를 따져보니 아마도 은밀히 감시받고 있었겠지. 보이는 대로 믿으면 위험하겠네.

다만 이곳 주민에 흠모받는 이유는 아직도 모르겠다.

"그래도 이해가 안 되는군요. 에비자는 성 슈를 공화국의 영토입니다. 어째서 에비자 주민들이 제국의 전 황자를 이토록 걱정하는 겁니까?"

모르는 게 너무 많았다. 이런 때 돈가하하 같은 지낭이 있었다면 논의할 수 있었을까?

"제국 평판은 나날이 추락하고 있습니다. 그래서 제국의 미래를 우려하거나 알베르트 전하를 흠모하는 자들이 각지에서 에비자로 몰려들었지요. 자연스럽게 황제의 폭정을 저지하기 위한 조직이 커졌습니다."

"에비자를 레지스탕스로서 흡수했다?"

"아닙니다. 자위단을 결성하여 주민들과 협력 관계를 맺었습니다."

주민들이 의존했다면 그것은 지원이 아니라 전략적 침략이라고 해석해야 한다. 그러나 성 슈를 공화국이 자주적으로 이들을 배제하지 않았다.

주민들로서는 공화국이든 레지스탕스든, 의지할 수 있는 세력이 중요하겠지.

아무튼, 이들은 나라의 근간이 위태로운 틈을 노려 쿠데타를 일으켰지만 실패했고, 이곳까지 흘러들었다는 거다. 뭐, 레지스탕스로서 세력을 불리는 건 성공한 것 같은데, 이후는 양위를 압박하여 스스로 황제가 되는 게 목적일까?

만약에 라이오넬이 제국에 있었다면 황제나 전 황자의 폭주를 막을 수 있었겠지?

라이오넬도 같은 생각인지 미간을 잔뜩 찌푸린 상태였다. 그리고 이유는 모르겠지만 스승님도 분노 중이었다. 스승님도 제국과 무슨 관계가 있나?

"알겠습니다. 그럼 레지스탕스는 무슨 활동을 하고 있습니까?"

"위법 노예상에게 붙잡힌 노예를 해방하거나 제도에서 방자하게 구는 병사들을 토벌, 무고하게 투옥된 자들을 석방, 그리고 제국이 폭주하는 원인이 된 전귀 장군의 암살입니다. ……뭐, 실패했지만요. 아니, 그러면 우린 가짜에게 패배한 것인가……?"

해방된 자들도 에비자에 모여들었다는 말인가? 그 가짜 라이오넬을 제거하는 일을 돕고 싶어 하는 협력자도 있었겠지. 그나저나 가짜에게 졌다고? 그 말은 가짜가 라이오넬만큼이나 강하다는 뜻인가? 아니면 레지스탕스가 생각보다 약할 뿐인가? 불안 요소가 많군.

노예를 해방하고, 투옥된 자를 해방하고, 권력에 빌붙었던 병사들을 쓰러뜨렸으니, 추앙을 받을 만도 하겠지.

그래서 나는 반대로 생각해보기로 했다.

레지스탕스의 최종 목적이 전 황자를 제위에 올리는 것이라고 가정하자. 그렇다면 쿠데타의 실패는 뼈아픈 타격이었을 것이다.

바작크 씨가 솔직하게 말한 것을 보면 역시나 우리를 끌어들이고 싶어 하는 속셈이 있을지도 모르겠다.

다만 나는 이렇게 속을 알 수 없는 인물을 상대할 수 있을 만큼 교섭에 능하지 못하기에 스승님이나 라이오넬에게 맡기고 싶었다.

우선 라이오넬과 뜻부터 통일시키고 싶으니, 괜한 언질이 잡히기 전에 이탈하기로 했다.

"그렇군요. 조직 운영은 어디든 힘든 법이죠. 자, 저들도 다 치료했고, 마력도 너무 많이 소진했으니 일단 여관으로 안내해 줄 수 있겠습니까?"

"……저들이 눈을 뜰 때까지 기다려주실 수 없겠습니까?"

내 발언이 계획에서 빗나갔는지 바작크 씨가 우리를 이곳에 붙들어 두려고 했다. 그러나 나는 거절했다.

"난 할 수 있는 최선의 마법을 발동했습니다. 주신 클라이야 님과 성치신께 맹세할 수 있습니다. 아니면 숙소로 안내할 수 없는 이유라도 있습니까?"

"……아뇨, 그렇지는 않습니다. 이번에 무리하게 치료를 부탁드렸으니 그 답례로 내가 사는 저택에 초대하고 싶습니다."

그렇게 나오는 거냐.

실은 거절하고 싶었지만, 리나와 나냐를 이 도시에 놔두고 갈 작정인지라 이곳에서 문제를 빚을 수는 없다.

나는 하는 수 없이 바작크 씨의 저택에서 신세를 지기로 했다.

그 저택은 그란돌에서 묵었던 고급 호텔만큼 컸다. 그래서 모두가 묵더라도 문제가 전혀 없을 듯했다.

그러나 한낮의 이 시간대에 드란 및 기술자들이 가만히 있을 수 있을 리가 없었다. 정원이 넓다는 사실을 확인한 드란이 비행정을 조정하겠다고 말했다. 루시엘 상회 생산기술부는 저택에 들어가지 않고 정원 한편을 점령해버렸다.

그 후에는 스승님이 「머릿속을 정리할 테니 뒷일을 맡기겠다」면서 드란 일행을 호위하는 역할을 맡았다.

케티, 케핀, 에스티아(어둠의 정령)는 마족화 한 자들을 고문…… 조사하기 위해서 현재는 쓰이지 않는다는 저택 지하실로 내려갔다.

그때 케핀이 물체X를 한 통 달라고 해서 넘겨줬다. 저걸로 충분할까…… 하고 조금 불안했다.

그리고 나는 거실에 비치된 탁자에 앉아 라이오넬과 마주하고서 앞으로 어떻게 할지 대화하기 시작했다.

"루시엘 님, 죄송합니다."

"왜 사과하는 거야?"

"알베르트 전하는 제가 무술을 가르쳤던 분입니다. 전쟁보다는 백성들의 삶을 안정시키는 길을 모색하는 분이었습니다."

"그런 사람이 쿠데타 미수라니. 이미 폐적당했나? 라이오넬도 본인한테서 상황을 듣고 싶지?"

"예. 전 루시엘 님의 수행원으로서 자긍심을 갖고 있으니 이제 와서 제국으로 돌아갈 생각은 없습니다. 하나 이대로 제국이 내부에서 썩어 들어가는 광경을 보고 싶지도 않고 듣고 싶지 않습니다. 그게 솔직한 심정입니다."

고향에 애착이 있겠지. 그건 나도 안다.

"방안은 있나?"

"알베르트 전하가 이끄는 조직과 협력하여 제도에 가는 겁니다. 우리의 목적은 마족과 마족화 연구소를 파괴하는 것. 그리고 제 가짜를 토벌하는 겁니다. 제도를 제압하는 게 아닙니다."

"그렇지. 그럼 바작크 씨가 오면 알베르트 전하를 상대하는 일은 라이오넬한테 일임할게."

"감사합니다."

"그나저나 바작크 씨는 신용할 수 있는 상대인가?"

"제가 아직 장군이 아니었을 적 이야기입니다. 전장에서 기본 4속성 마법을 자유자재로 구사하는 마도사와 조우했습니다. 고전한 끝에 겨우 그자를 베어서 승리를 거뒀고, 그 공훈으로 장군 위를 제수받았습니다."

"대체 언제 고전했다는 건가? 마법을 썩둑 썩둑 배웠으면서. 불덩어리로 만들었는데도 웃으면서 날 베지 않았나."

목소리가 들린 쪽을 봤더니 바작크 씨가 거실에 와 있었다. 뒤이어서 알베르트 전 전하와 예언의 성녀 멜피나가 들어왔다.

내가 일어서서 그쪽으로 시선을 돌리자 바작크 씨가 두 사람을 소개했다.

"루시엘 님, 소개하겠습니다. 이쪽은 조직 리더인 알베르트 전 전하이시고, 이쪽은 서브 리더인 성녀 멜피나 님이십니다."

"현자 루시엘, 목숨을 구해줘서 고맙다. 한때는 제국의 제1 황자였으나, 이제는 다 옛날 일이다. 알베르트라고 불러다오."

"구해주셔서 감사합니다. 멜피나라고 합니다."

그들은 담담하게 감사를 표한 뒤 자기소개를 했다.

의외로 편한 사람들 같았다.

그나저나 제1 왕자였을 줄이야…….

"반갑습니다. 저도 그저 루시엘이라 불리길 바라는 치유사입니다. 몸 상태는 어떻습니까?"

"좀 나른하지만, 움직이는 데 지장은 없군."

"저도 마찬가지입니다. 마법도 문제 없이 쓸 수 있었습니다."

마법을 쓸 수 없는 상태였나? 마족화 연구가 진행된 모양이다.

"그거 잘 됐군요. 두 분도 궁금하실 테니 소개하겠습니다. 제 수행원인 라이오넬입니다."

라이오넬을 소개하자 두 사람의 얼굴이 굳어졌다.

"오랜만에 뵙겠습니다, 각하. 그리고 멜피나."

라이오넬이 알베르트 전 전하에게 가볍게 인사하고서 앉았다. 묵직하게 앉아 있는 것이 마음의 동요는 전혀 느껴지지 않았다.

한편 오히려 두 사람이 동요한 듯했다.

"정말로 진짜 선생님이십니까? 제가 처음 뵈었을 때보다 더 젊어지신 것 같은……."

"제가 기억하는 라이오넬 님은 더 귀신같은 인상이었는데요……."

실제로 젊어졌으니 당연하다. 장군 시절과 다르게 면도도 했으니, 인상이 다르게 보이겠지.

더욱이 그는 전장에서만 얼굴이 귀신처럼 변한다. 지금은 자식이 태어난다는 사실을 알고서 매일 웃는 연습을 하고 있다. 라이오넬의 표정이 부드러워진 것은 노력의 성과였다.

"전하는 열두 살 때까지 나쁜 짓을 할 때마다 제게 엉덩이를 두들겨 맞으셨습니다. 또한 성인이 된 이후에도 여러 번이나 멜피――."

"크흠, 틀림없는 본인이시군요."

"아시겠습니까?"

라이오넬이 알베르트 전 전하의 흑역사를 말하기 시작하자 이내 라이오넬 본인이 맞는다는 것을 인정했다.

"정말 라이오넬 님이군요. 그렇다면 그 성도 지하에 있던, 가면 쓴 자는 대체 누구죠?"

그 대화를 듣고 있던 성녀 멜피나가 라이오넬보다 더 빨리 입을 열었다.

여성은 위기 회피 능력이 뛰어나구나. 정신 연령과도 관련이 있을까? 나는 그렇게 생각하면서 전 황자가 이끄는 레지스탕스와 손을 잡을지, 아니면 단독으로 제도에 갈지 의논하기 시작했다.

11 동맹

제도로 가는 것은 이미 결정된 사항이다.

다만 알베르트 전 전하가 이끄는 레지스탕스와 공동전선을 펼쳐봤자, 이점이 별로 없을 것 같다.

그러나 세상일은 그리 간단하지 않아서 골치가 아프다.

황제가 마족화 연구를 지시했다면 막아야만 한다.

그것은 황제와 적대한다는 의미다. 즉 현 황제를 몰아내고 새로운 황제를 옹립해야 한다. 그러지 못한다면 제국은 붕괴하여 애꿎은 백성만 고통을 겪게 될 것이다.

제국은 전쟁을 거듭하여 대국이 됐다. 아마도 한 번이라도 붕괴하면 내전으로 발전하겠지.

그것만은 어떻게든 피하고 싶었다.

그렇기에 알베르트 전 전하를 매정하게 대할 수가 없었다.

이 의논을 라이오넬에게 맡긴 이유도, 그라면 제국에 필요한 판단할 수 있으리라 생각했기 때문이었다. 라이오넬이라면 알베르트 전 전하의 됨됨이를 알고 있을 테니 올바른 판단을 내리리라.

딱히 역할이 없는 내가 이 회담에 동석한 이유는 그전에 알베르트 전 전하라는 사람을 조금 알아두고 싶었기 때문이었다.

"알베르트 전하…… 아니, 알베르트 씨가 우리와 손을 잡고 싶어 하는 이유를 알려주십시오."

"황제의 폭주를 막고 싶어. 현재는 정전 중이이지만, 전쟁이 더 길어지면 승리해도 얻는 것보다 잃는 게 더 많아."

그 말을 듣고서 나는 질문을 거듭했다.

"폭주를 막고 싶다는 건 알겠습니다. 노예를 해방하고, 무고한 사람들을 구한 것도 훌륭하다고 생각합니다. 그래서, 알베르트 씨의 최종 목표는 본인이 황제위에 오르는 겁니까?"

"거기까지는 바라지도 않아. 나는──."

"알베르트 님."

알베르트 전 전하의 말을 끊은 사람은 예언의 성녀 멜피나 씨였다.

"알베르트 님은 내란으로 국민들이 다치는 걸 우려하고 계십니다. 그래서 직접 행동에 나서신 거죠."

나는 멜피나 씨의 이야기를 들은 뒤 라이오넬을 쳐다봤다. 그는 그저 조용히 고개를 끄덕였다.

신빙성이 없지는 않은 모양이군. 알베르트란 사람은 제법 상냥한 모양이다. 대신 정치적인 부분은 정작 멜피나 씨가 맡고 있는 것 같고.

회담을 라이오넬에게 맡기기로 했는데, 내가 질문을 거듭한 바람에 괜히 경계심을 부추긴 듯했다.

그래서 우리와 손을 맞잡고 싶다면 최소한의 조건이 있다고 미리 알려주기로 했다.

"우리의 목적은 제도에 있는 시설을 파괴하는 겁니다."

"루시엘 님……."

라이오넬에게는 미안하지만, 레지스탕스와 손을 잡아서 얻을 수 있는 이득이 없다면 뿌리치고 싶다.

판단을 빨리 내리는 편이 좋겠지.

그러자 방금까지 우호적이었던 분위기가 단숨에 긴장된 분위기로 바뀌었다.

"선생님, 어째서 제국을 공격하는 것을 용인하는 겁니까! 선생님한테도 제국은 조국입니다."

알베르트 전 전하가 조금 감정적으로 말하면서 라이오넬 쪽으로 몸을 내밀었다.

알베르트 전 전하와는 대조적으로 라이오넬은 감정을 드러내지 않았다. 나를 쳐다보고서 한숨을 내쉰 뒤 말했다.

"맡기겠습니다."

라이오넬의 그 태도가 거슬렸는지 알베르트 전 전하가 나를 째려봤다.

그 시점에서 나는 알베르트 전 전하의 평가를 한 단계 낮췄다. 동시에 동석하지 말고 라이오넬에게 교섭을 맡길 걸 그랬다고 반성했다.

"알베르트 씨, 감정이 다소 격해진 것 같습니다만?"

내가 말하자 알베르트 전 전하가 여전히 째려보면서 나에게 다시 물었다.

"큭, 어째서 제국 시설을 공격하려는 거지?"

지적을 받아서인지 얼굴을 조금 붉히면서 제국을 공격하려는 이유를 물었다.

"황제와 가짜 전귀 장군이 지독한 압정을 펼치고 있습니다. 사실 이것만으로는 간섭할 이유가 되기는 어렵지요. 하지만 사람을 마족으로 만드는 연구는 도무지 좌시할 수 없습니다. 두 분도 겪어보셨으니 그게 어떤 건지 잘 알고 계시지 않습니까?"

"마족화…… 내가……?"

알베르트 전 전하가 몸을 떨었다.

뭐야, 설마 아무것도 몰랐나?

하지만 멜피나 씨는 놀라울 만큼 차분했다.

"그건 모든 인류를 위협하는 연구입니다. 어떻게 해서든 저지해야만 하죠."

자, 우리의 목적은 전했다. 그러나 알베르트 전 전하가 저 상태이니 대답을 청해봤자 소용없을지도 모르겠네.

나는 시선을 바작크 씨 쪽으로 돌렸다.

"우린 양보하여 상당한 정보를 드렸습니다. 이제는 동맹을 맺기에 합당한지 이야기해 보시지요."

"목적이 제도에 있는 연구 시설을 파괴하는 것뿐이라면 최대한 조력하지요."

"그럼 레지스탕스의 인원은 얼마나 됩니까? 어디까지 우릴 도울 수 있죠?"

"성에 들키지 않고 들어갈 수 있게 해줄 수는 있다. 다만 우리가 몇 명인지는 묵비하지."

바작크 씨는 제국을 상대할 전력이 필요한 모양이지만, 알베르트 전 전하와 멜피나 씨는 생각이 조금 다른 듯했다.

"그렇습니까……. 그런데 지금도 우리가 손을 잡아야 한다고 생각하십니까?"

"물론이지요. 우리가 제도에서 소동을 일으킨다면 여러분들은 그 틈에 시설을 파괴할 수 있는 시간을 벌 수 있습니다. 그게 이점이겠지요. 우리도 그쪽이 시설을 파괴한다면 황제와 대치할 수가 있습니다."

바작크 씨가 말한 대로 이점은 있다. 그러나 조금 생각하면 자신들의 목적을 달성하기 위해 마족화된 자들을 붙들어 두는 미끼 역할을 우리에게 떠넘기려는 의도임을 알 수 있다.

"그렇군요. 그래서, 이점은 그뿐입니까? 그렇다면 굳이 손을 잡을 이유가 없군요. 라이오넬, 괜찮겠지?"

"상관없습니다. 저도 실망했습니다."

"아닛, 선생님?!"

라이오넬을 아군이라고 여겼겠지. 지금껏 연기라도 했던 것처럼 알베르트 전 전하가 일어서서 놀라워했다.

"전하, 상대를 철저히 살펴봐야 한다고 누누이 가르치지 않았습니까? 제가 진심으로 모시는 분이 그 정도밖에 안 된다고 생각하셨습니까?"

라이오넬이 순간 살기를 뿜어내자, 알베르트 전 전하가 의자에 쓰러졌다.

"우린 마음만 먹으면 내일이라도 제도에 들어갈 수가 있습니다."

"내, 내일이라니……."

바작크 씨의 얼굴에서 초조해하는 기색이 드러났다. 교섭이 결렬될 가능성이 커졌음을 이해했겠지.

비행정을 흥미롭게 살펴보는 듯했지만, 성능까지는 알지 못했겠지.

"그러면 저희 쪽도 정보를 제공하지요. 가짜 라이오넬 장군의 소재와 지하에 있는 마족화 연구 시설의 위치 정보가 필요하지 않은가요?"

역시나 멜피나 씨가 핵심이었군. 알베르트 전 전하를 탈옥시킨 장본인답게 제도 정보를 꽤 아는 모양이었다.

예언의 성녀라더니, 굳이 말하자면 책사 같은 인상이다. 나중에 라이오넬에게 물어볼까?

"지하라고 하셨습니까? 그렇다면 십중팔구는 성에 있겠군요."

내가 그렇게 말하자 알베르트 전 전하와 멜피나 씨의 얼굴이 초조함으로 물들었다.

"……알겠습니다. 루시엘 님께서도 이제 그만 괴롭히시지요. 전하, 이분은 전하보다 어릴지언정 경험이 부족하지는 않습니다. 이대로 가면 협상이 결렬될 겁니다."

결국 바작크 씨가 포기하고 설득에 나섰다. 하지만 어리다는 말은 상대에게 실례인데…….

이 자리에서 아마 바작크 씨가 우리와 가장 동맹을 맺고 싶어하는 사람이겠지. 또 무슨 조건을 내밀지 조심하자.

"괴롭힌다니, 이상한 말씀을 하시는군요. 교섭은 서로 납득할 수 있어야 성립하는 것 아닙니까?"

"그럼 만약에 황제가 마족화 연구를 진행했기에 어쩔 수 없이 무찔렀다고 칩시다. 그때 제국의 통치를 대체 누구한테 맡길 작정입니까?"

예상했던 대로 우리의 구멍을 무조건 찌를 줄 알았다. 그러니 이 상황에서 말문이 막힐 수는 없었다.

"우리의 목적은 아까 말씀드렸다시피 마족화 연구 시설을 파괴하는 것. 또한 가짜 라이오넬을 쳐부숴서 악행을 드러내는 겁니다. 만약에 황제를 쓰러뜨려야만 한다면 쓰러뜨리고서 그 사실을 공표하겠습니다. 그 후에는 제국 분들이 알아서 정하시면 되겠죠."

"현자 루시엘 님은 제국을 통치하실 생각이 없으시다는 말입니까?"

이번에는 내 속내를 엿보듯 물었다. 그러나 바작크 씨는 내가 제국의 통치에 흥미가 있는지 알베르트 전 전하에게 들려주고 싶어서 이 질문을 했겠지.

"현자의 자리까지 오른 마당에, 제가 뭐 하러 그런 골치 아픈 일을 합니까? 라이오넬이 제국을 통치할 작정이라면 모를까."

"물론 그런 자리에는 일절 흥미 없습니다."

라이오넬의 얼굴에 절대로 싫다고 적혀있었다.

"그렇답니다. 그러니 제국민끼리 알아서 하시지요."

바작크 씨가 고개를 여러 번 끄덕였다.

"제국이 성 슈를 공화국에 보복할 수도 있지 않습니까?"

이번에는 우리의 전력을 헤아리듯 물었다.

"그때는 제국이 사람들을 마족으로 변모시켰다는 사실이 세계에 퍼지겠지요. 또한 성 슈를 공화국에 전쟁을 거는 순간, 루브루크 왕국과 드워프 왕국, 이에니스까지 한꺼번에 상대해야 할 겁니다."

나는 망설이면서도 제국과 전쟁이 벌어지면 어떤 상황이 벌어질지 말해줬다.

바작크 씨는 내 말을 다 듣자마자 씨익 웃었다. 그러고는 알베르트 전 전하 쪽으로 몸을 돌리고서 그를 설득하기 시작했다.

"전하, 제국의 미래를 생각하신다면 현자 루시엘 님께 고개를 숙여야 할 것 같습니다. 그것만이 알베르트 님이 살아남는 길입니다."

알베르트 전 전하는 바작크 씨의 말을 듣고서 곧바로 이쪽을 향해 고개를 숙였다.

"현자 루시엘, 부디 제국을 강하고 숭고하고, 국민을 지켜내는 나라로 되돌리기 위해 협력해주길 청한다."

제국을 위해서라면 자존심을 버리고서 몇 번이든 고개를 숙일 각오는 있는 듯했다.

"현자 루시엘 님, 라이오넬 장군, 부디 우리한테 구원의 손길을."

멜피나 씨도 마찬가지로 협력을 요청했다.

이것이 성녀인가? 사람을 매료시키는 묘한 설득력이 있었다.

알베르트 전 전하는 인심을 장악할 수 있는 이 성녀와 라이오넬과도 대치할 수 있는 마도사 겸 참모인 바작크 씨가 있었기에 레지스탕스를 결성할 수 있었겠지.

그럼에도 작전에 실패해서 도망쳤다는 사실이 조금 걸리지만.

그래서 우리도 조건을 제시하기 위해 우선은 바작크 씨의 생각을 엿보기로 했다.

"바작크 씨한테 한 가지 묻겠습니다. 어째서 알베르트 씨한테 고개를 숙이게 하면서까지 우리의 협력을 바라는 겁니까?"

"성자 루시엘 님은 이미 제국과 맞설 준비와 목적을 이룰 계획을 탄탄히 세워두셨음을 느꼈습니다. 아마 정말 실현할 가능성도 있겠지요. 하지만 저희는 아무리 전략을 짜더라도 전멸당할 위험이 너무 큽니다."

합리적으로 판단한 결과라고 말하니 납득할 뻔했다. 그러나 전 황자에게 고개를 숙이게 하기에는 아직 부족하다.

"그래서 이 자리에서도 절 시험했다는 말입니까?"

이 도시에 왔을 때 라이오넬이 바작크 씨를 보고서 놀랐던 이유는 그가 알베르트 전 전하의 측근이라고 해야 하나, 노예임을 몰랐기 때문이겠지.

그러나 바작크 씨는 알베르트 전 전하의 노예라기보다 알베르트 전 전하를 손바닥 위에 굴리고 있다는 느낌이다.

"솔직히 말씀드리자면 제국의 수호자였던 전귀 장군이 어째서 치유사인 당신을 따르고 있는지 궁금했습니다."

"그래서, 이제는 알았습니까?"

"아뇨, 지금부터 함께 하면서 알아가고 싶군요."

왠지 표표한 느낌이었다. 지금은 오직 대화를 즐기고 있는 것처럼 보였다.

"궁금합니다만, 어째서 당신은 알베르트 씨의 참모 역할을 맡고 있습니까? 제국에 패배했다면 제국이 와해되어 가는 모습을 기쁘게 구경하면 되지 않습니까?"

"드디어 그 질문이 나왔습니까? 실은 이 두 분은 제 생명의 은인입니다."

"은인?"

"예. 저기 있는 라이오넬한테 베인 뒤 목숨이 끝났다고 생각했습니다. 그런데 기적적으로 의식을 되찾았습니다. 하지만 부상을 회복했을 즈음에는 이미 고향은 전화(戰火)에 휩싸여 멸망했고, 돌아갈 고향을 잃고 말았습니다."

패배한 장수의 흔한 말로였다.

"그 전투로부터 5년 뒤에 전하, 멜피나 님과 만났습니다. 제가 신세를 지고 있던 마을이 마물의 습격을 받아 어떻게든 마법으로 응전했지만, 마력이 고갈되어 절체절명의 위기에 처했습니다."

"그 순간에 도움을 받았다는 말입니까?"

"예. 아직 젊은 두 분이 지휘를 맡은 제국군이 마물을 퇴치하여 마을을 구해주셨습니다. 그래서 전 제국군이 아니라 이 생명의 은인들한테 빚을 갚고 있을 뿐입니다."

"제국으로 돌아간 뒤에는 재상으로 쓸 생각이야."

알베르트 전 전하가 그렇게 선언했다. 그러나 바작크 씨는 웃기만 할 뿐 아무 언급도 하지 않았다.

이거, 실언했다는 걸 알베르트 전 전하는 알고 있을까? 아까는 황제가 될 생각이 없다고 했으면서, 황제가 될 것처럼 이야기했잖아…….

역시 완전히 신뢰하기는 어렵겠군.

전면 동맹은 불가능하다. 어느 정도 선에서 협력할지 라이오넬에게 판단을 맡기기로 했다.

"어떻게 생각해?"

"루시엘 님은 시험하려 든 점은 몹시 유감스럽습니다. 하지만 알베르트 전하가 즉위한다면 아직은 제국의 긍지를 되찾을 가망이 있다고 믿고 싶습니다."

뭐, 이대로 제국이 몰락하면 블랑주 공국의 속셈대로 되는 꼴이다. 그리고 그 고통은 백성이 받는다. 그런 사태만은 나도 피하고 싶다.

나는 고개를 끄덕인 뒤 그들의 협력 요청을 받아들이기로 했다.

"……그러면 우리 정보와 그쪽의 정보를 짜 맞춰서 작전을 짜는 걸로 하죠."

"감사합니다."

고개를 깊이 숙인 바작크 씨에게서, 약간 위화감을 느끼면서
작전 회의를 시작하기로 했다.

12 작전 회의……란?

이번 동맹의 목적은 제국에서 테러를 일으키는 게 아니라, 제도에 안전하게 침입하는 것이다.

그래서 레지스탕스와는 따로 움직여야 한다. 우리는 하늘에서 성에 침입할 계획을 전했다.

그들이 어떻게 움직이든 우리의 계획에 지장이 생기지 않도록 막기 위해서였다. 도중에 배신당하는 건 생각만으로도 싫다.

그러므로 따로 행동하면서도 그들이 움직이는 것만으로도 우리에게 도움이 되도록 구성했다.

그들은 그들 나름대로 몇 가지 침입 경로를 갖고 있는 듯했다. 피차 과도하게 간섭하지 않고 제도에서 목적을 완수할 수 있을 것 같다.

계획에 따르면 제도에 침입한 뒤에 그들의 아지트에서 합류하여 레지스탕스의 도움을 받아 성에 침입하게 된다.

그렇게 간단히 될까? 싶었는데, 아지트 지하가 성으로 이어진다고 했다.

라이오넬과 케티에게 이 이야기에 모순이 없는지 나중에 검증을 부탁해야지.

그리고 한 가지 중요한 것은 성공하든 실패하든 제도에서 무사히 탈출할 도주 경로다.

제도 내부 지도는 아지트에 있으니 합류했을 때 넘겨준다고 했다.

자, 바작크 씨가 작전에 관한 모든 설명을 해주긴 했다. 그러나 알베르트 전 전하에게 지휘관으로서의 능력이 있는지, 그저 명분과 혈통 때문에 리더 자리에 앉았는지 확인해야 한다.

"이번 작전이 잘 풀리든 그렇지 않든 제도 주민들은 혼란에 빠지겠죠. 그 경우에 알베르트 씨는 그들을 어떻게 할 생각입니까?"

"어떻게? 그들이 전화에 휘말려도 괜찮냐는 물음이라면 대답은 아니라고 할 수 있지."

"그렇군요. 설령 본인이 위험에 노출되더라도요?"

"애초부터 위험하다는 건 알고 있었어. 내가 하지 않는다면 언젠가 제국은 붕괴하겠지."

알베르트 전 전하가 백성을 소중히 여기는 건 일단 확실한 모양이다.

뭐, 반제국 조직을 만들었으니 그만한 기골도 없으면 곤란하다. 그런데 반제국 조직에 몸을 담고 있다는 자각이 별로 없는 것 같단 말이지…….

그래도 방금 대답을 통해서 알베르트 전 전하가 자신의 선택을 굽히지 않는 기질을 갖고 있음을 엿볼 수 있었다.

"그렇습니까……. 그나저나 알베르트 씨에 찬동하는 집단……. 지금은 제국의 반대 세력이라는 의미에서 레지스탕스라고 부르는데, 전력이 얼마나 됩니까?"

"어디까지가 전력에 포함되는지 미묘해서 설명하기 난감하군. 이 에비자에 있는 대부분이 우리의 협력자이고, 제도에도 정보를 주는 협력자가 있어. 다만 전투 능력을 따지자면 손에 꼽을 정도밖에 없을지도 모르겠군."

타국 도시의 주민 대부분을 협력자로 만들었나……? 구심력 하나는 대단하다.

그러나 협력자와 전력은 전혀 별개다.

"제국병과 싸울 수 있는 병사는 대체 얼마나 있는 겁니까?"

"전부 합치면 50명쯤 되겠지. 제국병이라고 해도 내 근위였던 자들이니, 전부 정예병이라고 봐야 한다."

불안해져서 질문을 거듭했다. 그런데 천진난만하게 웃으며 대답한 알베르트 전 전하의 기질에 의심이 들었다.

불과 얼마 전에 근위 중에서 마족화한 배신자가 나왔다. 정신을 잃었으니 못 들었을 수도 있지만…….

라이오넬에게서도 제국병이 정예임을 듣긴 했지만, 역량이 얼마나 될까?

케티 수준은 바라지 않는다. 다만 발목을 잡지 않고서 지원을 해줄 수 있는 인재라면 기쁠 텐데 말이야…….

"근위 정예라고 했으니, 무용이 뛰어난 무장들이겠군요. 라이오넬 수준의 전력이라고 보면 될까요?"

"아, 아니, 정예이긴 해도 감히 선생님과 비교할 수는 없지……."

알베르트 전 전하가 조금 지르퉁한 태도로 말하고는 나에게서 시선을 돌려 라이오넬을 쳐다봤다.

그 얼굴에는 라이오넬을 부하로 삼고 싶어 하는 욕망이 담겨 있었다. 그러나 라이오넬은 표정 하나 바꾸지 않고 조용히 있었다.

이 시점에서 나는 그들이 왜 행동을 벌이고 싶어 하는지 궁금해졌다.

"정말 레지스탕스의 전력만으로 제도와 황제를 제압할 수 있다고 생각하십니까?"

"무, 물론이야. 제도에는 협력자가 아주 많아. 그러니 성에 침입하기도 어렵지는 않아. 현재 정전 중이라고 해도 루브르크 왕국과의 전쟁 때문에 주민들뿐만 아니라 병사들도 피폐해진 지금이 절호의 기회야."

정면에서 싸우는 것만이 전투는 아니다. 계책을 짜서 소수 인원으로 기습을 가하는 것도 틀렸다고 생각하지 않는다.

목적이 황제와 만나는 게 아니라면 아주 좋은 작전이다.

가장 큰 문제만 빼면 말이다.

"실제로 제도에 침입했던 적은 있습니까?"

"동료들 덕분에 나도 딱 한 번이지만 있어. 다른 자들까지 합하면 수십 번은 침입했겠지. 다만 탈출로가 제도에 침입할 때마다 막히고 있긴 했지만……."

침입 경로가 봉쇄된 이유는 스파이가 있기 때문이겠지.

나는 바작크 씨에게 시선을 돌렸다. 그러나 그는 나와 시선을 마주치고서 고개를 가로저었다.

그것이 무엇을 의미하는지는 모르겠다. 그러나 알베르트 전 전하가 보유한 전력으로는 황제의 수명이 끝나기 전에 바람을 성취하기는 어려워 보인다.

그 사실을 잘 알기에 바작크 씨와 멜피나 씨는 우리와 손을 잡아서 전력을 얻고 싶었겠지.

주민을 휘말리게 하지 않고 서로 목적을 달성할 수 있을까……. 역시나 배신당할 가능성도 상정해야 할까.

"그래서 제국에 침입하려면 얼마나 시간이 필요합니까?"

"바작크, 어떻지?"

"아무리 급히 서둘러도 한 주에서 열흘은 필요하겠군요."

열흘이면 비행정 정보가 퍼져나갈 가능성이 있다. 이미 퍼졌을 가능성도 있지만, 열흘이나 시간을 주면 세세한 내용까지 제국에 도달하겠지.

내가 라이오넬을 보자 그는 고개를 가로저었다.

"말이 안 됩니다. 적어도 닷새 후에는 제도에 침입할 수 있어야만 협력할 수가 있겠지요."

"뭐라! 전귀. 그렇게까지 서두르라는 말인가?"

"이럴 수가."

알베르트 전 전하가 버려진 강아지처럼 라이오넬을 봤다.

"닷새 후에 제도…… 멜피나 님."

바작크 씨는 이미 양보하기로 한 눈치였다. 그리고 최종 결정권자인 멜피나 씨에게 말을 걸었다.

"라이오넬 님, 닷새 후까지 제도에 도착하면 되겠는지요?"

"루시엘 님."

라이오넬은 대답하지 않고 나에게 지시를 부탁했다.

"상관없습니다. 우리는 원래 단독으로 제도에 갈 작정이었습니다. 동맹을 맺은 이유는 부담을 덜기 위해서였죠."

"그럼 닷새 뒤까지 제도 인근에서 합류하라는 말씀이군요."

멜피나 씨는 동요하지 않고 수긍했다. 그러나 바작크 씨는 인상을 찡그렸다.

"현지에서 무사히 합류할 수 있다면 좋겠습니다만……."

"합류 장소 등 세세한 사항은 추후에 라이오넬과 함께 정하도록 하겠습니다. 바라는 바가 있다면 라이오넬한테 말씀해주십시오."

"알겠습니다."

바작크 씨와 달리 멜피나 씨는 성녀라서인지 표정을 일절 바꾸지 않아서 속내를 짐작하기가 어렵네.

아, 그러고 보니 스파이 문제를 묻지 않았구나.

"개인적으로 궁금한 사항을 묻고 싶은데, 알베르트 씨를 탈옥시켰을 때 바작크 씨도 동행하셨습니까?"

"예. 성 안으로는 동행하지 않고, 지하에서 소동을 일으키는 역할을 맡았습니다."

바작크 씨가 웃지 않고 조금 분한 표정으로 알려줬다.

그 말을 듣고서 알베르트 전 전하는 민망해하며 고개를 돌렸다.

라이오넬은 분개했는지 입 밖으로 탄식을 흘렸다.

"알베르트 씨와 멜피나 씨는 몸에서 사악한 기운이 나왔습니다. 몸에 마석이 박혔던 게 아닙니까?"

"가짜 선생님과 싸우려고 했을 때, 붉은 마법진이 출현하더니 보라색 연기가 실내를 가득 메웠어. 가짜 선생님이 웃으면서 사라지자, 몸이 점점 무거워지더니 의식이 멀어져갔지. 의식을 잃기 전에 간신히 퇴각했지만, 어떻게 달아났는지 모를 만큼 필사적이었어."

연기라. 그건 독가스가 아닌 장기(瘴氣)다. 마석을 체내에 박지 않는 방법도 연구된 것인가? 정보가 나올수록 사태가 골치 아파지잖아?

녀석들이 마족화의 연구 성과로 공격할지도 모르니 대비책을 궁리해야겠다. 뭐,

어차피 지금 적에 관한 정보는 가짜 라이오넬이 장기를 다룰 수 있다는 사실뿐이다.

거의 쓰지는 않지만, 오라 코트를 쓰면 마족화를 막을 수 있다. 작전을 결행할 때 쓰도록 하자.

"배신자나 감시자가 있었으니 알베르트 씨 일행이 아무리 계책을 생각해도 상대의 손바닥 위에서 놀아나는 것도 어쩔 수 없었겠죠. 이번에야말로 성공합시다."

"......"

아차. 무심코 독설까지 함께 내뱉고 말았다.

내 말을 예상하지 못했는지 알베르트 전 전하가 분한 얼굴로 어깨를 떨었다. 멜피나 씨는 아연실색한 표정을 지었고, 바작크 씨는 어째선지 웃음을 필사적으로 참는 표정을 지었다.

그러나 정보를 어설프게 수집했고, 바작크 씨의 두뇌를 쓰지 않았던 것을 지금 뼈저리게 반성하지 않는다면 공동전선을 펴봤자 발목만 잡게 되겠지.

……그런데 정말로 어떻게 할까? 저들과 공동전선을 펴서 얻을 수 있는 이득이, 솔직히 아무것도 없다.

아니, 물론 조금은 있지. 일이 꼬이면 저들을 미끼로 던지고 도망칠 수는 있으니까. 작전을 무사히 마치고 제국의 뒷일을 모조리 떠넘길 수도 있고. 하지만 그것뿐이다.

라이오넬이 필요 이상으로 개입하지 않는 이유는 필시 여러 갈등을 느끼고 있기 때문이겠지.

라이오넬은 이제 장군이 되고 싶지 않다고 했으니….

"혹시 몰라서 우리의 목적을 확실히 전해두겠습니다. 마족화 연구를 벌이는 시설을 파괴하고, 위법 노예를 해방하는 겁니다. 바작크 씨가 일전에 공격 마법을 날렸던 그 비행정으로 제도에 가서 연구 시설을 파괴하는 걸 방해하는 자들을 모조리 쓸어버리는 게 작전입니다."

라이오넬을 제외한 세 사람은 너무나도 간소한 설명에 어리둥절해하며 굳어버렸다.

그런 와중에 제일 먼저 정신을 차린 사람은 뜻밖에도 알베르트 전 전하였다.

"우리나라에는 와이번 부대가 있다고! 비행하는 물체를 발견하면 격추하러 달려들 거야."

"와이번은 용 중에서 하늘을 나는 데 특화되어 있고, 브레스도 그리 강력하지는 않다고 들었습니다. 게다가 비행정으로 가는 이유는 일부러 눈에 띄기 위해서입니다. 만약에 비행정에서 제도로 라이오넬이 뛰어내리면 화려한 개선이 될 테니까요."

"화, 확실히 선생님을 본다면 공격하지 않겠지. 하지만 가짜가 나타나서 방해하면?"

"전귀 장군은 무인이니, 실력으로 결판을 내자고 하면 됩니다. 가짜가 거절하면 스스로 가짜라고 밝히는 꼴이고, 받아들인다면 라이오넬이 꺾어버리겠지요. 애초에 가짜의 정체를 밝히는 것도 저희 목적이니, 오히려 좋습니다."

누군가가 박수를 짝짝, 쳐서 시선을 돌렸더니 바작크 씨였다.

"이렇게 대담하다니. 기책을 구사하지 않고, 자신의 힘을 믿고서 정면 돌파하겠다니…… 정말로 그것이 성공한다면 불필요한 희생자가 한 명도 나오지 않겠군요. 이것이 현자의 지략인가?"

바작크 씨에게 완전히 오해를 사고 말았다. 그러나 굳이 정정하지 않고 그들에게 묻기로 했다.

"우리가 세운 작전은 방금 말했듯 정면 돌파입니다. 알베르트 씨가 이끄는 레지스탕스는 무엇을 할 수 있습니까?"

"우리도 그 비행정인지 뭔지에 타고서 제국의 제1 황자로서 개선하면 되지 않을까?"

너무 얄팍하다. 나처럼 고생하는 냄새가 풍기는 줄 알았는데 전혀 달랐다. 손수 나서서 마족화를 진행하는 황제보다는 낫다만.

"거절합니다."

"엥? 어째서?"

"제국에서 알베르트 씨가 수배범이 되어 있으면 의미가 없지 않습니까?"

"폐적당했다고는 하나, 지명 수배까지 되지는 않았을 겁니다."

멜피나 씨가 알려줬지만, 내 생각은 바뀌지 않았다.

"확신은 없으시군요. 둘째로, 비행정은 엄연히 성 슈를 공화국, 정확히는 제 물건입니다. 비행정을 이용해서 왕자가 귀환했다 하면 그대로 제국의 상징처럼 되어버리겠죠. 그건 용납할 수 없습니다."

"그렇다면 이 공동전선을 왜 펴는 데 의의가……."

알베르트 전 전하의 그 실언은 동맹을 파기할 수 있는 수준이었다.

바작크 씨와 멜피나 씨는 놀란 얼굴로 알베르트 전 전하를 쳐다봤다. 알베르트 전 전하도 자신이 실언했음을 알아채고서 굳어버렸다.

내 머릿속에서 어떤 생각이 떠올랐다. 알베르트 전 전하의 실언을 빌미로 삼아 교섭하기로 했다.

"그렇습니다. 우리는 애당초 알베르트 씨가 이끄는 레지스탕스와 공동전선을 펴봤자 이득이 없습니다. 다소 일방적인 관계지요."

"……무슨 말을 하고 싶은 거지?"

"제게 제안이 있습니다. 듣고서 어떻게 할지, 전하께서 결정해 주십시오."

나는 전 전하에게 두 가지를 요구했고, 알베르트 전 전하가 그 것을 인정하여 동맹이 정식으로 수립되었다.

이후에는 바작크 씨와 일정을 조율하여, 일주일 뒤에 제도에서 합류하기로 했다.

13 휴가를 보내는 법

작전 회의 이튿날.

알베르트 전 전하가 레지스탕스를 이끌고서 제도로 출발했다.

바작크 씨는 알베르트 전 전하를 얼마나 제어할 수 있을까? 그게 저들의 성패를 좌우할 것이다.

그보다도 레지스탕스가 에비자를 출발했더니 눈에 띄게 인구가 줄어들었음을 실감했다. 레지스탕스의 숫자가 위협적임을 인식했다.

어젯밤에 마통옥으로 교황님에게 아무 말도 없이 출발했음을 사죄했다. 그런데 우리가 없어지자, 기사단이 오히려 더 단결됐다는 말을 들었다.

그 말을 듣고서 나는 쓴웃음을 지으면서 에비자의 현 상황을 전했다. 그러나 돈가하하 건을 다 마무리하기 전까지는 대응하기가 어렵다는 답변을 들었다.

물론 나도 곧바로 대응하는 건 바라지 않았다. 상황만을 보고했을 뿐이다. 또한 제국에 대처하는 일을 일임받았기에 민폐를 끼치지 않는 범위에서 목적을 달성할 수 있도록 노력하겠다고 말했다.

그리고 나와 라이오넬이 회의하는 동안에 에스티아 및 수행원들이 도시 안에서 탐문을 벌이고, 심문하여 정보를 얻어냈다.

다소 놀라운 이야기도 있었다. 위즈덤 경이 가짜 라이오넬로 지목했던, 라이오넬의 복수 상대이기도 한 크라우드에 관한 정보였다.

정보에 따르면 그는 블랑주 공국에서 흘러든 노예일 가능성이 크다고 한다. 일전에 위즈덤은 크라우드가 모험가로 활동했고, 변신 마법이 특기라고 했다.

그것이 사실이라면 라이오넬을 나락으로 빠뜨렸던 흑막도 블랑주 공국일지도 모르겠다.

그러나 스승님과 라이오넬은 크라우드가 제국의 전귀 장군으로서 활동하고 있다면 이미 블랑주 공국의 노예가 아닐 가능성이 높다고 판단했다.

그 이유는 일마시아 제국에서 커다란 혼란이 벌어지지 않았기 때문이었다. 보통 노예문(奴隸紋)에는 주인을 해치지 않는 것만 설정되어 있다. 그러나 어디론가 잠입시키는 노예의 경우에는 거리와 갱신 유무, 명령을 위반했을 때 받는 벌도 설정되어 있다고 한다. 배신한다면 곧바로 노예문이 폭발하여 죽도록 설정되어 있다나?

크라우드는 잠입자이므로 갱신 기간이 짧고, 갱신하지 못하면 죽는다. 갱신은 노예 상인밖에 할 수가 없는데, 제국에서는 주인이 없는 노예를 도망 노예로 간주하고서 투옥한다. 또한 노예 문신은 나라마다 달라서 갱신 기간이 짧은, 제국 출신이 아닌 노예가 있다면 제국 노예 상인이 예의주시한다고 한다.

참고로 노예 상인들은 모두가 황제의 노예이기에 배신할 수가 없다고 한다.

이야기를 다시 되돌리겠다. 그래서 이미 라이오넬 행세를 한 지 수년이 지났는데도 커다란 혼란이 벌어지지 않았다면 이미 노예가 아닐 가능성이 높다는 견해였다.

나는 그렇구나~ 하고 감탄하면서 크라우드가 스스로 노예문을 지웠다면 어떤 방법을 썼을지 궁금해졌다.

물론 디스펠 같은 고위 성속성 마법이라면 해주할 수 있겠지. 다만 제국에는 지금도 노예 제도가 있기에 치료비가 막대할 것이다.

크라우드가 그 돈을 스스로 마련했을 리가 없었다. 그는 대체 어떻게 블랑주 공국에서 묶어둔 노예문이라는 사슬을 스스로 끊어낼 수 있었을까? 그때 불현듯 생각이 떠올랐다.

"노예가 마족화하면 노예문이 사라지나?"

"가능성은 있군요. 인족의 마력에서 마족의 마력으로 바뀌었다면 노예문도 변질될 수 있겠지요."

내가 혼잣말하자 반보 앞에 있던 라이오넬이 대답했다.

애당초 마족화 자체가 연구 단계이니, 마력의 변질되면 노예문이 없어질지 어떨지는 아무도 모를 거다.

새삼 궁금하네. 마력이 변질되면 모험가 카드 등도 쓸 수 없게 되나?

그런 소박한 의문을 품으면서 블랑주 공국의 입장에서 크라우드가 얼마나 가치가 있는지 라이오넬에게 물어보기로 했다.

"크라우드의 변신 마법은 첩보 활동에서 상당히 유용할 것 같은데 노예로 내버렸다는 건, 공국은 딱히 그런 능력이 필요가 없었던 걸까?"

"당시에는 마족화 연구가 그다지 진행되지 않았던 탓에, 마족화한 사람이 자아를 유지할 줄은 몰랐던 게 아닐까요. 그게 아니면 능력을 느긋하게 조사할 시간이 없었던 걸 수도 있습니다."

"뭐, 마족화로 노예문을 풀었다는 것부터가 가정이니, 정말 마족화된 건지도 모르는 상황이지만. 다만 바작크 씨가 감춘, 마족화된 자가 최소 50명 이상, 어쩌면 100명 이상도 존재할 수 있다는 사실을 사전에 알아서 다행이야."

"루시엘 님의 능력이라면 마족을 색출은 간단하니까요."

아마도 라이오넬의 기분이 원래대로 돌아온 것 같네. 어제 회의를 마친 뒤에 황제도 마족화 연구를 허용했다는 사실을 알았을 때 라이오넬의 표정은 마치 전투를 앞에 둔 전귀처럼 무서웠으니까.

"루시엘 님, 부디 자청하여 마족이 된 자는 흙으로 되돌리시고, 바라지 않았던 자한테는 치료를 부탁드립니다. 비록 치료하지 못할지라도 구해낼 수 있는 자도 있을 테니."

라이오넬의 말에서 부드러움이 느껴졌다. 그만큼 라이오넬의 입장에서도 나는 아직도 미덥지 못한 존재일지도 모르겠네.

"구할 수 있는 목숨은 구할게."

라이오넬이 만족해하며 고개를 끄덕였다.

아, 그러고 보니 바작크 씨 일행이 있었을 적에는 물어보지 못한 게 있었다.

"그나저나 어제는 정보의 양뿐만 아니라 질도 대단해서 놀랐어. 심문할 때 의외로 입을 바로 연 것 같은데, 어떤 방법으로 캐낸 거야?"

내 앞에 있는 케티, 케핀, 에스티아에게 물었다.

"가르바 님이 알려주셨던 대로 물체X를 석 잔쯤 먹었을 뿐입니다. 입을 곧바로 열어서 저희도 놀랐습니다. 그 덕분에 저희도 후각이 마비되지 않고 끝낼 수 있었습니다."

"원액으로 마시는 루시엘 님이 이상하다냥."

"무엇보다 루시엘 님이 알베르트 전하를 치료하신 덕분에 마음을 열어준 것도 크게 작용했다고 생각합니다."

앞에서 식사하던 케핀이 손을 멈추고서 이쪽을 쳐다보며 대답했다. 뒤이어 케티가 나를 골려댔고, 에스티아가 나를 추켜세웠다.

왠지 저 세 사람은 사이가 좋구나. 앞으로도 탐문 조사나 심문해야 할 일이 생기면 세 사람에게 맡기기로 하자.

"칭찬하는 건지 골려대는 건지 판단하기가 어렵네……. 그보다도 작전 회의를 하고서 제국에 들어가는 것을 일주일 늦추기로 했어. 이게 어떤 영향을 미칠지……."

"예. 타올랐던 의욕을 꺼뜨리지 않고 계속 유지하기란 쉬운 일이 아니지요."

라이오넬이 고개를 크게 끄덕였다.

"지나친 걱정이다. 제국에서 제국군과 싸우는 걸 상정하면 되잖아. 핫, 그나저나 고작 일주일 만에 의욕이 꺼진다고? 전귀가 아니라 무슨 성냥불이냐?"

스승님은 여전했다. 이런 걱정은 쓸모없다는 걸 일깨워줬다.

"그럼 루시엘 님을 호위하는 일은 선풍, 너한테 맡기겠다."

"웃기고 있네!"

스승님과 라이오넬이 말다툼을 벌이면서 앞서 나갔다.

"갑자기 휴일이 생겼으니, 본의 아니게 데려온 리나와 나냐를 성도로 보내주는 게 도리가 아닐지 싶은데?"

"그 둘은 이러니저러니 하면서도 드란 공과 떨어지고 싶어 하지 않는 눈치였습니다."

"그렇다냥. 기술자는 집중하면 그것밖에 안 보이니까냥."

"드란 씨도 비행정을 개조할 인력이 늘었다고 기뻐했습니다."

듣고 보니. 어젯밤에 시간이 났으니 두 사람에게 성도로 보내줄 수 있겠다고 말했다. 그런데 에비자에 남아서 공부를 하고 싶다고 말했으니까.

드란뿐만 아니라 폴라와 리시안도 즐거워하는 듯했고…….

"앞으로 일주일 동안 휴식일로 삼자고 어젯밤에 정했다지?"

"그렇다냥. 그래서 이렇게 다 함께 산책하면서 기분을 전환하고 있는 거다냥."

케티가 말하자 나는 고개를 갸웃거렸다.

기분을 전환하는 방식은 저마다 다르다. 산책하러 나서면 바깥

풍경을 즐길 수 있긴 하겠지.

그런데 산책이라고 하면 보통은 에비자 시내나 주변을 둘러보는구나, 하고 생각하는 게 정상 아니야?

"루시엘 님, 함정을 해제했습니다."

작업을 마치고서 케핀이 말했다.

"아, 이제 곧 계단이 보일 것 같습니다."

"그럼 저도 앞서가도록 하겠습니다."

그리고 지도를 갖고 있는 에스티아가 말하자 케핀이 앞에 있을 것 같은 함정을 해제하러 갔다.

그렇다. 우리는 지금, 에비자에서 제국으로 이어지는 미궁 안에 있었다.

아침부터 라이오넬의 모습이 보이지 않았다. 케티, 케핀과 함께 여러 식재료를 사서 돌아왔다. 그때부터 조금 이상하다고 느꼈다.

그러나 제국에서 만약의 사태가 벌어졌을 때 대비하려고 사둔 거겠지, 하고 넘어갔다.

그런데 어영부영하는 사이에 알베르트 전 전하의 일행을 미궁 근처까지 배웅해줬고, 정신을 차려보니 나는 미궁을 공략하고 있었다.

명백히 이상한데, 다들 즐거워해서 토를 달 수 없었다.

이것이 정말로 휴일을 보내는 올바른 방법일까? 그러나 이의를 제기하는 사람이 한 명도 없어서 결국 미궁에 들어가게 됐다.

"스승님, 라이오넬, 정말로 일주일 동안에 이 미궁을 답파할 생각입니까?"

"이것이 바로 루시엘 님이 누누이 말씀하시던 죽지 않기 위한 최선입니다. 운 좋게 이 미궁의 지도도 입수했고, 어쩌면 루시엘 님도 새로운 힘을 얻을 수 있을지도 모릅니다."

"완전한 정보도 없는 마당에 이런저런 고민을 하기보다 조금이라도 더 강해지는 게 유의미하니까."

라이오넬의 말뜻은 알겠다. 죽지 않을 방법을 찾는 것이 지금 내가 해야 하는 일이다. 그리고 스승님의 말도 옳다고 생각했다.

그러나 두 사람의 진짜 목적은 자기 레벨을 올리는 거겠지. 마물을 발견하면 서로 쟁탈전을 벌이듯 달려들었다.

라이오넬과 미리 논의라도 했는지 스승님은 아침에 모험가 길드를 방문했다. 그러고는 모험가들을 도발하여 1대5 변칙 매치를 벌였고, 전리품으로 미궁 지도를 강탈…… 아니, 사 왔다.

미궁이 있다는 걸 알고서 흥분한 게 틀림없었다.

"죽지 않기 위해 최선의 방책을 찾아야 한다는 말을 누누이 하긴 했지. 그래서 레벨을 올리는 것도 결코 틀렸다고 말할 수 없고, 그렇게 생각하지도 않고. 하지만 다칠 때마다 겸연쩍어하며 돌아오는 사람을 치료해야 하는 내 입장도 생각했으면 좋겠어."

"별명이 늘어버릴 것 같아서 그런가요?"

에스티아가 무서운 소리를 하기에 무심코 째려봤다.

그러자 이마와 팔, 허벅지가 가볍게 다친 라이오넬이 돌아왔다.

"이것도 모자랄 정도입니다. 역사에 남았던 용사와 영웅은 늘 반드시 싸움에 휘말려 왔습니다. 루시엘 님도 마찬가지입니다. 분명 앞으로도 전란에 휘말리겠지요."

"그런 불길한 말을 확신에 차서 말하지 말라고⋯⋯."

무인인 라이오넬의 감이 그렇게 말한다면 그럴 가능성이 없지 않을 것 같아서 난감했다.

"지금까지도 상상을 뛰어넘는 체험을 해왔습니다. 분명 앞으로도 루시엘 님은 여러 일들에 휘말릴 것 같은 예감이 듭니다."

그런 불길한 예언을 미궁 안에서 말한 라이오넬은 마치 그것이 현실이 되길 바라는 듯 표정이 시원스러웠다.

라이오넬은 지금껏 나를 철저히 지원했다. 나의 성장을 묵묵히 지켜봤다.

그런데 사신과의 전투에 휘말렸고, 나를 지키려다가 지금껏 쌓아왔던 레벨과 스킬을 잃고 말았다.

그 일을 어떻게 생각하는지 라이오넬의 본심을 듣고 싶었다.

"그런 불길한 예감이 든다면 내 수석 수행원으로 지내는 게 무섭지 않아? 사신과 싸우느라 험한 꼴도 봤잖아? 난 굉장히 고맙긴 했지만⋯⋯."

조금 짓궂은 말이 나오고 말았다. 그러나 라이오넬은 이에니스에서 가족이 생겼다.

이제 노예가 아닌 라이오넬이, 아니 라이오넬뿐만이 아니라 어째서 모두 나를 이토록 도와주는지 모르겠다. 그만한 가치가 나에게 있는지 솔직히 자신이 없었다.

그런데 내 말을 듣고서 라이오넬은 대범한 표정으로 이쪽을 향해 입을 열었다.

"제국 장군으로 살았던 시절에는 제국만을 생각했습니다. 그 인생도 틀렸다고는 생각하지 않습니다만, 늘 허무했습니다."

"전쟁과는 다르지만, 위험한 전투에 모두를 휘말리게 했으니, 제국의 방식과 크게 다른 것 같지 않은 기분이야."

불가항력이라고는 해도, 마족이나 사신 같은 존재를 상대로 목숨을 거는 전투를 겪었다.

그러나 내 생각과는 반대로 라이오넬은 미소를 지으면서 입을 열었다.

"사람의 목숨을 빼앗는다는 건 그자의 미래를 영원히 닫아버린다는 뜻입니다. 전쟁 때는 언제나 상대가 퇴각하기를 바라면서도 아군이 다쳐서는 안 된다는 일념으로 전장을 뛰어다녔습니다. 대단히 허무했습니다."

라이오넬의 제국 시절 이야기를 들을 기회가 없었다.

"그때와 비교한다면 하늘과 땅 차이입니다. 루시엘 님의 수행원이 된 이후로 가슴 뛰는 전투를 여러 번 겪었고, 보통은 상상할 수 없는 체험도 해왔습니다. 보다시피 육체가 젊어지는 근사한 체험도……."

라이오넬이 그렇게 말하고서 미소를 지었다.

그 웃음에는 후회나 비장감은 전혀 없었다.

"후회는 없어?"

"없지요. 용과 싸우고, 강적인 선풍과 전력으로 싸우고, 마족이나 사신과도 싸웠습니다. 그리고 이 몸이 젊어졌으니 다시 경지를 노려볼 수 있습니다. 게다가 또다시 가족도 생겼습니다."

"아주 긍정적이네."

"핫핫. 그렇지 않습니다. 전 루시엘 님을 지키면 이 세계의 미래를 지킬 수 있다고 생각합니다."

"……세계의 미래를 나와 직결시키지 마. 아무리 그래도 그건 과도한 기대야."

"제가 보기엔 정당한 평가입니다. 게다가 저에게는 야망이 있습니다."

"무슨?"

"현자 루시엘을 보좌했던 전 제국 장군이자 수행원으로서 루시엘 님의 전기(傳記)에 실리는 겁니다."

예상치 못한 대답이었다.

"뭐, 전기?"

"예. 루시엘 님의 전기가 만들어져서, 현자 루시엘을 떠받친 충신으로서 알려지는 게 제 야망이지요. 핫핫핫."

라이오넬이 호탕하게 웃으면서 앞으로 걸어갔다.

"전기라…… 레인스타 경의 전기를 보고서 굉장하다고 생각했는데, 내 전기가 그 옆에 나란히 진열될 리는…… 없겠지~."

나는 흥분하지 않도록 마음을 가라앉히면서 미궁 10계층으로 내려갔다.

　참고로 그 이야기를 듣고서 스승님은 당연히 스승으로서 자신이 가장 많이 등장해야 한다고 주장했다. 그리고 라이오넬과 설전을 벌였다.

14 시간은 평등하게 흐른다

에비자와 제국을 잇는 연락 통로는 이 미궁의 10계층에 있었다. 레지스탕스는 그곳을 이용하여 제국으로 넘어왔다고 한다.

참고로 미궁 입구에서 배웅을 마친 뒤 우리는 그들이 지나가는 루트를, 다시 말해 일부러 함정이 있는 루트를 통과했다.

예언의 성녀라고 소개했던 멜피나 씨도 우리의 행동을 예측하지 못한 듯했다.

그나저나 스승님과 라이오넬이 압도적인 힘을 발휘했고, 케핀이 모략의 미궁에서 스승님에게 배운 함정 해제술을 구사한 덕분에 소수 인원인데도 믿기지 않는 속도로 10계층 보스방에 도달했다.

"이 미궁은 그다지 강한 마물이 나오질 않는군."

"현재까지는 그렇군요. 하지만 모험가도 30계층 아래는 포기한다고들 하니 분명 거기부터가 진짜겠죠."

스승님이 시시해하며 중얼거리자, 케핀이 다독였다.

"그럼 시간이 아까우니 서두르자."

"스승님, 함정을 발동시켜 즉사하는 사태는 자제해 주세요."

"핫, 이미 스킬을 습득했으니 그럴 일은 없어."

역시나 스승님이었다. 그러나 라이오넬은 그 태도가 마음이 들지 않는 듯했다.

"케핀과 케티는 함정에 집중하도록. 이제부터는 나도 앞에 나선다."

""예(냥).""

아니, 아니, 지금껏 앞에 나와 있었잖아? 그런 지적을 할 수 없을 만큼 스승님과 라이오넬의 사이에서 불꽃이 튀었다.

그런 대화를 나누면서 나아갔더니 케핀이 보스방으로 추정되는 문 앞에서 기다려줬다.

"이곳이 주인…… 보스방입니다. 정보에 따르면 블랙 울프 떼라고 하더군요."

"엄청 강하거나, 뭔가 귀찮은 습성이 있나?"

"아뇨, 딱히 없습니다. 그럼 가죠."

케핀이 문에 손을 대고서 서서히 열어나갔다.

다 함께 중앙으로 나아가니 블랙 울프 20마리 정도가 땅에서 떠오르듯 출현했다.

"아우우우우."

그리고 체격이 조금 큰 블랙 울프가 포효하자 블랙 울프들이 일제히 덮쳤다.

연계한다기보다 공격 수단이 덮치는 것밖에 없는 듯했다. 공중에서 방향 전환도 하지 않아서 위협적이지 않았다. 내가 환상검의 칼날을 저들이 통과하는 위치에 놔뒀을 뿐인데 블랙 울프들이 마석으로 바뀌었다.

스승님과 라이오넬도 당연히 고전하지 않았다. 순식간에 10계층 보스방을 제압하는 데 성공했다.

"예상외로 고전하질 않았네. 그래서 정말로 더 전진합니까?"

"이대로 돌아가면 미궁까지 산책을 나온 의미가 없지."

"휴식이 필요할 만큼 탐색도 하질 않았으니, 문제가 없다면 나아가지요."

"예."

마석을 회수한 뒤 우리는 11계층 계단으로 내려갔다.

"조금 어둑해졌나?"

"그렇군요. 이 미궁은 나아갈수록 서서히 어두워지는지도 모르겠군요."

"그렇군. 케핀, 부담이 커질 테니 안전을 최우선으로 고려해다오."

"예."

스승님과 케핀은 상당히 사제 관계처럼 느껴지네~.

그나저나 10계층밖에 내려오지 않았는데 미궁의 인상이 상당히 바뀌었다.

이윽고 아까 보스방에서 대치했던 블랙 울프가 출현하기 시작했다. 바빠질 것 같다고 느끼면서 토벌하며 나아갔다.

"20계층까지는 고전다운 고전은 없었네. 역시 정확한 지도가 있어서 좋군."

"그렇군요. 다만 그 지도도 다음 계층부터는 빠진 데가 많으니, 정신을 바짝 차리도록 하죠."

"그래."

스승님이 케핀에게 신호를 주자 20계층 보스방의 문이 열렸다.

경계하면서 안으로 들어갔지만, 적의 모습은 어디에도 보이지 않았다.

"적이 없을 리가, 저기다!"

엄습해 오는 실루엣을 향해서 환상검을 휘둘렀다. 늑대가 그림자에서 떠올랐을 즈음에 그 모습이 마석으로 바뀌었다.

아마도 이 마물은 암살 타입 늑대인 듯했다. 나는 뒤를 돌아 모두에게 알려주려고 했다.

그러나 그럴 필요는 없었다. 다들 그림자에서 출현한 늑대들을 여럿 쓰러뜨렸는지 앞에 마석들이 굴러다녔다.

눈을 감고서 기척을 더듬어봤다. 마물의 기척이 하나도 남아있지 않아서 안도했다. 그러나 나는 조금 충격을 받았다.

라이오넬을 비롯하여 다섯 사람을 얕잡아본 것은 아니었다.

방금 그 일을 통하여 모두와 나의 전투 기술이 얼마나 차이 나는지 깨달았기 때문이었다.

"난 아슬아슬한 순간까지 마물을 알아차리지 못했는데 다들 어떻게 알아차렸지?"

나는 무심코 모두에게 그렇게 물었다.

"기척이 있었다."

"전 늘 기척과 마력을 더듬고 다녀서 불온한 느낌이 들면 바로 거길 공격합니다."

"마물한테도 냄새가 있어요. 이번에는 냄새를 바탕으로 표적을 찾았습니다."

"케핀과 같다냥. 이번에는 검은 그림자가 움직이는 걸 발견하고서 검을 휘둘렀을 뿐이다냥."

"전 마물이 어딘가에 잠복하고 있는지 왠지 알 수 있어서 쓰러뜨릴 수 있었습니다."

스승님과 라이오넬의 말만 참고가 될 만했다. 케티와 케핀은 종족 특성을 이용했고, 에스티아는 어둠의 정령의 은혜 때문에 알아차린 했다.

그 말을 들었을 때, 용의 힘을 새롭게 얻고서 스스로가 굉장히 강해졌다고 느꼈던 게 착각이었음을 깨달았다. 창피한 나머지 쥐구멍에라도 들어가고 싶어졌다.

나만 노력하는 게 아니고, 나만 성장하는 게 아닌데, 어느새 레벨이 초기화된 스승님과 라이오넬을 케핀이나 케티와 역량이 동급이라고 자만하고 있었다.

하아~ 제국에 가기 전에 어리석음을 깨달아서 다행이다…….

레벨이 낮아진 스승님과 싸워서 패배했던 경험을 양분으로 삼을 작정이었는데, 그대로 방심으로 이어질 줄이야. 이대로는 스승님에게 고개를 못 들겠다.

나는 침울해하면서 모두에게 잠시 쉬자고 요청했다.

그리고 스승님 쪽으로 시선을 돌리고서 옛날에 수업받던 시절을 떠올렸다.

보타쿠리 건으로 목숨을 위협받기 시작했을 때였다.

스승님에게 강해졌는지 물었다.

"자신이 강해졌다는 생각이 들면, 이길 수 있는지 없는지 선을 긋고서 멋대로 체념하게 되지. 그러면 아래로 여기는 상대만 이길 수 있게 되고, 아래로 여겼던 자가 방심하지 않고 위를 지향하는 자였다면 언젠가는 패배하게 된다."

"그럼 스승님은 저와 싸웠을 때도 방심하지 않았습니까?"

"그래. 최대한 긴장을 풀지 않고 단련시키고 있다. 그러지 않으면 무심코……."

"……늘 감사합니다. 앞으로도 무심코 방심하지 않도록 긴장감을 품고서 단련해주세요."

"오. 만약에 네가 방심했음을 자각했는데도 아직 죽지 않았다면, 아주 운이 좋았다고 생각해라."

"방심할 정도로 강해진 기분은 들지 않지만, 일단 살아남기 위해서 스승님을 뛰어넘은 뒤에 방심할지 말지 생각할게요."

"홋, 배짱 좋다. 그럼 오늘은 평소보다 더 하드하게 가볼까?"

"노, 농담이지 않습니까?"

"언젠가 날 넘겠다면서? 자, 넌 너대로 죽지 않도록 바짝 긴장하면서 수업에 힘써라."

"왜 우쭐댄 거냐, 난 정말 바보!!"

그 시절에는 매일 생사를 넘나드는 생활을 보냈지. 지금 돌이켜봐도 용케도 죽지 않았다. 자찬하고 싶어질 정도다.

그리고 미래의 내가 지금의 나를 칭찬할 수 있도록 우선은 수행원이 되어준 모두에게 감사하고, 언젠가 전성기 시절의 스승님이나 라이오넬과 어깨를 나란히 할 수 있는 날이 올 때까지 눈앞의 과제들을 열심히 수행해야겠다.

미궁에 들어온 덕분에 스스로를 돌아볼 수 있는 좋은 시간을 보낼 수 있었다.

"모두, 고마워. 그럼 미궁 공략을 계속할까?"

"드디어 의욕이 생겼군요."

"이제부터는 새도 울프도 많이 출몰할 테니 긴장을 바짝 하죠."

"여차하면 라이트 마도구를 쓰면 된다냥."

"전 이 미궁과 상성이 좋은 것 같으니, 루시엘 님을 지켜드릴게요."

"가자."

라이오넬은 기뻐하며 21계층으로 이어지는 문을 열었다. 케핀은 경계했고, 케티는 공략 아이디어를 언급했고, 에스티아는 나를 지켜주겠다고 말해줬다.

스승님은 그 누구보다도 먼저 계단을 내려갔다.

정말로 동료는 좋구나~.

"안전을 최우선으로 고려하면서 싸우자."

""""""옙(예).""""""

우리는 기합을 다시 넣고서 21계층으로 내려갔다.

그러자 아까 20계층보다 미궁 내 광량이 더 줄어들어서 어둠이 짙어졌다.

"라이트 마도구를 꺼내는 편이 좋을까?"

"30계층까지는 괜찮겠죠."

케핀이 자신 있게 말해서 맡기기로 했다.

어둠이 짙어져서 블랙 울프와 섀도 울프가 잘 보이지 않았다. 그러나 다들 무난하게 쓰러뜨리는 모습을 보면서 나도 최대한 어둠에 익숙해지도록 애쓰면서 싸웠다.

공략에 집중하기 시작해서인지 마물에게 허를 찔리지 않고 순조롭게 공략해 나갔다.

"그나저나 마물이 이런 수준이라면, 미궁을 더 조사했어도 이상하지 않은데, 뭔가 있나?"

"31계층 이후로는 정보가 거의 없었습니다. 불을 밝히고서 나아가는 것만으로도 모험가한테는 부담이 되니까요. 더구나 미궁에서 돈을 벌 작정이라면, 그란돌에 가는 편이 낫기도 하고요. 그래서 공략이 진행되지 않았는지도 모르겠습니다."

"그럼 보물함이 나올지도 모르겠군."

"마족도 나타날지도 모르겠다냥."

"케티, 불길하니까 그만둬. 뭐, 가보는 수밖에 없겠지. 그리고 라이오넬은 알아서 움직여도 좋은데, 조금이라도 부상당하면 바로 말해줘. 우리의 공수 핵심은 라이오넬이라는 사실은 앞으로도 변함이 없으니까."

"예."

어두워서 얼굴은 잘 보이지 않았지만, 라이오넬이 기뻐하는 것 같았다.

평소에는 밝히지 않는 감정을 가끔은 전해보는 것도 괜찮을지도 모르겠네.

"스승님도 다치면 바로 와주세요."

"그래."

그렇게 생각하면서 미궁을 공략해 나갔다.

15 의식 개혁

미궁을 공략할 때는 늘 자신이 부족하다는 사실을 자각할 수 있기에 마치 공부를 하는 것 같은 기분이 든다.

이번에는 어둠에서 나오는 섀도 울프 때문에 나만 고전을 겪고 있었다.

고전이라고는 했지만 쓰러뜨릴 수 없다는 뜻은 아니었다. 다만 허를 찔려서 바로 쓰러뜨리지 못했던 적이 종종 있었다.

지금껏 섀도 울프보다 더 강한 마물과도 싸워왔는데 어째서일까? 그 생각과 함께 초조한 감정이 생겨났다.

그러자 에스티아가 이쪽을 보면서 나직이 중얼거렸다.

"루시엘 님의 움직임이 마치 그란돌에 가기 전으로 돌아간 것 같아요."

에스티아의 그 말은 그란돌에서 받았던 수업을 잘 활용하지 못한다고 지적하는 것 같았다.

"안전을 최우선으로 고려하며 싸우는 건 예나 지금이나 다름없다고 생각하는데?"

"아, 죄송합니다."

나는 에스티아의 진의를 묻기 위해 한 걸음 더 들어가기로 했다.

"화내는 게 아니야. 객관적으로 조언할 게 있다면 말해줘. 생명이 위험해질 수 있는 미궁에서 알아차린 사실을 말하지 않는 게 오히려 날 망칠 수도 있으니까."

내가 그렇게 말하자 에스티아가 결의를 굳힌 듯 이쪽으로 몸을 돌리고는 아까 그 혼잣말에 담겨 있던 진짜 의미를 들려줬다.

"루시엘 님의 공방(攻防)은 시각에 지나치게 의존하는 것 같습니다."

"시각에?"

"예. 그란돌에서 수업받았을 때는 감각을 더 잘 활용했던 것 같아요."

듣고 보니 그때는 무언가를 더 느낄 수 있었던 것도 같았다. 그런데 그렇게까지 다른가? 나는 곧바로 스승님 및 수행원들에게 물어보기로 했다.

"스승님, 라이오넬, 케티, 케핀. 다들 에스티아가 지적했던 부분을 눈치채고 있었어?"

"난 일부러 빈틈을 만드는 줄 알았다만?"

"루시엘 님이 실전의 감을 잃어버렸다는 느낌은 받았습니다."

아마도 정말로 그 수업을 허사로 만들어버렸나 보다.

케티와 케핀이 덧붙여서 말했다.

"루시엘 님은 지금보다 레벨이 꽤 낮았고, 시각과 청각까지 망가졌을 때도 마족을 쓰러뜨렸다냥. 그런데 못 보던 사이에 완전히 녹슬고 말았다냥."

"이 미궁에 온 것도 실은 실전 감각과 그 당시의 감각을 되찾게 하기 위해서입니다."

신체 능력은 올라갔지만, 오히려 전투 센스는 떨어졌다. 그 말이 머릿속에서 떠올랐다.

"역시나 시간이 없는지라 선풍처럼 눈과 귀를 망가뜨릴 생각은 없었습니다만, 되도록 루시엘 님이 스스로 깨닫길 바랐습니다."

그렇게 엉망이 됐나? 그 말은 차마 무서워서 묻지 못했다.

"그때 갈고닦았던 나의 무기를, 어느새 잃어버렸나……."

"아뇨, 잃어버린 건 아닙니다. 루시엘 님의 진정한 무기는 위기 감과 굳건한 의지이니까. 분명 새로운 힘을 얻고서 강해진 뒤 마음이 해이해졌겠지요."

라이오넬이 부드럽게 말했다. 그러나 결국에는 스승님이 단기 간에 연마해준 무기를 단기간에 허사로 만들었다는 뜻이었다.

그래도 잃어버리지는 않았다고 해서 조금이나마 안도했다. 그러나 결국 전투 센스가 떨어졌다는 사실은 변하지 않았다.

분명 방심은 했다고 생각한다. 그러나 뜨뜻한 자부심에 잠겨 있을 생각은 없다.

어쨌든 전투에서 멀어져서 감각이 둔해졌던 것은 사실이겠지.

자각 증상이 없다는 게 얼마나 커다란 문제인지 나는 똑똑히 이 해했다.

"주의하지 않았던 이유는 스스로 깨닫게 하기 위해서였다?"

"예. 알려줘서 깨닫게 해줄 수도 있겠지요. 하나 고민하고 자각 하여 스스로 도달해야만 쉽게 잊지 않는 법입니다. 또한 실패를 자각한다면 향상심을 갖고 있던 시절의 감정을 떠올리는 계기가 되겠지요."

라이오넬의 말속에는 엄격함과 부드러움이 혼재되어 있구나.

스승님과 라이오넬도 초기화됐기에 여러 갈등을 느꼈다는 것을 잘 알겠다.

"스승님과 싸워서 이기지 못했던 것도, 에비자에서 마족화한 자의 공격에 대처하지 못했던 것도 전부 내가 방심했기 때문이었구나?"

"홋, 그건 전투 센스와 경험 모두 내가 더 위이니까. 당시에도 알려줬지만, 레벨이나 스테이터스는 실력을 보여주는 절대적인 지표가 아냐."

"윽."

"루시엘 님은 네르달에 갔던 3개월 동안에 전투다운 전투를 한 번밖에 하지 않았다죠?"

"응. 수룡, 풍룡과 싸웠을 때뿐이니까."

"그건 부럽…… 어험. 실례하겠습니다. 그 3개월이라는 기간이 루시엘 님의 팽팽했던 의식을 조금씩 느슨하게 풀었겠지요. 게다가……."

"또 뭐가 있어?"

"새롭게 얻은 힘이 강력하면 할수록 그걸 써보고 싶어 하는 게 무인으로서 당연합니다. 하지만 지금껏 쌓아놓은 토대를 무너뜨릴 필요는 없습니다."

"아니, 난 무인이 아니거든. 하아~ 에스티아, 다들 미안해. 그리고 고마워. 지적받은 것들을 지금부터 의식하며 실천하도록 할게. 다만 당장에는 감각을 날카롭게 가다듬을 수는 없을 테니 민폐를 끼칠 것 같아. 날 좀 잘 도와줘."

강해졌다는 생각이 설마 발목을 붙잡을 줄이야……

스승님과 수행원들이 날 미궁에 억지로라도 데려와서 다행이었다.

"선풍과 저도 레벨이 낮아져서 루시엘 님과 경쟁할 수 있겠군요."

"서포트는 맡겨두라냥."

"이 미궁을 전부 답파할 때까지 열심히 되찾도록 하죠."

"루시엘 님이라면 분명 괜찮아요."

"고마워. 좋아, 탐색을 계속하자."

그리하여 잃어버린 것을 알아챈 나는 시각에만 의지하지 않도록 기척과 마력을 읽으면서 미궁을 나아가기 시작했다.

지도에 잘못 적힌 것이 있었기에 여러 번 길이 막혀서 다시 돌아 나와야 했다. 그것을 빼고는 순조롭게 30계층에 도달했다.

휴식하지 않고 그대로 보스방에 돌입하자 섀도 베어 3마리와 블랙 베어 5마리가 기다리고 있었다.

"갑자기 어려워졌는데?"

이름만 들어도 알 수 있듯 곰이었다. 그러나 3m가 넘는 그 거구에서 느껴지는 박력은 늑대와 비교할 수 없었다.

"이 섀도 베어도 그림자 속으로 사라질 수 있습니다."

더욱이 섀도 베어도 섀도 울프와 마찬가지로 그림자에 숨을 수 있다고 케핀이 큰 목소리로 알려줬다.

저런 질량이 사라진다니 반칙이잖아.

나는 다섯 동료들과 함께 마물들의 기척을 더듬었다.

마물의 공격을 라이오넬이 받아내고, 케핀과 케티가 재빨리 마물들의 팔이나 다리를 잘라내어 전투력을 떨어뜨리는 전법을 시도했다.

에스티아는 전력이 떨어진 마물들이 나나 라이오넬을 포위하지 못하도록 공격하면서 마물의 의식을 자기 쪽으로 돌렸다. 그리고 춤을 추듯 공격을 피했다.

그때 케핀과 케티가 되돌아와 삼위일체 공격으로 마물들을 확실히 쓰러뜨려 나갔다.

그리고 스승님은 두려워하지 않고 몰아붙여서 블랙 베어의 목을 잘라버렸다.

나는 스승님과 라이오넬이 공격받으면 회복 마법을 발동하면서 마물이 공격을 해오면 환상검에 마력을 불어넣은 뒤 벴다.

"루시엘 님."

"알겠어."

라이오넬이 외치자 뒤에서 마물이 엄청난 기세로 다가오는 기척이 느껴졌다. 그 방향으로 공격을 가했다.

"화룡검!!"

환상검을 휘두르자 용이 튀어나와 그림자를 물어뜯으며 불살라서 마석으로 만들었다.

나는 방심하지 않고 다음 마물에 대비했다. 그러나 마물들은 공황 상태에 빠졌고, 케핀과 케티가 끝장냈다.

마지막으로 남은 섀도 베어는 스승님이 일대일로 싸워서 무난하게 승리를 거뒀다.

"무사히 토벌했군요. 슬슬 배가 고프니 식사할까요?"

마석을 다 줍고서 모두에게 그렇게 말했지만, 다들 상태가 이상했다.

내가 또 무슨 짓을 저질렀나? 그렇게 생각하고 있으니, 라이오넬이 나에게 곧장 다가와 입을 열었다.

"아까 그 공격은 뭡니까?! 루시엘 님은 마법만 배운 게 아니라 용의 힘도 구사할 수 있게 된 겁니까?!"

아니, 멜라토니 모험가 길드에서 보여줬을 텐데?

"루시엘, 그런 공격이 있는데 왜 대련할 때 쓰지 않았냐?"

그야 위험하니까……라고는 역시나 말할 수 없었다.

"다른 속성도 방출할 수 있습니까?"

케핀도 눈빛을 반짝이며 물었다.

"해본 적은 없지만, 아마 가능할 거야."

"그런 공격을 쓸 수 있게 됐으니 강해졌다고 착각할 만도 하겠군요."

"미궁의 마물이 공포를 느꼈을 정도이니 상당히 강력할 겁니다."

"정말로 필요할 때를 빼고는 전력을 다하지 않는다…… 이 말인가요? 저도 힘을 속히 되찾도록 정진하겠습니다."

"루시엘 님이라면 용신님한테 인정받을 수 있을지도 모르겠군요."

라이오넬과 케핀의 마음이 단번에 고양됐다. 그리고 케티와 에스티아는 쓴웃음을 지으면서 이쪽을 방관했다.

"그랬군…… 목숨을 걱정해야 할 만큼 약해졌다고 봤던 건가?"

스승님이 불쑥 중얼거리더니 그 얼굴에서 표정이 사라졌다.

그러나 라이오넬과 케핀을 상대하느라 나는 스승님에게 신경을 쓰지 못했다.

"둘 다 너무 오버했어. 그리고 용신님이 계신 곳은 위험할 테니, 아마도 평생 갈 일은 없어."

""그렇군요.""

라이오넬과 케핀이 무언가를 생각하다가 한 목소리로 대답했다.

방금 그 대화가 플래그가 되지 않기를 바라면서 30계층 보스방에서 점심을 먹을 준비를 했다.

16 과거의 전투

30계층 보스방에서 휴식을 마친 우리는 31계층으로 내려갔다.

"여기부터 지도는 없다. 그리고 이 어둠 속에 숨어서 적들이 기습하겠지. 정신 바짝 차려라."

"루시엘 님, 조명은 어떻게 할까요?"

"아직은 누가 어디에 있는지는 인식할 수 있고, 불을 켜면 마물들이 모여들지도 몰라. 게다가 조금 더 긴장해야만 피부를 찌르는 것 같은, 상대의 움직임을 파악하는 그 감각이 다시 살아날 것 같아."

"알겠습니다."

"자, 가자."

그리하여 여기부터 진정한 탐색이 시작됐다.

어둠 속에서 기어 나오는 마물을 무찌르고, 함정을 해제하면서 계층 지도를 완성해 나갔다.

물론 탐색 중에도 마물과 싸웠다. 막다른 길이나 마물방이 존재해서 시간을 허비했다.

그러나 그 상황들이 조금씩 내 긴장감을 높여줬다.

마물을 의식하긴 했지만, 무언가가 극적으로 바뀐 것 같지는 않았다.

그래도 기척과 마력, 마물이 발하는 살기를 통하여 머릿속으로 짐작했던 이미지와 공격이 실제로 날아드는 타이밍이 서서히 일치되어 가는 느낌이었다.

그러자 상승효과로 모두의 동작까지 느낄 수 있게 됐다. 주변이 확실히 보여서 적절히 움직일 수 있게 된 것 같았다.

다만 스승님이 공격받고서 부상을 당하는 횟수가 늘어났다. 그리고 위험한 상태일 때를 빼고는 회복 마법을 거부했다.

그리고 집중하고 걱정하면서 나아갔기 때문인지 어느새 40계층 보스방 앞까지 와있었다.

"벌써 40계층인가?

"루시엘 님이 꽤 집중해서 그렇게 느꼈는지도 모르겠습니다. 하지만 너무 긴장하면 몸은 괜찮을지라도 판단을 그르칠 수 있습니다."

"그럼 보스방에 있는 적을 토벌하고서 휴식하자."

"바짝 긴장하고 들어가죠."

"응."

케핀이 늘 그래왔듯 문을 연 뒤 경계하면서 중앙까지 나아갔다. 그곳에는 어느 게임에 등장하는 헬멧을 뒤집어 쓴 것 같은 거북이가 무수히 존재했다.

"아, 저건 터틀멧봄입니다."

"저게 뭔지 알아?"

"예. 터틀멧봄은 껍질이 단단해서 마법을 튕겨낸다고 합니다. 다만 약점도 있습니다. 거의 움직이지 않는다는 것과 조금이라도 다치면 그 순간 자폭하는 겁니다."

"그럼 거의 위협이 되지 않겠네?"

"그렇죠. 보통은 원거리에서 무언가를 투척하여 자폭시키면 되니까요. 하지만 이 밀폐 공간에서 단 하나라도 자폭한다면 연쇄 폭발로 이어질 수 있습니다. 거기에 휘말리면 무사하기 어렵겠지요."

케핀의 말을 듣고서 상상했다.

자폭으로 껍질이 칼날이 되어 날아든다면, 라이오넬에게 에어리어 배리어를 발동한 뒤 대형 방패로 보호를 받으면서 힐을 계속 구사하면 되지 않을까.

그러나 만약에 화염을 동반하는 폭발이면 이 보스방의 온도가 급상승하여 견뎌내지 못할지도 모르겠다.

"무슨 수가 없나?"

"예. 역시 이런 상황은 예상치 못했습니다."

"스승님, 뭔가 대책이 없겠습니까?"

"화염이 터져 나오면 바람의 힘을 써서 위로 날려버린 뒤 수마법으로 방을 식히면 된다. 그다음에는 전귀가 제 역할을 해주면 되겠다."

역시 스승님. 순식간에 대책을 마련하시는구나.

"라이오넬, 방어를 맡겨도 될까?"

"물론입니다."

"다들 입구까지 후퇴해. 스승님의 방안을 참조하여 빙벽을 만들게. 마력 회복 포션을 마시고서 폭발에 대비하다가 위험해지거든 풍룡의 힘을 구사할 생각이야."

모두 바로 동의하고서 입구까지 후퇴했다.

"라이오넬, 폭발이 닥쳐오겠지만 견뎌줘."

"예."

"케핀, 어디든 좋으니 투척으로 맞출 수 있겠어?"

"예. 이 거리라면 괜찮습니다."

"아니, 그 역할은 내가 맡으마."

스승님이 입후보하자 케핀도 동의하며 고개를 끄덕였다.

"그럼 스승님, 부탁합니다."

나는 환상검을 지팡이로 되돌린 뒤 마력을 주입하면서 지시를 내렸다.

"저 멀리 있는 마물을 노릴 수 있겠습니까?"

"물론."

"그럼 제가 신호를 보내면 투척한 뒤 저와 라이오넬의 뒤로 곧장 이동해주세요. 다른 사람들도 후방에서 대기해."

"""옙(예).""""

에어리어 배리어를 발동한 뒤 스승님에게 투척하라고 신호를 보냈다.

스승님이 내 신호에 맞춰서 단검을 투척하자 터틀멧봄의 다리에 스쳤다.

너무 얕았나 싶었지만, 케핀의 정보를 믿고서 빙벽을 만들었다.

"수룡이여, 우리를 지키는 빙벽을 전면에 쌓아서 모든 공격을 차단하라."

마력이 단숨에 소모됐다. 두꺼운 빙벽이 완성된 순간, 멀리서 폭발음이 들렸다. 그리고 이내 폭죽처럼 잇달아 폭발음이 터져 나오기 시작했다.

만약을 위해 빙벽이 부서지거나 녹더라도 복구되는 이미지로 빙벽을 구축하긴 했다. 그러나 그럴 필요는 없었던 듯했다. 1분도 채 지나지 않아 마물은 전부 자폭했고, 빙벽은 녹지 않고 그대로 남았다.

"용의 힘은 굉장하군요."

라이오넬이 빙벽을 만지면서 감탄한 듯 말했다.

"그만큼 마력이 엄청나게 소모되긴 하지만. 이걸로 마력의 8할이 한번에 사라졌어."

"현자의 마력에서 무려 8할이……."

라이오넬이 그렇게 말하고서 생각에 잠겼다.

"루시엘 님, 이 벽 안은 조금 춥다냥. 바로 해제해줬으면 좋겠다냥."

"아직도 불타는 곳이 남아있으면 곧장 열파가 밀어닥칠걸?"

"음…… 하는 수 없다냥."

"그런데, 그 로브에 온도 조절 기능이 있지 않았어?"

"언젠가부터 작동하지 않는다냥."

"그런 건 바로바로 말해줘."

나는 곧바로 교회의 하얀 로브를 건네줬다.

"이 로브는 오랜만이다냥. 감사히 빌리겠다냥."

"그래. 다른 사람들도 장비에 문제가 있으면 나나 드란한테 말해. 그러면 어떻게든 조치해 줄 테니까."

그런 대화를 나누면서 시간을 보냈다. 그리고 한 시간 뒤에 빙벽을 해제했다.

그 후에 방을 정화하고 식사를 한 뒤 마력 회복을 촉진하기 위해 나는 가장 먼저 잠에 들었⋯⋯을 터였다.

"여긴 어디지?"

평소였다면 천사의 베개에 머리를 눕힌 채 체력이 회복됐을 즈음에 눈을 떴을 테지만, 이번에는 눈을 뜬 곳이 이상했다.

자기 전까지는 분명 미궁 안에 있었을 텐데, 지금은 산들이 둘러싸고 있는 대지에 누워 있었다.

『염려하지 마라. 여긴 아직 꿈속이다. 지금은 이 몸이 루시엘의 의식을 유도하고 있다.』

뒤를 돌아보니 에스티아⋯⋯의 몸을 빌린 어둠의 정령이 서 있었다.

"꿈속까지 개입하다니, 무슨 일이 있어?"

『그래. 이 미궁에 잠들어 있는 암룡에 관해 전해둘 게 있다.』

어둠의 정령이 느닷없이 엄청난 정보를 알려줘서 당혹스러웠다.

"암룡(闇龍)? 사신의 저주를 받은 전생룡이 여기 있다고?"

"『그 암룡을 해방하는 건 쉽지 않다. 레인스타처럼 강하지 않다

면 따르게 할 수도, 해방할 수도 없겠지.』

"해방하려면 싸울 필요가 있다는 말처럼 들리는데, 암룡은 어떤 용이야?"

『이제부터 보면 안다. 이 땅을 보고도 눈치챈 게 없나?』

"어? 그러고 보니 록포드 인근하고 비슷한 느낌인데?"

『······이제부터 과거를 보여주겠다. 어떻게 암룡을 정화할지 궁리해 봐라.』

"대체 무슨 소리야?"

어둠의 정령이 내 물음에 대답하지 않고 하늘을 올려다봤다.

나도 하는 수 없이 하늘을 올려다봤더니 칠흑처럼 까만 용이 하늘에서 브레스를 뱉으려고 했다.

에어리어 배리어를 발동하려고 했지만, 마법을 전혀 쓸 수가 없었다.

마법은커녕 내 몸이 투명해졌다. 그러고 보니 여긴 꿈이라고 했지 참.

그 순간, 빛의 참격이 칠흑의 용을 가격했다. 정통으로 맞은 칠흑의 용이 브레스를 중단했다.

『이 몸한테 공격을 가하다니 누구냐?』

피부를 찌릿찌릿 찌르는 농밀한 살기가 이곳을 지배했다.

저것이 용의 원래 힘이겠지.

지금껏 만났던 용들은 꽤 많이 봐준 듯했다. 속으로 전생용들에게 감사하고 있으니 비행하는 한 청년이 나타났다. 레인스타 경이었다.

『암룡이여, 어째서 세계를 파괴하려고 하지?』

『고작 인간 나부랭이한테 이 몸의 생각을 말할 필요가 있나?』

암룡은 그렇게 말하고서 흑자색 브레스를 대지가 아니라 레인스타 경에게 뱉었다.

브레스는 순식간에 레인스타 경을 집어삼키고는 뒤에 있던 산 정상부를 관통했다.

『인족 나부랭이가 감히.』

그러고는 또다시 대지에 브레스를 뱉으려고 했으나, 아까 암룡이 발사했던 것과 비슷한 수준의 빛이 암룡을 집어삼켰다.

빛이 날아든 방향을 보니 레인스타 경이 아무렇지 않은 모습으로 구체 결계에 둘러싸인 채 공중에 서 있었다.

레인스타 경은 이미 인간의 영역이 아니었군.

『네 이놈, 평범한 인족이 아니구나!!』

몸에서 연기가 피어오르는데도 암룡이 레인스타 경에게 물었다.

『그래. 이래 봬도 일단은 용사(임시)라더군. 지금 이 세계에는 (어느새) 마왕이 쓰러져서 인족들이 손을 맞잡고서 발전을 이룩하려고 하고 있어. 그런데 모조리 없애버리려고 하면 곤란한데?』

『마족의 왕을 쓰러뜨렸다고!! 그럼 세계의 균형이 위태로워지지 않느냐.』

암룡은 분노했다기보다 한탄한 듯 보였다.

『마족을 완전히 멸족시켰다는 뜻이 아냐. 게다가 강고한 결계를 펼쳐뒀으니, 이쪽으로는 올 수가 없게 됐어. 그러니 마족은 마족의 땅에서 번성하게 될 터.』

『세계의 균형이 무너진다면 반드시 인족끼리 전쟁을 벌일 거다.』

『내가 있는 동안에는 절대로 그러도록 놔두지 않겠어. 아이들이 피를 보는 세계가 아니라 지혜로 겨루는 세계를 만들어 내겠어.』

『그 각오가 진정이라면 이 몸한테 보여라. 그리고 이 몸이 어째서 오랫동안 파괴해 왔는지 그 의미를 헤아리며 죽어라.』

그 후에는 격렬한 전투가 시작됐다.

서로 물러서지 않고 빛과 어둠이 충돌했다. 그러나 어느 쪽도 결정타를 내지 못했다.

그때 레인스타 경이 먼저 수를 썼다.

쥐고 있는 검에 마력을 불어넣었는지 검이 번쩍이기 시작했다. 그리고 순식간에 암룡의 뒤로 이동했다. 직후, 암룡의 등에서 피가 세차게 분출됐다.

상황을 보니 레인스타 경이 암룡을 벤 듯했다. 그러나 너무 빨라서 전체 과정을 다 보지 못했다.

레인스타 경이 공격하기 위해 다시 사라졌다.

그러나 암룡도 가만히 당하지 않았다. 몸에서 비늘을 잇달아 털어내기 시작했다.

그 비늘이 고속으로 회전하여 암룡 주변을 날아다니기 시작했다. 그리고 레인스타 경이 접근하지 못하도록 속도를 서서히 높였다.

그 전투는 오래 이어졌다. 그러나 빛나는 검이 거대화하여 암룡을 대지에 추락시켰고, 레인스타 경은 마력포를 발사하여 마침내 전투를 판가름냈다.

　나는 산이 파인 형태를 보고서 저곳이 바로 록포드임을 알아챘다.

　『이 몸은 세계를 파괴하고, 광룡이 재생한다. 그리고 다른 용들이 새로운 생명들을 탄생시켜서 이 가르달디아가 쇠퇴하지 않도록 관리해 왔다.』

　『파괴만 벌이면 즐겁지 않잖아?』

　『이 몸이 파괴하지 않는다면 동쪽끼리 죽고 죽이고, 별을 깎아내고, 그리고 세계의 균형이 무너지면서 별이 힘을 잃는다. 그러면 생명체가 살 수 없는 환경이 돼버린다.』

　『암룡의 우려는 알겠어. 확약은 할 수 없지만, 그리되지 않도록 여러 종족의 지혜를 빌려서 이 세계를 위해 전력을 다할 것을 맹세하지. 그러니 파괴를 멈춰주지 않겠나?』

　『이 몸은 패했다. 그대가 살아 있는 동안에는 세계를 파괴하는 것을 멈추도록 하지. 하나 그대가 바라는 세계가 만들어지지 않았다면 이 몸은 다시 파괴의 화신이 되리라.』

　『그럼 앞으로 최선을 다해야겠군.』

　그런 대화를 주고받았다.

　"『루시엘이여. 암룡은 레인과의 약속을 지켜서 지금껏 파괴 활동을 자제해 왔다.』

"왜 이 과거를 보여줬는지 물어봐도 될까?"

『암룡은 봐주는 법을 모른다. 게다가 정정당당하게 행동하지 않는 자를 좋아하지 않지. 그러니 지금껏 해방되도록 협력했던 용들과는 다를 거다. 육체를 소멸시킬 수 있는 위력이 담긴 브레스를 뱉는다. 그 사실만은 기억해라.』

"……알겠어. 인정받기 위해 어떻게 하면 좋을지 생각해 볼게. 애초에 싸울지 어떨지도 모르겠지만."

『루시엘, 에스티아를 위해서라도 후회할 만한 판단은 내리지 않기를 바라마.』

어둠의 정령이 그렇게 말하자마자 의식이 부상하더니 눈을 떠졌다.

마치 악몽에 시달린 것처럼 식은땀을 흘렸기에 정화해뒀다.

시야에 미궁의 천장이 비치는 것을 확인한 뒤 나는 한숨을 깊이 내뱉었다. 그리고 암룡에 관해 고민하기 시작했다.

17 모방

어둠의 정령은 레인스타 경과 암룡이 과거에 벌였던 전투를 나에게 보여줬다.

둘 다 엄청나게 강했다.

특히 레인스타 경은 초월적으로 강했는데, 참고할 만한 움직임도 여럿 있었다.

"그 힘은 반칙이야. 얼마나 굉장한지를 뼈저리게 알 수 있었지……."

다리뿐만 아니라 온몸을 사용하여 공중에서 방향을 전환했다.

풍룡의 마력 같은 것으로 공기의 벽을 만들어서 이용했겠지.

싸우면서 상대의 약점 속성을 찾아낸 뒤 약점 속성을 검에 담아서 공격한다. 그리하면 근거리 공격이나 원거리 공격, 어느 쪽으로든 효율적으로 공격할 수 있다. 또한 다채로운 공격으로 상대를 농락하는 것도 대단했다.

그러나 가장 놀랐던 점은 방어였다.

브레스가 날아들자, 마력 장벽을 여러 겹 두르고 자신에게 회복 마법까지 사용했다.

나도 자주 쓰는 방법이지만, 마력 장벽을 결계처럼 펼친다는 발상은 하지 못했다.

근거리 공격을 할 때도 마력 장벽을 두껍게 발동하여 적의 공격 속도를 순식간에 떨어뜨린다.

그 순간에 피하든가, 카운터를 선택해야겠지.

적확한 상황 판단 능력과 그것을 지탱할 만한 신체가 있어야만 체득할 수 있는 오의 같은 기술일 거야.

"하지만…… 나도 사고 가속과 신체 강화 스킬을 습득했고, 풍룡의 힘으로 마력 장벽을 만들 수 있을지도 모르고, 회복 마법만이라면 레인스타 경에게 뒤처지지는 않을 거야."

나는 꿈에서 봤던 레인스타 경의 전투 방식과 움직임을 흉내 내어 자기 것으로 삼을 수 있는 것이 있다면 탐욕스럽게 흡수하기로 했다.

주위를 보자 스승님과 라이오넬만 일어나 있었다. 그래서 잠깐 눈을 붙이라고 권했다.

"스승님, 라이오넬, 제가 일어났으니, 불침번을 맡기고서 조금이라도 눈을 붙여요."

"자는 동안에 무슨 일이 있었나?"

윽, 역시 스승님은 예리하다. 그러나 암룡에 관해 말하면 귀찮아질 것 같아서 고개를 갸웃거렸다.

"루시엘 님, 제국병과 싸울 때 말입니다만 전 분명 힘을 조절할 여유 따윈 없겠지요. 그래서 루시엘 님이 마법으로 약체화시킨 경우를 제외하고서 모조리 베어버리기로 했습니다."

라이오넬이 각오를 굳혔다. 스승님과 어떤 대화를 나눴는지도 모르겠다.

"그래? 그래도 지인이나 도와주고 싶은 사람이 있다면 사양하지 말고 말해줘."

"예."

라이오넬이 그렇게 말하고서 벽 쪽으로 이동했다.

그 뒷모습을 보고서 제국을 공격하겠다고 말했을 때부터 그가 발했던 험악한 투기가 사그라졌음을 깨달았다.

"지금까지는 눈치채지 못했는데 평상시 라이오넬로 돌아간 느낌이야. 그렇다면 라이오넬도 그동안에 마음이 심란했을지도 모르겠군."

뭐든지 완벽하게 수행하는 라이오넬에게도 고민거리가 있음을 알았다. 저마다 인내하며 살아가고 있음을 다시금 일깨워 줬다. 나는 모두가 일어날 때까지 검을 묵묵히 계속 휘둘렀다.

에스티아가 맨 먼저 눈을 떴고, 잇달아 케티, 케핀이 일어났다.

라이오넬이 일어날 때까지 케핀에게 조금만 대련 상대가 되어 달라고 부탁하기로 했다.

"해보고 싶은 게 좀 있어. 케핀, 가볍게 대련을 해주지 않겠어?"

"별난 일이군요. 물론 루시엘 님의 부탁이라면 언제든지

"고마워. 내가 방패를 들 테니 전력으로 공격해. 다만 치명상을 입을 만한 공격을 피해줬으면 좋겠어."

"그렇게까지 위험한 짓은 하지 않습니다. 다만 루시엘 님이 방어밖에 하지 않으신다면 팔이나 다리가 몸통에서 떨어지는 사태는 각오해 주십시오."

"그래. 부탁해."

케핀이 조금 뜻밖이라는 표정을 짓고서 검을 쥐었다.

나도 마법 주머니에서 방패를 꺼내어 심호흡을 한 번 하고서 케핀을 향해 들었다.

"언제든지 시작해."

"그럼 갑니다."

그 순간 케핀의 몸이 흐릿해졌다.

역시나 예상했던 대로 케핀은 신체 강화의 숙련도가 올라가서 꽤 강해졌다.

나도 곧바로 신체 강화를 발동하면서 에어리어 배리어를 전개했다. 또한 체외에 방출시킨 마력을 제어하여 마력 장벽을 만들었다.

기척과 마력을 느끼며 케핀의 움직임을 찾았다.

슝, 소리가 나더니 정말로 딱 한순간 케핀의 공격이 느려진 듯했다.

그러나 그 대가로 팔이 조금 베였다.

하지만 분명 유효한 전법이다. 속으로 그렇게 타이르며 대련을 계속했다.

"봐주지 마. 계속 와."

마력 장벽에 투입하는 마력을 더 늘렸다. 또한 밀도를 높이며 단단한 방패를 상상하며 구현해 나갔다.

그러자 우선은 방패로 케핀의 공격을 방어할 수 있게 됐다. 나는 마력 장벽을 더욱 단단하게 굳혀나갔다.

그 결과, 정말로 아슬아슬하긴 했지만, 열 번에 한두 번은 공격을 피할 수 있었다.

"케핀, 공격했을 때 무언가를 느꼈어?"

"아뇨, 특별히 느낀 건 없습니다. 다만 루시엘 님의 반응 속도가 올라간 것 같은 느낌입니다만……."

케핀이 그렇게 말하고서 고개를 갸웃거렸다.

"그래? 마력 장벽을 두껍게 늘려서 케핀의 공격이 장벽에 닿는 순간 속도가 느려진 것 같았는데, 어쩌면 위기를 감지하고서 집중력이 늘어나서 그렇게 느꼈는지도 모르겠군. 그리고 조금 피곤해졌어."

이것을 체득하려면 시간이 걸릴 듯했다. 그러나 또 새로운 목표가 생겨서 나는 솔직히 기뻤다.

"매일 꾸준히 개선하려고 노력하는 게 루시엘 님의 장점이죠."

"아니, 이건 모두의 덕분이야."

이번에는 과거의 전투를 보여줬던 어둠의 정령과 이 세계에 오고 나서 빼먹지 않았던 마력 조작과 마력 제어 덕분이었다.

더 일찍 깨달았어야 했는데…….

그러나 지금은 기뻐하자. 내가 죽지 않는다면 아무도 죽지 않을 확률이 높아질 테니까.

그다음에는 에스티아에게 대련을 부탁했다.

만약에 마력 장벽이 마력검에 베이면 어떻게 될지 확인하고 싶었다.

그러자 놀라운 결과가 벌어졌다.

케핀이 공격했을 때와 달리 마력검이 마력 장벽에 닿자, 그 속도가 단번에 떨어졌다.

"뭔가 느꼈어?"

"예. 아주 단단한 것에 막힌 것 같은 느낌이 들었습니다."

"그랬구나."

상대의 공격에 마력이 담겨 있으면 마력끼리 반발하는지도 모르겠네.

왠지 스승님이 단련시켜 준 내 무기의 완성형 이미지가 보이는 것 같기도 했다.

생각을 정리하며 요리하고 있으니, 완성될 즈음에 스승님과 라이오넬이 일어났다. 수면 시간이 너무 짧아서 걱정이군.

제국에 가기 전에 푹 자기로 약속하고서 식사했다.

그리고 41계층으로 내려갔더니 바로 앞도 보이지 않는 암흑 공간이 나왔다.

"이 상태에서는 함정을 찾는 것도 어렵겠군. 루시엘, 라이트로 비춰라."

"어쩔 수 없네요. 즉사할지도 모를 함정에 빠지는 것보다는 마물과 싸우는 편이 더 나으니까요. 만일에 사태 때는 제가 물체X 통을 안고서 앞장서겠습니다."

"그랬다가는 뒤에 따라가는 우리의 후각도 망가지잖아."

"핫핫핫."

"환해지면 마물들이 밀려들면서 함정이 발동될지도 몰라요. 그러면 이후로는 탐색이 조금 편해지겠죠."

나와 스승님의 사이에 케핀이 끼어들었다.

"그럼 50계층을 향해 가자."

""""""옙(예).""""""

종전대로 스승님이 선두에서 걸어갔다. 나는 방패 대신에 라이트를 들기로 했고, 다른 사람들에게 전투를 부탁했다.

라이트로 앞을 비추니 지금껏 싸워왔던 마물들이 이쪽으로 몰려드는 게 보였다.

그 이후에는 전투의 연속이었다.

역시나 모든 공격을 다 대처할 수는 없었다. 스승님과 라이오넬을 비롯하여 모두 적잖이 다쳤다.

그만큼 마물들도 많이 쓰러뜨렸다. 스승님과 라이오넬은 레벨이 올랐는지 움직임이 점점 좋아지는 듯했다.

지도 작성을 포기하고 계단을 만나면 곧장 진행했다.

그렇게 45계층을 넘자, 느닷없이 인간형 마물이 출현하기 시작했다.

다크 나이트라는 머리가 없는 기사 마물과 섀도 나이트라는 리빙 아머가 그림자에서 출현했고, 46계층부터는 듀라한이 나왔다.

인간형 마물이 출현하자 동료들의 움직임도 좋아졌다.

스승님은 대인전을 좋아하고, 라이오넬과 케티는 제국 군인이었기에 원래부터 대인전 전문가였다.

케핀과 에스티아의 움직임은 변함이 없었다. 그러나 적의 공격을 읽어내기가 편해졌는지 적극적으로 움직였다.

물론 나도 마찬가지였다. 상대의 공격을 읽기가 훨씬 쉬웠다.

나는 마력을 불어넣은 마력검으로 적들을 베어 나갔다.

그렇게 전투는 순조로웠지만, 이상하게도 보물함은 하나도 발견하지 못했다.

그렇게 50계층 보스방 앞까지 왔을 때였다.

안에서 엄청난 굉음이 울렸다.

18 엉뚱한 전초전

50계층 보스방 앞에서 굉음이 울리자, 우리는 발걸음을 멈췄다.

"방금 그 굉음은 안에서 들린 거지?"

스승님이 뒤를 돌아보며 확인했다.

"예. 아마도 먼저 온 손님이 있는 것 같네요."

"왜 함정이나 보물함이 없었는지 이제야 납득이 갑니다. 여기까지 왔으니 상당한 실력자가 아닐까요?"

"여길 돌파했다면 틀림없겠지요."

스승님이 그란돌의 모략의 미궁에서 듀라한을 봤을 때, 혼자서 쓰러뜨릴 수 있다면 A랭크 실력은 있다고 말했으니까.

다만 내가 느끼기에 모략의 미궁에서 조우했던 듀라한이 이곳보다 강했던 것 같다.

단순히 우리가 강해졌기 때문인지, 아니면 이 미궁의 적이 암흑이라는 어드밴티지를 활용하지 못했기 때문인지는 모르겠지만......

그런 실력자들이 사신을 소환하여 언데드가 되지 않기를 바랄 뿐이었다.

"그래? 어쨌든 여기서 기다리는 수밖에 없겠군."

"마물들이 점점 몰려들고 있다냥."

"루시엘 님, 라이트를 끌까요?"

이미지에 몸놀림이 제법 따라왔으니, 지금은 조명을 꺼도 문제없이 버텨낼 수 있다.

더욱이 보스방 앞에 있으니 함정에 걸릴 일도 없다.

이제는 각자 판단하여 마물들과 싸우면서 레벨을 올리거나, 전투 감각을 되찾으면 되겠지.

나는 우선 모두의 의견을 듣기로 했다.

"나는 괜찮은데, 스승님과 라이오넬은 어떻게 하겠습니까? 레벨을 더 올리실 게 아니라면 끝까 합니다만."

"아직 멀었어."

"괜찮다면 레벨을 조금 더 올리겠습니다."

스승님과 라이오넬은 역시나 자신의 실력을 올리는 것만큼은 탐욕스러웠다.

"케티는 어쩔래?"

"숫자가 많아서 정신적으로 지쳤다냥. 그래도 문제없이 싸울 수 있다냥."

케티는 별로 싸우고 싶어 하는 눈치가 아니었지만, 실은 기운이 남아있다는 걸 모두가 간파했다.

"케핀은?"

"조금만 더 싸우고 싶군요. 제국에서 일을 마친 뒤에 블랑주 공국에 가실 거죠?"

"응. 아직 정해지진 않았지만, 그럴 작정이야."

"그렇다면 실력을 더 커워두고 싶습니다."

케핀은 미래를 고려하여 실력을 키워두고 싶구나.

블랑주 공국은 인족지상주의가 만연한 나라다. 그렇기에 실력을 키워두고 싶다는 그 마음도 알겠다.

케핀이 케티를 힐끗 쳐다본 것을 보니 그가 왜 실력을 키우려는지 알 것 같았다.

"에스티아는 어쩔래?"

"그렇게까지 지치지는 않았지만, 슬슬 무기가 버틸 수 있을지 걱정됩니다."

에스티아는 오래전에 건네줬던 성은(聖銀)의 검을 여전히 쓰고 있었다.

"그래? 스승님을 포함하여 다들 그란츠 씨가 제작한 장비를 쓰고 있던가? 다음에 에스티아의 무기도 만들어달라고 하자. 일단은 마법 주머니 안에 남아있는 걸 줄게."

나는 마법 주머니 속을 뒤져서 에스티아가 갖고 있는 것과 동일한 성은의 검을 집었다가, 문득 옛날에 스승님이 전별 선물로 줬던 미스릴 검이 생각나서 함께 꺼냈다.

"스승님, 괜찮겠죠?"

"하핫. 무기는 누가 써줘야만 빛이 난다. 보관만 하는 건 의미가 없지."

"그렇죠? 에스티아, 둘 다 빌려줄 테니까, 써보고 원하는 쪽을 골라."

"감사합니다."

"그럼 보스방의 전투가 끝나거나, 피로해지면 물체X를 놓거나 라이트를 끄도록 하자."

"그래."

""예(냥).""

""옙.""

그리하여 우리는 미궁에서 생성되는 마물들을 쓰러뜨리기로 했다.

여전히 다크 나이트, 섀도 나이트, 듀라한이 출현했다. 그리고 신화에 등장하는 고르곤처럼 머리카락은 뱀으로 되어 있고, 사람 얼굴이 달린 마물이 나타났다.

라이오넬은 공격을 대형 방패로 받아내고서 각 부위를 쳐냈다. 그리고 마지막에는 호쾌하게 베어버렸다.

케티와 케핀은 연계하여 좌우에서 연격을 가했다. 그리고 에스티아가 물 흐르듯 마무리를 지었다.

그리고 나는 모두의 상태 이상을 회복하면서 대련 때 시도했던 마력 장벽도 이용하면서 마력검으로 마물과 싸웠다.

"루시엘 님의 마력검 위력이 심상치가 않습니다. 그것만으로도 일격필살이라 할 수 있겠죠."

케핀이 감탄했는지 칭찬해줬다.

마력검에 주입하는 마력을 의식하면 속성을 구분해서 쓸 수도 있다. 레인스타 경처럼 자연스럽게 구사할 수 있도록 단련해 나가자.

"그리 말해주니 기쁘네. 하지만 일격을 가하는 것보다 치명상을 피하는 게 내 과제라고 생각해. 그게 가능하다면 생존율이 단번에 올라갈 거야."

"몸을 던지는 공격은 이제 하지 않는 거냥?"

케티가 예전에 스승님에게 혼났던 일을 거론하며 놀리자, 나는 웃으면서 속내를 털어놨다.

"그때는 그게 가장 생존 가능성이 커서 그런 거지, 다른 방법이 있다면 하고 싶진 않아."

"루시엘 님은 그렇게 말하면서도 또 할 것 같다냥."

"루시엘 님이 그런 결단을 내려야만 하는 상황을 만들지 않는 게 우리의 역할이다."

케티가 말하자 라이오넬이 타일렀다. 그러자 케티는 더는 골려줄 수가 없게 됐다며 한숨을 내쉬었다.

"루시엘 님이 없어지면 강고한 방어 마법도, 회복 마법도 없어지면서 전력이 단숨에 저하되니까요."

"나도 정진할게…… 이 기척은 놈인가?!"

내가 이 파티의 핵심인 것처럼 들리는 발언을 에스티아가 해줬다. 그래서 그에 부응할 수 있도록 최선을 다하겠다고 선언하려고 했더니 죽음을 연상케 하는 강력한 위압감이 갑자기 나타났다.

"예, 틀림없겠지요."

라이오넬이 곧바로 동의했다.

"이, 이 온몸을 떨게 만드는 위압감의 정체를 압니까?"

"혹시 사신?"

케티의 어미에 냥 자가 붙지 않았다.

케티가 창백해진 얼굴로 라이오넬에게 진지하게 물었다. 대신에 내가 대답했다.

"맞아. 틀림없이 사신이야. 안에 있는 사람들은 구할 수 없겠지만, 필연적으로 안에 있는 상대를 정화해야만 해."

"모두 움직이지 마."

에스티아가 아니라 어둠의 정령이 바깥으로 나와 있는 상태에서 검은 안개가 우리를 휩쌌다.

"이건?"

『상대는 신. 그러나 어둠의 마력 속에 있으면 들키지 않을 터. 역시나 사신을 쓰러뜨리는 건 어려울 테니 이대로 대기한다.』

"알겠어. 다른 사람들도 에스티아의 말을 따라줘."

나는 그렇게 전했다. 그런데 스승님만이 당장에라도 문을 열고서 뛰어들 것처럼 살기를 뿜어내고 있었다.

그렇게 우리는 사신의 기척이 사라질 때까지 기다리기로 했다.

그로부터 1분도 채 지나지 않아 위압감은 사라졌다. 그러나 어둠의 정령은 어둠의 마법을 좀처럼 풀지 않았다.

"에스티아, 이제 괜찮지 않을까?"

『녀석은 교활하다. 사라진 척 꾸미면서 이쪽 동태를 엿보고 있을 터.』

사신도 잘 알 것 같은 어둠의 정령이 내린 지시이니 따르기로 했다.

"이번에는 에스티아의 지시를 따르도록 하자. 그리고 마물이 서서히 다가오고 있으니 준비해. 마물을 쓸어버린 뒤 시간을 좀 두고서 안에 들어가자."

내가 그렇게 선언하자 다들 끄덕였다.

그렇게 마물이 다가오는 걸 세 번을 처리한 후에야 보스방에 진입했다.

문을 여니 윗층의 보스방과는 달리, 여느 미궁의 보스방처럼 환했다.

그러나 안에서 기다리던 건, 인간도 예상했던 언데드도 아니었다.

다섯 명의 마족이었다.

"왜 마족이 미궁을 답파하지? 그리고 사신이 있었는데, 어째서 언데드로 변하지 않았지?"

나는 질문하면서 마법진 영창을 시작했다.

그러자 마족 중 하나가 고압적으로 말을 걸었다.

"열등종 놈들이 상위종인 우리한테 신분도 밝히지 않고 질문을 하다니, 방자하구나!"

"그거 미안하게 됐네. 난 현자 루시엘. 마물과 마족을 쓰러뜨리는 일을 생업으로 삼은 사람이야."

"오호? 미궁 털이꾼이 치유사가 아니라 현자가 됐을 줄이야. 이래서야 제국도 버겁겠군."

아니?! 사신이 그란돌 미궁에서 했던 말을 눈앞에 있는 마족이 똑같이 말했다.

설마 사신이 암룡의 봉인을 풀지 못하도록 마족을 조종했던 건가? 나는 동요하여 거친 목소리로 물었다.

"근데 아까도 물어봤지만, 왜 미궁에 마족이 있지?"

"미궁에 잠들어 있는 보물을 찾기 위해서지. 뭐, 사신님이 나타나서 약간 놀라긴 했지만."

사신이 배치한 마족이 아닌가? 사신이 불러들였다면 사전에 나타날 것을 알았을 터.

그렇다면 분명 저들도 마족화한 존재겠지.

"너희들은 순수한 마족이 아니구나? 제국에서 마족이 된 자들인가?"

"크크크. 그런 조잡한 것들과 똑같이 취급하지 마라. 우린 제국 특수부대다."

역시나 순수한 마족은 아닌 듯했다. 그러나 그 말투로 보아 일반적으로 마족화한 자들과도 다른 모양이다.

나는 라이오넬과 케티의 얼굴을 곁눈으로 봤다. 그러나 두 사람도 모르는지 고개를 가로저었다.

"그래서 특별하게 마족화돼서 뭘 이루려는 거지? 블랑주 공국의 수하로 돌아갈 생각인가?"

"크크크. 이래서 열등종이라 불리는 거야. 우리가 딴 나라 밑에 붙을 리가 없지."

"당연히 우릴 못 본 척 넘어가지도 않겠지?"

"그래. 넌 라이오넬 님이 방해물이라고 염려했던 남자이니까. 그 머리를 갖고 돌아가도록 하마."

적 모두가 일제히 무기를 들었다.

"마지막으로 딱 두 개만 물어봐도 될까?"

"우린 관대하니 마지막 부탁쯤은 들어주지."

"그럼 기꺼이 물어보지. 너희들의 수장은 황제인가? 아니면 전귀 장군?"

"황제? 그딴 살아 있는 시체를 따르고 있다고 생각하나?"

다른 네 마족들도 웃음을 터뜨렸다.

아마도 마족 부대를 이끄는 자는 크라우드인 모양이군.

"마지막으로 인족으로 되돌아갈 수 있다면, 그러고 싶나?"

"그럴 리가 없지. 자, 우리의 압도적인 힘을 몸소 느끼다가 죽어라."

"아쉽군."

나는 무영창으로 '생추어리 서클'을 발동시켰다.

그 순간 스승님과 라이오넬을 선두로 모두가 일제히 돌격했다.

한순간 비쳤던 라이오넬의 얼굴은 평소와 달리 귀신처럼 험악했다. 그것이 진정한 전귀 장군이었던 라이오넬의 모습임을 실감했다.

마족이 된, 자신들을 제국 특수부대라고 자칭했던 자들이 절규를 지르면서 고통스러워했다. 그럼에도 어떻게든 싸우려고 했지만, 순식간에 최후를 맞이했다.

1분도 채 지나지 않아 섬멸전은 종료됐다.

나는 혹시 몰라서 다시금 생추어리 서클을 발동했다. 아직도 살아 있었는지 제국 특수부대는 절규를 내지르며 푸르께한 화염이 되어 사라졌다. 그 자리에는 장비만이 남았다.

살짝 허무함이 밀려들었지만, 일단 미궁을 답파했다는 사실을 다 함께 공유하기 위해 나는 모두의 곁으로 걸어갔다.

19 암룡의 생각

제국 특수부대는 마족화로 얻은 힘에 도취했던 자들이었기에 전투 자체는 문제없이 끝났다.

안타깝게도 정보를 별로 캐내지는 못했다.

어느 정도는 힘을 보유하고 있었을 테지만, 아마 그들은 버리는 기물이었을 가능성이 높다.

그렇지 않다면 속사정을 이토록 술술 내뱉을 리가 없겠지.

그나저나 마족이 됐다고는 해도 원래 인족이었던 자의 목숨을 빼앗는 건 익숙하지 않고, 기분 좋은 일도 아니었다.

"루시엘 님, 살았습니다. 설마 머리를 날렸는데도 살아 있을 줄은 몰랐습니다."

"생명력이 올라가서 놀랐어. 나도 혹시 몰라서 발동했을 뿐이니 이번에는 운이 좋았다고 생각하고 다음번 전투 때 주의하자."

"예."

"이 장비는 어떻게 할 거냥?"

원래 말투로 되돌아간 케티가 마족의 장비를 가리키며 물었다.

"혹시 모르니 정화하고서 전부 갖고 돌아갈 작정이야. 다만 그 커다란 마석은 만지지 마."

"당연하다냥."

"루시엘 님, 저기에 귀환 마법진이 나타났습니다."

에스티아가 찾아낸 지점에 마법진이 있었다.

그리고 그 안에는 봉인의 문이 존재하고 있었다.

"루시엘 님, 역시 봉인이 있는 건가요?"

"그래. 전투가 벌어지지 않기를 기도하면서 봉인을 해제하고서 암룡을 해방할게."

"무운을."

그러자 스승님이 손으로 내 어깨를 쥐었다.

"스승님?"

"동행할 수 있는지 시도해도 되겠나?"

"아, 예. 그럼 라이오넬, 뒷일을 맡길게. 이번에는 조금 오래 걸 릴지도 몰라. 하루 넘게 지났는데도 내가 나오지 않는다면 에비 자로 먼저 돌아가."

"지금까지는 아무리 길어도 몇 시간이었습니다만?"

"수룡과 풍룡 때는 시간이 꽤 걸렸어."

"정말로 하루만 기다립니까?"

"어. 나한테는 포레 누와르가 있으니 돌아갈 때도 문제는 없어. 그때 나만 말을 타고, 모두 도보로 에비자에 돌아가면 마음이 편 치 않아서……."

"루시엘 님의 조기 귀환을 기원하겠습니다."

"마찬가지로 기원하겠다냥."

"루시엘 님 믿습니다."

"선풍, 맡기겠다."

"그래."

완전히 곧바로 문을 여는 전개처럼 굳어지고 말았다.

그러나 이번에는 만전을 기하지 않으면 위험하다고 생각하므로 모두의 오해를 풀기로 하자.

"문을 열 때 마력이 빨려들어서 휴식은 하고 갈 거야."

그러자 모두 내가 민망해하는 얼굴이 우스꽝스러웠는지 웃음을 터뜨렸다.

그러나 웃을 수 있는 건 그때까지였다.

평소처럼 문에 손을 대니 마력이 빨려들었다. 문양에 흑자색 빛이 서서히 부각됐다.

그리고 문이 열렸을 때였다.

나는 생추어리 서클을 무영창으로 발동하면서 문 정면에서 옆으로 뛰었다.

그 순간, 굉음과 함께 결계에 금이 생기더니 흑자색 광선이 결계를 뚫어버렸다.

나는 곧바로 모두의 안부를 확인했다. 광선이 지나갔던 자리에 아무도 없었는지 모두 무사했다.

설마 느닷없이 공격을 가할 줄은 몰랐다.

어떻게든 온건하게 해결하고 싶었지만 이로써 전투는 확정인가?

마음을 다잡고서 지시를 내렸다.

"안 되겠다. 모두 곧바로 탈출해. 아까 공격은 틀림없이 암룡의 브레스야. 이 방이 멀쩡하리라는 보장은 없어."

"루시엘 님, 반드시 무사히 돌아오겠다고 약속해 주시겠습니까?"

"그래. 만약에 내가 일주일이 넘었는데도 돌아오지 않는다면 제국으로 가는 예정도 취소야. 케핀, 케티, 에스티아는 라이오넬을 잘 감시하도록. 뭐, 믿고서 기다려."

"루시엘 님은 노쇠 이외에는 죽지 않으리라 믿습니다."

"그래. 그리고 스승님도 함께 가주세요."

"어째서 지나갈 수 없는 거야!! 루시엘, 어깨 좀 빌려줘."

스승님은 브레스가 지나갔던 부근을 여러 번 수색했다. 그러나 문에 손을 대니 아무것도 없는 것처럼 몸이 스르륵 빠져나갔다.

스승님이 내 어깨를 쥐고서 봉인문을 통과해 봤지만, 역시나 몸이 봉인문을 빠져나갔다.

"스승님도 함께 돌아가세요."

"꼭 무사히 돌아와라."

"예."

"루시엘 님이라면 봉인을 풀 거라고 믿겠습니다."

"루시엘 님이 없으면 곤란한 사람들이 많고, 아직도 할 일이 많다냥."

"루시엘 님, 절대로 포기하지 마세요."

"루시엘 님, 저 앞을 함께 나아갈 수 없어서 수행원으로서 매우 분합니다. 그러니 반드시 살아서 돌아오세요. 그리고 제국에서 우리가 활약할 기회를 주십시오."

"그래. 반드시 살아서 돌아갈게. 무슨 일이 있을지 모르니 다들 조심해서 에비자로 돌아가."

내 말을 듣고서 제국 특수부대를 쓰러뜨린 뒤 출현한 귀환의 마법진을 이용하여 모두 미궁 밖으로 돌아갔다.

"자, 가볼까? 전력이 아니었다고는 해도 사신이 부술 수 없었던 결계를 파괴했으니 꿈에서 봤던 암룡의 브레스인 건 틀림없겠지. 부디 말이 통하는 용이기를."

나는 그렇게 중얼거리고서 단숨에 계단을 뛰어 내려갔다.

"30계층만큼 어둡네. 암룡이여, 내 목소리가 들립니까?"

『고작 인간 나부랭이가 이 몸에게 말을 걸다니, 목숨 아까운 줄 모르는구나.』

"꿈에서 봤던 대로 인족을 혐오하는군요. 레인스타 경이 새로운 세계를 만들지 않았습니까?"

『놈은 거짓말쟁이다. 이 몸을 실컷 부려먹고도 모든 걸 이루기 전에 죽어버렸으니까.』

"레인스타 경은 공중도시를 만들었고, 세계의 중심에 교회를 세웠고, 기술국가를 만드는 등 사람들이 살 수 있도록 노력은 했잖아요? 용족이나 장명종족에 비해 인족은 수명이 짧아요. 그래도 약속을 지키려고 최선을 다하지 않았습니까?"

『과정보다는 결과가 중요하다. 그 녀석은 인족보다 조금 오래 살았지만, 결국 이루지 못하고 죽었지……. 이 몸과의 약속을 어겼다. 이 흉흉한 사슬만 없다면 이 몸이 세계를 파괴하러 나갔을 것을.』

이때 암룡이 거짓말을 했음을 알아챘다.

왜냐면 암룡은 최근 50년 이내에 봉인됐을 것이다. 아무리 길어도 백 년은 지나지 않았겠지.

그런데 3백 년 전에 죽었던 레인스타 경과의 약속을 지키고서 여태껏 세계를 파괴하지 않았다.

분명 암룡이 레인스타 경이 그렸던 세계를 믿고 있었기 때문이라고 나는 짐작했다.

더욱이 아까 50계층에 발사했던 브레스의 위력은…….

"아까 그 브레스로 세계를 파괴하려고 했습니까?"

『그렇다. 만물을 파괴하는 이 몸의 브레스로 세계의 질서를 되찾겠다.』

격이 높은 상대 앞에서 한순간이라도 긴장을 푼다면 그걸로 끝장이다.

나는 마력을 구축하면서 암룡에게 물었다.

"하지만 지금은 그조차도 할 수 없어요. 파괴 후를 맡아줄 광룡의 봉인은 아직 풀리지 않았으니까."

『감히 내 앞에서 거짓을 토하는구나. 광룡의 봉인은 이미 풀렸다.』

암룡의 위압감이 단번에 늘었다. 그 속에는 분노가 깃들어 있었다.

하지만 중요한 건 그게 아니다.

"예?! 제가 만난 건 성룡, 염룡, 토룡, 뇌룡, 수룡, 풍룡뿐입니다! 광룡은 풀지 않았다고요!"

『네놈이 봉인을 풀었는지 아닌지는 알 바 아니다. 중요한 건 봉인이 풀렸다는 것이지.』

나는 각오를 굳혔다.

"만약 제가 당신에게 걸린 사신의 저주를 풀면 어떻게 된 건지 설명해 주시겠습니까?"

『그래, 좋다. 이 몸을 따르게 하고 싶다면 레인스타처럼 인정받아 봐라.』

"약속한 겁니다? 스읍, 하아. 그럼 갑니다."

평소였다면 곧바로 생추어리 서클을 발동했겠지만, 이번에는 다르다.

레인스타 경의 전투법을 흉내 내는 게 중요한 게 아니다. 암룡이 나를 믿게 해야 한다.

"【성스러운 치유의 손이여, 만물의 근원인 대지의 숨결이여, 바라노니 마력을 양식으로 천사의 빛나는 날개와 같은, 더러움으로부터 몸을 지키는 성역을 생성하는 갑옷을 만들어 주소서. 생추어리 아머】."

생추어리 아머는 생추어리 서클을 작게 응축한 것이다. 만약에 암룡이 브레스를 쏘더라도 회피할 시간 정도는 벌어줄 거다.

『자, 동포들의 힘을 빌려서 덤벼라.』

"【풍룡이여, 하늘을 자유자재로 비상하는 날개가 돼라】."

마력 장벽을 발치에 만든 뒤 발판처럼 딛고서 뛸 수 있는지 시도했는데, 무난하게 성공했다.

그러나 좋아할 틈은 없다. 나는 영창으로 마력을 더욱 고조시키면서 암룡에게 다가갔다.

『스스로 브레스를 맞으러 다가오다니, 어리석구나! 그대로 죽어라.』

암룡이 날 향해 브레스를 뱉었다.

흑자색 브레스가 나를 집어삼켰다.

『……덧없구나. 그토록 기대하게 해놓고는, 역시나 레인스타의 수준에는 미치지 못하는가.』

처량한 염화가 내 머릿속에 울렸다.

"힐."

나는 암룡의 뒤에서 힐을 발동했다. 푸르께한 빛이 암룡을 둘러쌌다.

『크윽, 네놈, 아직 살아있었나!』

암룡이 괴로워하며 말했다.

"당연하죠. 저는 아직 죽고 싶지 않거든요. 다짜고짜 브레스가 날아온 건 조금 당황스러웠지만요."

『……어떻게 한 거지? 분명 브레스에 휩쓸리는 걸 봤는데.』

"그건 제 분신입니다. 염룡과 수룡의 힘으로 마력 물체를 만든 뒤 마력이 빠져나가지 않도록 제어하면서 뇌룡의 힘을 써서 단숨에 당신의 뒤로 움직인 거죠."

『그런 짓을 할 수 있다고?』

"예, 그래봤자 잔기술이지만요. 브레스를 피할 수 있었던 건 당신이 일부러 빈틈을 줬기 때문이죠. 아닌가요?"

『뭐라고! 이 몸이 그런 짓을 할 리가 없잖는가!!』

"그럴까요? 레인스타 경에게 쐈던 그 완전한 브레스였다면 저는 피할 틈도 없이 사라졌을 겁니다."

『……』

"게다가 당신은 저를 마력과 기척만으로 인지하는 상태이죠? 그래서 이런 잔기술이 통한 거고요. 대체 어떻게 사신의 저주를 버티고 있는 겁니까?"

암룡은 이미 사신의 저주로 몸에서 사악한 기운이 흘러넘치고 있었다. 힐로 몸이 잠깐 보였을 때도, 신체 대부분이 썩거나 이미 뼈가 되었다.

이제껏 버틴 게 신기할 지경이었다.

『언제부터 알고 있었나?』

"당신이 처음 브레스를 쐈을 때부터입니다. 어둠의 정령이 당신과 레인스타 경이 싸웠던 과거를 보여줬기에, 저는 위력을 이미 알고 있습니다. 만약 당신이 만전이었다면, 제 결계로 버틸 수 있을 리 없습니다. 그래서 힘 조절을 했거나 혹은 전력을 다할 수 없는 상태라고 짐작했지요."

『동포들을 해방한 게 단순히 요행은 아니었던 모양이군. 겁을 내거나 만용을 부려서 할 수 있는 일이 아니다. 운명에 맞서고자 노력을 아끼지 않으면서도 평온한 삶을 목표로 하는 자라…….

그대에게 묻겠다. 세계의 질서를 어떻게 지킬 작정이지?』

　그런 장대한 주제를 물어본들 범인(凡人)인 내게 대단한 방책 따위 없다. 그래서 대신 내 생각을 전했다.

　"저는 그런 거창한 이야기는 모릅니다. 다만 저는, 이 세계의 수많은 사람이 영원히 싸워야 할 만큼, 세상이 좁지는 않다고 생각합니다."

　『그들이 공존을 실천할 수도 있다는 말이냐? 그렇다면 어째서 레인스타는 동족끼리 싸우는 걸 막지 못한 것이냐?』

　"그것이 사람의 삶이라서 그런 게 아닐까요. 남보다 풍요롭게 살고 싶다, 남보다 행복해지고 싶다, 남보다 사랑받고 싶다. 그런 욕구가 있기에 다투는 거니까요."

　『그러면 사람은 계속 싸운다는 뜻이 아닌가?』

　"꼭 그렇지만도 않습니다. 사람은 옆에 있는 자와 손을 잡을 수도, 놓을 수도 있는 종족입니다. 한 사람이 옆에 있는 사람의 손을 잡고, 나머지 한 손으로 또 다른 누군가의 손을 잡는다면 다툼은 없어지겠죠. 물론 손을 잡는 것보다 욕망을 우선할 자도 많습니다만."

　『역시나 인간이라는 존재는 실패작이로군.』

　"당신들이 보기에는 불완전한 존재겠지요. 하지만 그게 전부는 아닙니다. 과거를 반성하고 그걸 양식으로 삼아 앞으로 나아가는 것 또한 사람이기 때문입니다."

　『그렇다면 레인스타는 그들이 나아가도록 하지 못한 것인가?』

"레인스타 경은 사람을 치유하는 교회를 설립했고, 인간들이 살아가기 쉬운 환경을 만들기 위해 기술자들의 마을을 만들었습니다. 마법을 연구하는 나라를 세워서 발전하기 위한 씨앗을 뿌렸습니다. 모두 사람이 나아가게 하는 과정이었지요. 하지만 모든 걸 실천하기에는 그는 시간이 부족했고, 결국 그의 뜻은 세월에 의해 풍화된 게 아닐까요."

추측일 뿐이지만.

『녀석을 높이 평가하는구나. 그렇다면 네놈이 녀석의 후계자가 되면 된다.』

암룡은 조금 기뻐하듯 그렇게 말했다.

그러나 나는 레인스타경이 아니다. 내가 할 수 있는 것은 가능한 범위에서 노력하는 것뿐이다.

"아뇨, 저는 평온한 삶을 살기 위해 제가 할 수 있는 노력할 뿐입니다. 과도한 기대에 부응할 수 있는 사람이 아니지요. 광룡의 건만 봐도 그렇습니다. 전 전혀 모르고 있었는데, 이미 봉인이 풀렸다고요?"

『그래. 다만 이상하게도 녀석의 의식은 전생하지 않고 아직도 현세에 머물고 있다.』

암룡이 재미없다는 투로 귀중한 정보를 내놓았다.

그때 문득 돈가하하에게서 들은 이야기가 떠올랐다. 혹시 블랑주 공국의 '세계를 통제하는 힘'이란 게 광룡을 가리키는 건가? 그렇다면 광룡에 관한 정보를 더 읽고 싶은데.

"광룡이 언데드로 변했을 가능성은 없습니까?"

『그럴 일은 없다. 성룡과 달리 광룡은 모든 상태 이상이 통하지 않는다.』

"그렇다면 봉인이 풀린 뒤에 뭔가 바뀐 점은 없었습니까?"

『목소리가 닿지 않는 경우가 늘었다.』

상태 이상이 무효일지라도 의식을 빼앗길 수는 있다는 말인가?

"만약에 광룡과 대치했을 때, 공격에 대항할 수 있겠습니까?"

『브레스에 브레스로 대항한다면 이 몸은 지지 않는다. 뭐, 싸울 이유도 없다만.』

전혀 참고가 되지 않는 말이었다.

"만약에 예속시키도록 설정된 소환 마법진으로 광룡을 소환하면 어떻게 됩니까?"

『예속되겠지. 소환은 곧 계약이니까.』

"계약의 해주도 가능합니까?"

『가능하다. 다만 이 몸이라면 해주 하는 순간, 그 나라를 멸망시키겠지. 광룡 녀석은 어떻게 나올지 모르지만.』

"혹시 인족을 마족으로 만드는 방법을 광룡한테 쓰면 어떻게 됩니까?"

『그런 경우는 본 적이 없어서 단언할 수는 없지만, 우리는 마핵을 갖고 있으니 통하지 않을 거다.』

"그렇군요. 알겠습니다. 이제 당신한테 걸린 사신의 저주를 해주 해도 되겠습니까?"

『현자 루시엘이여, 많은 것을 바라지는 않겠다. 허나 레인스타를 위한다면, 네놈이 생각하는 세계를 구축해 보여라.』

"……가능한 범위에서만 노력할 겁니다."

『훗. '광룡을 제외한 모든 동포를 해방한 녀석의 가능한 범위' 말이지.』

"예?! 모든 용이요? 이 목걸이에는 보옥이 9개 들어가는데, 용은 9체가 아닙니까?"

『알고 싶다면 용의 계곡으로 가라. 용신님께 힘을 받을 때가 되면 알 수 있겠지. 그럼 현자 루시엘이여, 기대하겠다.』

"……예."

그 이후에 나는 암룡에게 걸렸던 저주를 풀었고, 암룡은 사라졌다.

그리고 라이트를 꺼낸 뒤 평소처럼 사신을 불러내는 트랩 던전 코어를 제외한 모든 돈과 아이템을 주운 뒤 귀환의 마법진으로 발을 내디뎠다.

【칭호 암룡의 가호를 획득했습니다.】

【모든 전생룡의 봉인을 푸는 데 성공했습니다.】

【칭호 용신의 가호를 획득했습니다.】

20 부서져버린 골렘

암룡이 쇠약했던 탓에 의외로 시간은 별로 지나지 않았다. 아마 용중에서 사신의 저주를 가장 먼저 받은 게 암용이 아닐지 싶다. 그렇지 않았다면 나도 무사를 장담할 수가 없는 상대였다.

어쩌면 사신이 이 계획을 꾸미면서 제일 먼저 시험한 상대가 암룡이었을지도.

미궁 밖으로 나오니 일행 모두가 기다리고 있었다.

"다녀왔어."

"루시엘 님, 무사하셨습니까!"

라이오넬이 놀라면서 가장 먼저 기뻐했다. 젊음을 되찾은 뒤로 조금 열혈한이 된 듯했다.

스승님은 살짝 안도하더니 미궁을 힐끗 노려볼 뿐이었다.

"덕분에. 암룡이 사신의 저주로 크게 쇠약해서 그다지 격렬한 전투는 없었어. 지금 저녁 무렵인가?"

저녁 무렵이라기보다 이미 해가 넘어가서 어둑어둑했다.

어라? 하루 만에 답파했다는 말인가? 아니, 정확하게는 한나절이지. 그렇게 빨랐다고?

"마침 식사하려던 참이었습니다. 루시엘 님도 어떠십니까?"

"듣고 보니 배가 고프네. 감사히 먹을게."

케핀이 권한 대로 식사를 하기로 했다.

나는 요리를 입에 넣으면서 미궁에 관한 감상을 불쑥 흘렸다.

"이번에는 시야가 좋지 않았는데도 그리 고생하지 않고 미궁을 답파하는 데 성공했잖아? 만약 그란돌의 미궁보다 이곳을 먼저 왔어도 가능했을까?"

"그란돌의 미궁은 레벨을 올리기에 좋은 곳이었죠. 모두 실력이 상승한 덕분에 이번 답파는 이틀도 걸리지 않았습니다만, 이곳을 먼저 왔다면 저와 선풍은 고전은 고전했을 겁니다. 어쩌면 용의 해방도 어려웠을지도 모르죠."

"저도 그렇게 생각합니다. 선풍님한테서 요령을 배우지 않았다면 해제하기 어려웠던 함정도 많았습니다."

이것도 운명신과 호운 선생의 가호인가.

그리 생각하니 그때의 행동도, 성속성 마법을 잃어버렸던 과거도 전부 의미 있는 일처럼 느껴졌다.

"그나저나 스승님과 라이오넬은 레벨이 올라서 힘을 조금은 되찾았습니까?"

"아니."

"예."

어이쿠, 스승님과 라이오넬의 생각이 다른 듯했다.

"핫, 이제야 3할인데, 되찾았다고 할 수 있나?"

"전성기에 비해 한참 먼 것은 사실이지만, 대인전이라면 어떻게든 되겠지."

스승님과 라이오넬의 사이에서 또 불꽃이 튀었다.

라이오넬은 크라우드를 처리해야 한다. 마족화 했을 가능성

"자, 드란 일행도 기다리고 있을 테니 일단 에비자로 돌아갈까?"

라이오넬이 뜸을 한참 들인 뒤 대답했다.

"루시엘 님, 미궁을 한 번 더 들어가지 않겠습니까?"

"어? 왜?"

"아무래도 일주일 중 하루는 휴식에 할애해야겠지만, 나머지는 저택에서 느긋하게 지내기보다 힘을 키워두고 싶습니다."

"나도 같은 생각이다."

아까 전까지 불꽃을 튀겼는데, 이런 때에만 의견이 맞는다니까…….

"다른 사람들도 그렇게 생각해?"

나도 이 팽팽한 긴장감이 며칠 뒤 제국과의 일전을 앞두고서 느슨해질 것 같지는 않지만, 실력을 키워두는 것도 나쁘지 않은 선택이겠지.

더욱이 미궁에서 암룡의 힘을 시도하면서 유용한 사용법을 찾아낼 수 있을지도 모르겠다.

그러나 모두가 찬성인 건 아니었다.

"한 번 답파했던 미궁의 마물은 약해지지 않습니까?"

"그렇다냥! 어떻게 할지는 마물을 보고 나서 정해도 늦지 않다냥."

"전 에비자에 돌아가고 싶어요. 제국 스파이가 아직 있을 가능성도 있으니 드란 씨 일행의 상황을 확인하는 편이 좋겠어요."

케핀과 에스티아가 반대 의견을 밝혔다. 케티도 라이오넬의 생각에 무조건 찬성하지는 않는 모양이었다.

어떻게 할까. 실력을 키우는 건 중요하지만, 레벨이 쑥쑥 올라가는 시기는 끝났기에, 미궁은 솔직히 별로 효과적이지 않다. 용들의 힘을 시험하는 것도 꼭 이곳일 필요는 없다.

그리고 에스티아의 말대로, 만에 하나라도 적들이 비행정을 노리는 사태가 있다면 저지해야 한다.

역시 돌아가는 게 좋겠군.

"음, 스승님과 라이오넬한테는 미안하지만, 오늘은 이만 돌아가죠. 드란한테 부탁해서 대련할 수 있는 장소를 에비자 안에 만들겠습니다. 제국에 가기 전까지는 거기서 수련하죠."

"어쩔 수 없군⋯⋯."

"그게 가장 건설적인 방법입니까? 알겠습니다. 그럼 돌아가도록 하지요."

"그래."

스승님과 라이오넬은 대련으로 납득했는지 수긍했다.

식사를 다 마친 뒤 우리는 에비자로 돌아가기로 했다.

에비자로 돌아가는 길에는 딱히 아무 일도 일어나지 않았다.

다만, 미궁에서 나온 이후로 묘하게 어둠 속이 잘 보였다. 어둠의 정령과 암룡의 가호 덕분에 암속성과 친화성이 높아진 걸까?

포레 누와르의 등에서 그런 생각을 하고 있으니, 포레 누와르가 염화로 주의를 줬다.

그렇게 에비자에 돌아왔을 때였다.

콰아아앙, 하고 몸속을 뒤흔드는 묵직한 폭발음이 울려 퍼졌다.

"서두르자!"

폭발음은 바작크 씨의 저택 쪽이었다. 나는 포레 누와르를 타고서 거리를 질주했다.

저택으로 돌아온 내 눈에 비행정에서 연기가 피어오르는 광경과 폴라의 골렘으로 추정되는 잔해가 여기저기 흩어져 있는 광경이 비쳤다.

대체 얼마나 강력한 마족이 출현한 거지?

나는 초조한 심정으로 기척과 마력을 필사적으로 찾았다. 그러나 마족이나 마물 특유의 기척도, 마력도 딱히 느껴지지 않았다.

"아, 루시엘 님, 어서 오세요."

"루시엘 님, 이들을 말려 주십시오! 정원이 엉망이 돼버렸습니다."

리나와 나냐가 우리를 맞이했다.

나는 포레 누와르의 등에서 내리며 무슨 상황인지를 물었다.

"다녀왔어. 그래서, 이게 무슨 상황이야?"

"마도포의 시제품이 나와 조정하는 중입니다."

"날이 저물기도 했고, 주민들에게 폐가 되니 만류했습니다만……."

나는 드란 일행을 방치한 것을 후회했다.

설마 마도포를 제작이 벌써 끝났을 줄이야…….

"그게 벌써 시제품이 나왔다니……. 드란 일행의 실력을 얕잡아 봤나? 어서 가자."

마족의 습격이 아니라서 다행이긴 하다만…….

나는 드란 일행에게 주의를 주러 갔다.

"드란, 다들 돌아왔어."

"오옷, 루시엘 공, 보게나, 마도포가 드디어 형태를 갖추었네."

드란이 기뻐하며 그렇게 말했다. 어느새 비행정에 마도포 세 대가 장착되어 있었다.

"그래. 도시 입구까지 굉음이 울려 퍼지더라. 그런데 왜 세 대야?"

"중앙에 있는 마도포는 일격필살의 파괴력을 갖고 있고, 좌우에 달린 포는 위력이 그리 높지는 않지만 연사할 수 있지. 리나의 아이디어일세."

리나를 보니 칭찬을 받아서 부끄러워했다. 그런데 드란의 손바닥 위에서 놀아나고 있다는 사실을 언제쯤이야 깨닫게 될까?

나는 뜨뜻미지근한 시선으로 주포를 확인했다.

"벌써 설치까지 끝마쳤을 줄은 몰랐는데 말이지."

"이 정도면 제국에 들어갔을 때 와이번을 견제할 수 있겠지."

"단순한 견제에 폴라의 골렘을 부술 수 있는 위력은 필요가 없지 않을까?"

"그럴 리가 없지 않나. 그 정도는 있어야 비행에 지장이 생기지 않지. 그것도 아직 최대 성능이 아닐세. "

대체 무엇을 파괴하려고 하는 걸까? 한 번 못을 박아둬야겠다.

"마도포는 비행정이 격추될 위기에 처했거나, 공중에서 시설을 파괴해야 할 때만 사용할 거야. 사람들을 향해서 쏠 것도 아니고, 제국과 전쟁을 벌여서 파괴하기 위한 무기도 아냐."

"그건 나도 알고 있네! 내게 학살 같은 취미는 없단 말이네!"

무슨 소리를 하냐고 드란이 도리어 호통을 쳤다.

그때 누군가가 어깨를 두드려서 그쪽을 돌아봤더니 폴라가 있었다.

"할아버지는 사신과의 싸움을 생각하고 있어. 루시엘을 지켜내는 게 우리의 일이라고 늘 당부해."

폴라의 말에 나는 기쁨이 치솟았다. 이러한 유대가 퍼져나간다면 암룡과의 약속을 이룰 수 있을지도 모른다.

나에게는 아까울 만큼 수행원들이 유능하다. 그러나 목적을 위해서라면 어떤 희생도 감수하겠다는 정신은 곤란하다.

"그런 거였구나. 드란, 미안했어. 다른 사람들도 고마워. 앞으로도 잘 부탁해. 하지만 그래도 마도포 시험 발사는 그만해야겠어. 밤중에 이런 소리가 계속 울리면 주민들이 불안해할 거야."

"음, 하는 수 없지."

"아, 그리고 드란, 상담할 게 있으니, 시간을 잠깐 내줄 수 있을까?"

"알겠네."

이렇게 우리의 밤이 깊어져 갔다.

21 전투 준비

미궁에서 돌아온 지 어언 사흘이 지났다.

내일 새벽에 제국으로 돌입할 예정이므로 비행정 안에서 마지막 작전 회의를 하기로 했다.

참고로 사흘 동안에는 드란이 만들어 준 지하 훈련장에서 라이오넬의 대인전을 강화하기 위해 혼자서 다수를 상대하는 대련을 계속 반복했다.

회복 담당으로서 참가하긴 했지만, 그것만으로는 부족했다.

대련만으로 시간을 보낼 수는 없었기에 나머지 시간을 유효하게 활용하고자 에스티아와 함께 마법을 연구했다.

조금 기대하긴 했지만, 어둠의 정령은 협력하지 않았다.

그래도 신체를 쓰는 대련과 뇌를 사용하는 마법 연구의 밸런스가 좋았다. 여러모로 성과를 거둔 기간이었다고 생각한다.

뭐, 폴라와 리시안이 폭주한 바람에 모두가 죽을 뻔했던 것만 빼고는 정말로 충실한 나날이었다.

모두가 비행정 식당에 모이자 작전 회의를 시작했다.

"우선 비행정을 타고서 내일 일출 전에 제도에 돌입한다. 그리고 우리가 다 내려가면 비행정은 신속하게 에비자 방면으로 퇴각한다. 책임자는 드란이야."

"원래는 싸우고 싶었지만 하는 수 없지. 다만 에비자까지 돌아가지 않고 제도 상공을 비행하고 있겠네."

"주포가 완성됐다고는 해도, 정말로 와이번이랑 싸울 생각이야?"

"만약에 계획이 실패했을 때, 구출할 수단이 없으면 도울 수가 없지 않나."

"그렇긴 하지만. 무리는 하지 말아줘."

"음. 맡겨두게."

드란이라면 괜찮다고 장담할 수는 없지만, 맡길 수 있는 사람이 드란밖에 없으니 믿기로 하자.

"제도에 강하한 뒤에 제국군이 저지하려 든다면 라이오넬이 연설을 해주고서 성으로 간다."

나는 모두에게 그렇게 말하면서 오늘 아침에 라이오넬이 고개를 숙였던 일을 떠올렸다.

원래는 비행정에서 화려하게 강하한 뒤 제도 안에서 와이번과 싸울 예정이었다.

그러나 와이번을 격추하면 건물을 부술 가능성도 있기에 주민들이 최대한 휘말리지 않도록 화려한 등장은 자제해달라고 요청했다.

그러나 연설할 때 마족과 제도 안에서 싸우게 될 가능성도 있다. 이 경우에는 주민들이 위험에 노출될 수밖에 없다.

그러나 그 부분은 현 제국의 진실을 주민들에게 알리려면 꼭 필요한 일이라서 라이오넬이 나에게 고개를 숙이며 말했다.

"루시엘 님께 상당한 부담을 끼치게 되겠지만, 마족이 된 자들도 그 자리에서는 아무도 죽이지 않았으면 합니다."

너무나도 무모한 요청이었다. 그러나 라이오넬이 가벼운 마음으로 그런 말을 했을 것 같지 않았다.

"터무니없는 요청이라는 건 알고 있지? 무슨 이유가 있나?"

"예. 루시엘 님이라면 달성하실 수 있으리라 믿고 있습니다."

"그건 대답이 되지 못해. 그리고 참 간단히도 말하네."

그러나 내가 가볍게 비아냥거렸는데도 라이오넬은 시선을 돌리지 않았다. 정말로 나라면 가능하다고 믿고 있다는 눈빛으로 쳐다봐서 아무 말도 할 수가 없었다.

"루시엘 님이 제도에서 주민들의 신뢰를 얻길 바라기 때문입니다. 부디 잘 부탁드리겠습니다."

라이오넬이 고개를 숙이면 나도 고개를 숙이고 싶어지니 참 신기하다.

내가 아무리 애를 써도 한계가 있다는 것을 알고 있으면서도 가능하리라 판단했겠지.

"하아~ 원래는 절대로 하지 않았을 거야. 하지만 수석 수행원 라이오넬이 날 신뢰한다면 아무도 죽지 않도록 노력은 해볼게."

"루시엘 님, 감사합니다."

"그 대신에 지휘를 라이오넬한테 전부 맡길게. 난 주민들을 회복하고, 마족화한 자들을 약체화시키는 일을 담당할게. 그리고 서포트도 부탁해."

모두를 지휘하는 것은 무리다. 적이 접근하지 못하도록 지원해

줄 사람이 없다면 곤란하다.

"예. 이 목숨을 걸고서 마땅히 해야 할 일을 완수하겠습니다."

이렇게 나는 작전을 변경하자고 요청한 라이오넬에게 제국에 진입한 뒤에 지휘권을 맡기기로 했다.

"다들, 위험해질 텐데도 도와줘서 고맙다."

라이오넬이 벌써 몇 번째인지 헤아릴 수 없을 만큼 고개를 숙였다.

예의가 바른 라이오넬을 보면서 어째선지 낯이 간지러운 느낌을 느끼면서 나는 화제를 바꾸기로 했다.

"근데 라이오넬의 장비가 이리도 우락부락했나?"

"냥. 라이오넬 님은 빨간색과 검은색이 섞인 갑옷을 입고서 전장을 뛰어 다녔다냥. 옛날과 마찬가지로 패기가 넘쳐흐르는 것처럼 보이니 주민들도 라이오넬 님이 진짜임을 알아차릴 수 있을 거다냥."

케티가 보증한 라이오넬의 장비는 제국의 장군 시절에 착용했던 장비를 드란이 충실하게 재현하여 만든 것이었다.

전귀 장군으로 명성을 떨쳤을 때와 비교하여 위화감이 전혀 없다면서 기뻐하듯 고개를 끄덕였다.

분명 이 우락부락한 갑옷을 입고서 제국 특수부대를 무찔렀을 때 보여줬던 얼굴로 전장을 돌아다닌다면 전귀 장군으로서 적에게 공포심을 심어줄 수 있겠지.

물론 그뿐만이 아니라 젊어진 것을 감추려는 대책으로 아무렇

게나 길렀던 수염을 효과적으로 이용하기로 했다.

"투구가 풀페이스가 아닌 이유는 얼굴을 보이기 위해서인데, 인족을 상대해야 하니 화살이 날아들 수도 있겠지. 그 부분은 대처할 수 있겠어? 그리고 정말로 이렇게 입으면 사람들이 라이오넬이라고 알아볼까?"

"라이오넬 님은 어째선지 화살에 맞지 않는다냥. 그리고 수염을 기른 라이오넬 님은 옛날 모습과 판박이다냥. 분명 주민들도 라이오넬 님의 목소리에 호응할 거다냥."

화살에 맞지 않는다니, 그런 스킬이 있다면 갖고 싶다. 뭐, 상대방에게 그만큼 압박감을 준다는 뜻이겠지.

그나저나 저 수염이야말로 이번 작전을 성공시키기 위한 중요한 요소라고 케티가 역설했을 때는 놀랐지.

뭐, 결국은 수용했다만, 앞날을 생각하니 불안해지네.

"그리고 음량을 증폭시키는 마도구로 라이오넬이 주민들에게 호소하면 되는 거지?"

확성기 마도구를 개발한 사람은 리나였다.

"마력을 그렇게 많이 소비하지 않고도 쓸 수 있습니다. 테스트도 마쳤으니, 저희는 여러분들이 성공하기만을 기도할 뿐입니다."

"그건 고맙긴 한데, 그토록 질색했는데 정말로 따라올 거야?"

"예. 처음에는 무서웠지만, 제가 만든 템페룬이 와이번을 날려버리는 모습을 보고 싶으니까요."

주포는 드란이 제작했으니 템페룬이란 비행정 좌우에 부포로서 설치된 마도포를 말하는 거겠지?

그런데 싸울 예정이 없다고 누차 말했건만…….

눈 밑에 짙은 다크서클이 낀 채로 그녀가 시원하게 웃으면서 말하니 나는 아무 말도 할 수가 없었다.

그런데 그 옆에서 나냐가 울먹이면서 리나를 쳐다보고 있기에 말을 걸어보기로 했다.

"나냐는 여기에 남아도 괜찮은데?"

"아뇨, 낯선 사람밖에 없는 곳에서 홀로 지내면 무서워서 참을 수가 없으니 따라가겠습니다."

"……알겠어."

나냐가 울먹이는 표정을 지으며 말하자 어째선지 죄책감이 싹 트고 말았다. 나는 더 이상 묻지 않았다.

"일단 마지막으로 확인하겠는데, 나, 스승님, 라이오넬, 케티, 케핀, 에스티아 여섯 명만 돌입할 거야. 비행정은 향후 계획에도 요긴하게 쓰일 테니 드란은 물러나야 할 때를 오판하지 마."

""""엡.""""

""""""예.""""""

"오우."

"오~."

폴라가 건성으로 대답하자 쓴웃음이 났다. 이렇게 작전 회의는 끝났다.

그 후에는 함께 저녁을 먹었다. 이것이 최후의 만찬이 되지 않도록 최선을 다하자고 서로 다짐한 뒤 내일 제국행에 대비하여 쉬기로 했다.

22 포레 누와르의 실력

순식간에 제도에 돌입하는 날이 찾아왔다.

나는 비행정 개인실에서 일어난 뒤 스트레칭을 줄곧 하면서 몸을 풀고 있었다. 그리고 하늘이 조금 환해지자, 조종실로 향했다.

그러자 먼저 온 손님이 있었다.

"좋은 아침, 드란. 잠을 자지 못한 거야?"

"아, 루시엘 공. 요즘에 마도포 개발에 전념하느라 비행정 유지 보수가 느슨했으니, 이참에 정비 해뒀네. 이 녀석한테도 일출을 보여주고 싶었거든."

드란이 그렇게 말하고서 리시안이 개발한 색적기를 들고 있었다.

"그건 리시안이 개발했던 거지? 완성했나?"

"아니, 아직 5할쯤 개발됐나? 마력을 탐지하는 정밀도는 괜찮은 수준까지 올라왔지만, 범위가 너무 좁아. 언젠가 이 비행정에 설치할 예정이지만, 아직도 시간이 더 걸릴 것 같구면."

드란은 그렇게 말하면서도 개발자인 리시안보다도 색적기를 더 마음에 들어 한 것처럼 보였다.

그래서 힌트를 줄 것 같은 리나와 논의해보라고 말했다.

연사할 수 있는 마도포를 고안했으니 분명 모니터 정도는 금세 좋은 아이디어를 떠올리겠지.

"분명 리나는 그런 분야가 특기일 테니 재미난 아이디어를 내

놓지 않을까?"

"음. 그 녀석이라면 재미있는 시점에서 생각하니 괜찮을지도 모르겠구먼."

드란이 리나를 제자로서 인정한 듯했다. 역시나 손녀의 라이벌이니 드란도 귀엽게 여기고 있겠지.

뭐, 기술자이니 인정할 부분은 인정할 테고, 안 된다면 엄격하게 말할 테지만…….

"자, 모두가 일어나기 전에 발진을 시켜둘까?"

"음. 정비도 완벽히 끝났으니 언제든지 좋네."

드란 덕에 안심하고서 하늘을 날 수 있을 듯했다.

"그나저나 비행 중에도 조종을 교대할 수 있지?"

"가능하네만, 도중에 교대할 예정은 없지 않나?"

"만약에 제도에 도착하기 전에 와이번과 충돌하면 마도포를 쓰지 않고 내가 직접 공격하려고."

"비행하는 대형 마물을 상대로 공중전을 벌일 셈인가?"

드란의 말투가 갑자기 강해졌다.

뭐, 무슨 걱정을 하는지는 알겠다. 나도 누가 그런 소릴 했다면 정신을 의심했겠지

그러나 나는 방책이 있다.

"와이번은 용종이니 가호가 있는 나는 괜찮을 거야."

"……알겠네. 그때가 오면 책임을 지고서 교대함세."

내 말을 듣고서 드란이 내 눈을 몇 초쯤 물끄러미 쳐다보다가

뜻을 꺾어줬다.

"그럼 가볼까?"

"다른 사람들은 깨우지 않아도 되나?"

"어. 어차피 몇 시간은 하늘을 여행해야 하니, 잘 수 있을 때 자두는 편이 낫겠지. 특히 스승님은 안절부절못할 테고."

"크핫핫. 듣고 보니 그렇군."

드란의 웃음을 들으면서 나는 조종석 수정을 밀었다. 그러고는 마력을 주입하여 비행정을 기동시켰다.

그러자 아직 어둑한 하늘을 향해서 비행정이 고도를 서서히 높여 나갔다.

나는 손을 앞으로 슬라이드하여 비행정을 발진시켰다.

제국을 향해서 고도를 서서히 높이고 있으니 스승님 및 동료들이 조종실에 왔다.

"좋은 아침입니다. 아직 더 자도 되는데요?"

그러나 스승님은 미간을 찡그렸고, 라이오넬 일행은 또 쓴웃음을 짓고 있었다.

분명 다들 잠을 제대로 이루지 못했겠지.

"루시엘, 해치를 열어라."

스승님이 그렇게 말하고서 갑판으로 이동했다.

"자유롭군."

"기분이 고양돼서 잠을 자려야 잘 수가 없었습니다. 선풍은 특히 그랬겠지요."

"응?"

"역시 평소처럼 지낼 수가 없었다냥."

라이오넬과 케티는 제국 출신이니 알겠지만, 케핀은 조금 졸려 보였다. 케티가 억지로 깨웠나?

"……경계 정도는 할 수 있으니 돕도록 해주십시오."

가만 놔두면 졸음에 빠질 듯했다.

그렇게 생각하면서 에스티아 쪽으로 고개를 돌렸다. 그녀에게도 목적이 있음을 떠올렸다.

"혼자 있으면 여러 생각들이 떠올라서 불안해지니 함께 있게 해주세요."

모두 각자 원하는 바를 말했다.

"그래? 하지만 할 일은 없으니 모두 전략을 짜거나, 식사해."

""""""옙(예).""""""

모두가 와줘서 나도 조금은 안도했는지 웃음이 저절로 흘러나왔다.

그리고 비행을 계속했더니 지난번에 답파했던 미궁 상공을 통과했다.

이제 이 산을 넘으면 제국 영토다. 긴장감이 커져갔다.

"제국령에 들어간다. 이제부터 가도를 따라서 상공을 비행한다."

이제부터는 속도를 서서히 떨어뜨리면서 고도를 더욱 높인다.

공기를 가르는 소리에 새나 짐승, 마물들이 소란을 떨어서 비행정이 발각될 가능성이 커지기 때문이다. 가도 위로 나는 것도 같은 이유다.

"앞서 간 알베르트 씨 일행이 잘하고 있을지 걱정이네. 문제없이 무사히 침입했으면 좋겠는데……."

"루시엘 님, 전하는 괘념치 마시고, 단독으로 움직인다는 생각으로 가시죠."

"그렇다냥. 솔직히 동행하지 않아서 다행이었다냥."

두 사람이 꽤 선선히 알베르트 전 전하가 있든 없든 상관없는 존재라고 말해서 조금 놀랐다.

"옛날부터 무슨 일을 저지를지도 모를 불안 요소가 있었나?"

"전하는 놀랄 만큼 입이 가볍습니다. 그래서 멜피나가 약혼자로서 전하를 따르고 있습니다."

"확실히 쉽게 감정적으로 변하는 사람이었으니까……. 앗?! 드란, 조종을 맡길게."

"왜 그러나? 무슨 일이 있나?"

내가 느닷없이 부탁하자 드란이 놀라면서도 조종을 바꿔줬다.

"아까 아래쪽에서 날개가 커다란 비행체를 봤어."

"이 어둠 속에서 그런 게 보이나?"

"암룡의 봉인을 푼 이후로 밤눈이 더 밝아진 것 같아."

"루시엘 님, 적이 한 마리라면 발각되지 않았을 가능성이 더 높지 않겠습니까?"

케핀이 그렇게 말했지만, 안타깝게도 내가 본 것은 열 마리가 넘었다.

"한둘이 아니야. 게다가 레지스탕스가 전투 중인 것 같아. 마법이 보이지 않으니 바작크 씨와는 다른 부대인 듯해."

"작전에 지장을 끼칠 수도 있습니다. 그냥 내버려 두는 게 좋지 않겠습니까?"

"알베르트 씨가 저기 있을 수도 있잖아?"

"만약에 그렇다면 골치가 아파지겠지만, 루시엘 님이 혼자서 가는 건 용인하기 어렵습니다."

"괜찮아. 질 것 같지 않아. 그리고 난 혼자가 아니야. 드란, 이 속도와 고도를 계속 유지해줘. 모든 일이 다 끝나면 회수구를 열어줘."

"알겠네."

"루시엘 님, 누구와 가시는 겁니까?"

"파트너하고."

내가 웃으면서 조종실에서 나와 바로 리프트를 타고서 갑판으로 나가니 스승님이 있었다.

"아래에 있는 녀석들을 도우러 가는 거냐?"

"예."

"나도 가도 되겠나?"

"여긴 제게 맡겨주세요. 스승님은 제국에서 지휘를 맡아주셨으면 합니다."

"……어서 가라."

"예."

나는 은자의 마구간에서 포레 누와르를 꺼낸 뒤 현 상황을 가볍게 설명했다.

"포레 누와르, 사정이 이렇게 됐으니, 지금부터 와이번 무리를 쳐부수러 갈 거야. 도와주겠어?"

『뻔한 걸 묻는구나. 다만 나도 오랜만에 힘을 쓰는 거라서, 부족해지면 네 마력을 쓸거야.』

"그래. 대신 비행정이 닿지 않는 범위에서 해결해 줘."

『좋아. 어서 타.』

"그래."

나는 포레 누와르의 등에 탔다. 나중에 포레 누와르 전용 출입구를 만들어달라고 해야겠는데.

우리는 리프트를 타고서 내려간 뒤 조금 환해지기 시작한 하늘을 향해서 날아올랐다.

비행정에서 이륙한 직후에 강풍이 불어서 순간 균형을 잃을 뻔했다. 그런데 포레 누와르의 몸이 빛나기 시작하더니 몸통이 검은색에서 하얀색으로 바뀌었다. 날개가 돋아나더니 비행이 안정됐다.

아니, 날개 자체는 장식 같은 것이다. 포레 누와르는 마치 땅처럼 하늘을 달렸다.

역시나 조금 놀랐다. 그러나 고도가 높아서 차가운 공기가 피부를 찌르니 냉정해졌다.

나답지 않은 행위임을 자각하면서도 결코 만용을 부려서는 안 된다고 스스로를 타일렀다. 그리고 상대를 무력화시키는 것만 집중하기로 했다.

"기본적으로 원거리 공격은 불가능하지만, 공격당하면 즉시 회복시켜줄 테니 포레 누와르의 힘을 보여줘."

『그럼 단단히 붙잡도록 해.』

"알겠어."

혹시 몰라서 에어리어 배리어를 발동했다. 포레 누와르가 속도를 급격히 높이자 조금 떨어진 곳에서 열 마리가 넘는 와이번들이 집단으로 비행하고 있었다.

『들어간다. 어떻게 행동할지는 너한테 맡길게. 나도 내가 할 수 있는 걸 할 테니 함께 애써보자.』

"그래, 가자."

포레 누와르가 하늘을 달리면서 눈앞에 마법진 다섯 개를 전개하고서 마법을 발동했다.

그 마법진에서는 광선이 방출됐다.

공격이니 레이저 빔이라고 표현해야 좋을까? 실을 팽팽히 잡아당긴 것 같은 한 줄기 빛이 진로상에 있던 와이번들의 날개를 꿰뚫고서 태워버렸다.

그 레이저 빔이 마법진에서 여러 번 발사됐다. 집단을 이뤘던 와이번 부대가 잇달아 날개가 불타며 추락했다.

나는 하늘을 무대로 펼쳐지는 난전을 예상했던지라 그 압도적

인 전투에 아연실색할 수밖에 없었다.

『저 정도라면 죽지 않아. 하지만 쫓아가봤자 사냥할 수는 없을 테니 임무 완료네.』

"……너무 압도적인 거 아냐?"

『힘을 조절하는 걸 잠깐 잊었을 뿐이야. 게다가 이번에는 상대가 우리를 눈치채지 못했기에 공격이 제대로 먹혀들었을 뿐, 보통은 마력을 이렇게 절약하는 건 어려워.』

위력을 조절했는지 안 했는지 모르겠지만 아마도 했겠지.

"뭐, 고생했어. 레지스탕스 안에 아는 얼굴은 없으니, 비행정으로 돌아가자."

『그래. 아, 그래도 마물의 기척이 아직도 몇몇 느껴지니 비행정 위에서 대기하는 편이 좋겠어.』

"알겠어."

포레 누와르의 조언을 순순히 받아들인 뒤 마통옥을 꺼내 드란에게 연락했다.

나는 비행정 위에 착지하고서 비행하는 마물을 경계하라고 전한 뒤 아직 보이지 않는 제도 쪽을 바라봤다.

23 제도 잠입

포레 누와르가 제국의 와이번 부대를 멋지게 해치운 뒤에도 마물의 기척이 느껴지긴 했지만, 상공을 비행하는 우리를 공격할 수단이 없었는지 제도가 시야에 들어올 때까지 전투는 벌어지지 않았다.

솔직히 전투를 피할 수 있었던 것은 운이 좋았다.

"포레 누와르, 슬슬 제도에 도착할 테니 들어가자."

『괜찮긴 한데…… 마음에 좀 걸리는 게 있어.』

포레 누와르가 멀리 보이는 제도를 쳐다보면서 염화로 말을 걸었다.

"뭐가?"

『아까부터 저 도시의 동태를 살펴보고 있었는데, 기척과 마력을 전혀 감지할 수 없게 되어 있는 것 같아.』

"기척과 마력 모두를 감지할 수 없다고?"

『응. 이토록 접근했는데도. 혹시 저 도시에 결계가 펼쳐져 있을지도 모르겠어.』

현재 페가수스가 됐으니, 포레 누와르는 색적 능력이 꽤 뛰어날 것이다.

그런데 아무것도 느끼지 못했으니 아주 강고한 결계겠지.

"그건 골치 아픈데. 계획에 차질이 없으면 좋겠는데……. 이대로 돌입해도 괜찮을 것 같아?"

『글쎄. 결계 자체는 통과할 수 있을 것 같지만, 분명 무언가가 더 있겠지. 외벽을 지키는 위병의 모습이 보이지 않는걸. 단순히 숨어 있을 뿐인지도 모르지만…….』

"색적도 안 되고 위병도 안 보인다니, 확실히 수상하네. 아무리 일출 전이라고 해도 파수병이 없는 건 부자연스럽지."

이 나라는 마물이 자주 출현한다. 그런데 위병이 하나도 없는 건 이상하다.

다만 알베르트 전 전하와 멜피나 성녀, 바작크 씨는 결계에 관해 언급한 적이 없다.

판단하기 어렵군.

혹시 알베르트 전 전하 일행이 쳐들어가서 소동을 일으켰나? 아니, 그들도 그렇게까지 어리석은 짓은 안 하겠지.

바작크 씨가 있으니 제도 안에 잠입해 있다고 봐야 할 거다.

단순히 경비가 멍청해서 비어있는 거면 상관없다만, 우리의 움직임을 읽고서 기습을 가하고자 대기하고 있다면 전투가 일찍 벌어질지도 모르겠다.

『경계가 엉망이거나 함정이거나. 둘 중 하나겠지.』

아마도 포레 누와르도 똑같은 생각을 한 듯했다.

"조심해야겠네. 전하와 부하들이 제도 위병을 동료로 잘 끌어들였으면 좋겠는데."

『……그래서 정말로 이 안으로 돌아갈 거야? 이대로 먼저 가서 난동을 부려도 되는데..』

"안 돼. 이건 섬멸전이 아니야. 비행정을 저기에 착륙시킬 거면 모를까. 불확정 요소가 많은 상황에 그럴 수는 없지. 모두를 이끌고서 제도에 침입하는 편이 더 나아."

『그래. 알겠어.』

포레 누와르가 그렇게 말하고서 비행정에서 승강 리프트까지 날아갔다.

『힘이 또 필요해지면 곧바로 부르도록 해.』

힘을 억제하여 페가수스에서 평범한 말로 되돌아간 포레 누와르가 그렇게 말한 뒤 은자의 마구간으로 돌아갔다.

"정말로 의지가 되는 파트너란 말이지. 다음에 뭔가 해주길 바라는 게 있다면 최대한 들어줘야겠어."

나는 혼잣말을 중얼거리면서 곧바로 조종실로 향했다.

"돌아왔어. 상황은 어때?"

조종실에 들어가니 모두의 시선이 이쪽에 쏠렸다.

"특별한 일은 없네. 그보다, 그 날개 달린 말은 뭐지? 와이번 부대를 순식간에 처리하다니…… 덕분에 마도포를 쏠 기회가 없었잖나."

말은 그렇게 했지만, 드란은 상당히 기뻐하는 듯했다.

"포레 누와르야. 설마 그토록 강한 줄은 몰랐지만."

"큭큭큭. 그런가? 그럼 다음 기회를 노리는 수밖에. 비행정은 이대로 가도 되겠나?"

"그래. 하지만 제도에 결계가 펼쳐져 있는지 기적도 마력도 느낄 수 없다고 포레 누와르가 그랬어. 어쩌면 잠복하고 있을 가능성도 있으니, 강하할 때 흩어지지 않게 조심해."

"······루시엘 님, 정말로 이렇게 높은 곳에서 뛰어내려도 괜찮을까요?"

케핀이 물었다. 얼굴은 여전히 침착하지만, 말투에 긴장이 묻어났다.

개는 높은 곳을 싫어한다던데. 뭐, 고소공포증은 본능의 영역이니까.

"설령 마력이 고갈되더라도 무사히 착지할 테니 걱정하지 마."

"······주제넘은 질문이었습니다."

케핀이 굳은 표정으로 억지로 웃음을 짓고는 고개를 숙였다.

그게 이상해서 나는 크게 웃었다.

"하핫. 지상에 도착한 뒤 부탁해. 어쩌면 느닷없이 모든 방향에서 화살이나 마법이 날아들지도 몰라. 대처를 맡길게."

"예."

"전하는 덜렁거리는 데가 있어서 걱정된다냥."

"옛날부터 여러 사고들을 쳐났기에 더 걱정이군요."

케티와 라이오넬이 진지한 얼굴로 무서운 발언을 했다.

"그들이 붙잡혔다고 생각하고서 돌입하는 게 편하겠지. 그나저나 이 시간대에 와이번 부대가 날아다니는 게 보통이야?"

"아뇨, 저희가 있던 시절에는 주로 정찰 임무를 맡았기에 이 시간대에는 거의 날아다니지 않았습니다."

"설령 돌입이 발각되든 말든 성까지 이끌어주마."

"무슨 일이 있어도 루시엘 님을 지켜내겠습니다."

스승님과 라이오넬은 든든하다.

"지휘를 맡기겠습니다. 에스티아가 부탁했던 아이들 구출도 최대한 노력할 테니, 기다려줘."

"예. 루시엘 님, 잘 부탁드립니다."

"드란, 일이 끝나면 우리를 데리러 와줘."

"맡겨두게."

"어라? 폴라는 없나? 그럼 리시안, 드란을 잘 보좌해줘."

"예. 알겠습니다."

"리나와 나냐는 드란의 말을 잘 듣고서 마도포를 발사해. 마석을 꽤 소비할 거야."

"윽, 아, 알겠습니다."

"예."

비행정은 마력으로 움직이는데 마력포를 너무 많이 쏴서 마석이 텅텅 빈다면 끔찍한 일이 벌어질 수 있기에 미리 당부를 해뒀다.

시운전에서 그토록 요란하게 쏴대긴 했지만, 실전은 상황이 다르니 드란의 지시를 잘 듣겠지.

"그럼 슬슬 가볼까?"

"""""옙(예).""""""

"드란, 이쪽을 맡길게."

"오, 반드시 살아서 돌아오게나."

"알겠어."

그 대화를 끝으로 제도로 침입하는 인원들은 리프트까지 갔다.

"서로 손을 잡아. 제도 한가운데를 향해서 낙하할 거야. 정확한 착지 위치는 케티가 지시해."

"알겠다냥."

"에스티아, 어둠의 마법으로 모두의 모습을 감춰주겠어?"

"예."

에스티아의 마력이 우리를 감쌌다.

"그럼 간다. 【풍룡이여, 하늘을 자유자재로 비상하는 날개가 돼라】."

여섯 명을 움직이려니 무거웠다. 마력은 크게 소비되는데 생각만큼 잘 떠오르지 않았다.

그래도 몸이 서서히 떠올랐기에 문제는 없다.

"이걸로 낙하 속도를 조절할 거야."

모두가 고개를 끄덕였다.

상공으로 뛰어내린 순간, 무언가가 등에 달라붙는 듯한 느낌이 들었지만, 나는 무시하고 비행에 집중해 케티의 지시에 따라 서서히 낙하했다.

그리고 체감상 3분쯤 낙하하여 무사히 착지.

"【풍룡이여, 모든 것을 차단하는 바람의 방벽이 돼라】."

나는 착지하자마자 바람의 방벽을 영창했다. 이내 화살과 마법이 일제히 날아들었다. 모든 화살과 마법이 바람의 소용돌이에 삼켜졌다.

"역시나 우리가 올 걸 알고 있었나?"

"루시엘은 제자리에서 대기해라. 어둠의 아가씨는 루시엘을 호위해. 전귀는 둘을 데리고서 앞에 있는 적들을 부탁한다. 후방은 내가 간다."

"""""""예.""""""

"혼자서도 괜찮나?"

"누굴 걱정하는 거냐."

이내 스승님이 사라지고, 다른 사람들도 일제히 움직이기 시작했을 때 뒤에서 목소리가 들려왔다.

"루시엘, 골렘은?"

"……어?!"

그 목소리를 듣고서야 비로소 내 등에서 느낀 위화감이 무엇인지 깨달았다.

갑옷을 입고 있어서 몰랐는데, 폴라가 내 등에 달라붙어 있었다.

"아니, 뭐 하는 거야?"

"제국에 마도포를 쏘지 말라는 명령을 했어. 하지만 할아버지의 팔을 그렇게 만든 원인을 만든 제국한테 조금이나마 보복하고 싶어. 부탁해."

폴라가 평소답지 않게 길게 말하면서 고개를 숙였다.

이런 부탁을 거절할 수 있는 사람이었으면, 애초에 나는 제국까지 흘러오지도 않았다.

"이미 따라왔으니 어쩔 수 없지. 나중에 설교야. 골램은 준비만 해둬. 저기 있는 문을 파괴해야 할 수도 있으니까."

"알겠어."

조금 불만스러워하는 얼굴이었지만, 폴라가 고개를 힘차게 끄덕였다.

그 사이에 비처럼 퍼붓던 공격이 멎었다.

바람의 방벽을 해제했더니 스승님과 라이오넬 및 수행원들이 돌아왔다.

"벌써 끝났어?"

"몇 명쯤 상대했더니, 절 알아보고 무기를 버리더군요. 마족화된 자는 없었습니다."

"라이오넬 님이라고 외친 사람이 있었다냥."

라이오넬은 당혹해하면서, 케티는 기뻐하면서 보고했다.

"그래서?"

"그들이 저희 쪽에 붙었으니, 지시를 부탁드립니다."

"뭐지? 엄청 귀찮은 일에 휘말릴 것 같은데."

"부탁합니다."

라이오넬이 아주 활짝 웃고서 모든 것을 나에게 떠넘겼을 때였다. 한심스럽고도 연약한 목소리가 우리 쪽으로 날아들었다.

"현자 루시엘, 라이오넬 선생님, 도와주세요."

목소리가 난 쪽으로 시선을 돌렸더니 알베르트 전 전하가 밧줄에 묶인 채로 발에 차였다.

　그를 발로 찬 사람은 무표정한 리자리아였다.

　그때야 리자리아가 에비자에서 산다는 사실이 떠올랐다.

저자 후기

【성자무쌍】11권을 읽어주신 독자 여러분, 대단히 오랜만에 뵙습니다.

10권 후기 첫머리에도 적었듯 인생에는 무슨 일이 벌어질지 알수가 없습니다.

그 사실을 절실히 느끼면서 요통에 계속 시달린 브로콜리 라이온입니다.

원래는 작년 이맘때에 11권이 발매될 예정이었습니다만, 요통이 생각보다 더 악화해서 집필하지 못했습니다. 여러 관계자 여러분께 큰 민폐를 끼쳐드렸습니다.

아주 감사하게도 애니화가 결정되고, 방영되고, 코믹스를 구매해주시는 분도 많아져서 【성자무쌍】을 알아주시는 분들이 늘어났습니다.

그만큼 원작 소설 때문에 흐름이 멈추고 말았다는 후회가 지금도 마음에 짙게 남아있습니다.

원래는 애니화가 결정됐다고 보고를 드리고, 애니와 관련한 뒷이야기를 들려드리고, 응원해 주시는 독자 여러분께 감사를 전하고 싶었습니다. 그러나 그러지 못해서 죄송합니다.

그리고 대단히 늦었습니다만 애니화가 결정된 것도, ABEMA에서 시청 수가 호조를 보인 것도 모두 여러분의 응원 덕분입니다.

정말로 감사합니다.

자, 새삼스럽긴 합니다만, 애니가 방영되고서 기뻤던 것을 말씀드리겠습니다.

우선 애니에서 각 캐릭터를 연기해주셨던 성우분들을 비롯하여 오디션에 참가해주셨던 성우분들의 음성 데이터를 받았습니다.

애니에서 연기해주셨던 성우 여러분들께 감사한 마음뿐입니다. 대단히 만족했습니다.

그리고 이번에는 인연을 맺지 못했습니다만, 이 목소리는 영감을 자극하고, 새로운 캐릭터나 이야기를 상상할 수 있도록 도와주는 보물입니다.

이 근사한 보물을 받을 수 있었던 것은 코믹스로【성자무쌍】의 매력을 끌어내 주신 아키카제 선생님,【성자무쌍】의 세계관을 멋지게 투영한 일러스트를 그려주신 sime 님, 그리고 이 작품을 버리지 않아주신 담당 편집자 I씨 덕분입니다.

또한 서적판 출간에 힘써주신 모든 관계자 여러분, 코믹스부터 애니까지 신세를 진 코단샤, TBS, 요코하마 애니메이션 랩 & 클라우드 하츠의 임직원께 깊이 감사드립니다.

끝으로 2년이라는 시간이 지났는데도 이 11권을 구매해주신 독자 여러분께 최대의 감사를!!

SEIJAMUSOU Vol.11
©2024 by Broccoli Lion, sime
All rights reserved
First published in Japan in 2024 MICRO MAGAZINE, INC.
Korean translation rights reserved by Somy Media, INC.

성자무쌍 11

2024년 11월 15일 1판 1쇄 발행

저   자 브로콜리 라이온
일 러 스 트 sime
옮 긴 이 박춘상
발 행 인 유재옥
이   사 조병권
출판본부장 박광운
편 집 2 팀 정영길 박치우 조찬희
편 집 3 팀 오준영 권진영 이소의
디자인랩팀 김보라 이민서
디지털사업팀 김경태 김지연 윤희진
라이츠사업팀 김정미 이윤서 임지윤
콘텐츠기획팀 박상섭 강선화
영업마케팅팀 최원석 이다은
물 류 팀 허석용 백철기
경영지원팀 최정연
인쇄제작처 ㈜코리아피엔피
발 행 처 ㈜소미미디어
등   록 제2015-000008호
주   소 서울시 마포구 토정로222, 502호 (신수동, 한국출판콘텐츠센터)
판매 및 마케팅 (070) 8822-2301

ISBN 979-11-384-8491-6
ISBN 979-11-384-8008-6 (세트)